高职高专"十二五"规划教材

国家技能型紧缺人才培养培训系列教材

电工电子技术

刘晓岩　主编

王永丰　张文华　刘丽玲　副主编

杨宏菲　主审

化学工业出版社

·北京·

本书是根据教育部《国家中长期教育改革和发展规划纲要（2010—2020 年）》提出的最新的职业教育教学改革要求编写的。本书"注重学思结合，激发学生的好奇心，培养学生的兴趣爱好，营造独立思考、自由探索的良好环境"，结合作者多年的工学结合人才培养经验，"按照科学技术发明创造人才的模式去办学"（钱学森语），培养学生创新理念、创新思维、创新能力、创新习惯。本书分为电工技术和电子技术两篇，共 7 章，内容有电路的基本概念、定律和分析方法，正弦交流电路，变压器和异步电动机，安全用电，模拟电子技术、数字电子技术等。每章都包括探索与发现、理论知识、思考题、工作任务、练习题、综合实训等几部分。

本书可作为高职高专院校应用型本科、成人高校、中等职业学校机电类专业、机械制造类专业、自动化类专业、电子信息类专业、设备维护类专业等的教材，也可供有关专业师生和工程技术人员参考。

图书在版编目（CIP）数据

电工电子技术/刘晓岩主编. —北京：化学工业出版社，2010.11
高职高专"十二五"规划教材. 国家技能型紧缺人才培养培训系列教材
ISBN 978-7-122-09542-8

Ⅰ. 电… Ⅱ. 刘… Ⅲ. ①电工技术-高等学校：技术学院-教材
②电子技术-高等学校：技术学院-教材 Ⅳ. ①TM②TN

中国版本图书馆 CIP 数据核字（2010）第 185838 号

责任编辑：韩庆利　　　　　　　　　　文字编辑：徐卿华
责任校对：徐贞珍　　　　　　　　　　装帧设计：刘丽华

出版发行：化学工业出版社（北京市东城区青年湖南街 13 号　邮政编码 100011）
印　　刷：北京市振南印刷有限责任公司
装　　订：三河市宇新装订厂
787mm×1092mm　1/16　印张 13¾　字数 333 千字　　2011 年 1 月北京第 1 版第 1 次印刷

购书咨询：010-64518888（传真：010-64519686）　　售后服务：010-64518899
网　　址：http://www.cip.com.cn
凡购买本书，如有缺损质量问题，本社销售中心负责调换。

定　　价：25.00 元

前 言

　　电工电子技术是高职高专院校机电类、机械制造类、设备维修类等相关专业开设最重要也是最先行的核心电气技术专业基础课程。要使学生通过本课程的学习，为专业课程奠定良好的知识和能力基础。本课程既具有一定的理论性，又有很强的实用性。我们根据教育部《国家中长期教育改革和发展规划纲要（2010—2020年)》提出的最新的职业教育教学改革要求，"注重学思结合。激发学生的好奇心，培养学生的兴趣爱好，营造独立思考、自由探索的良好环境。""注重知行统一。坚持教育教学与生产劳动、社会实践相结合。"结合多年的工学结合人才培养经验，"按照科学技术发明创造人才的模式去办学"（钱学森语)，培养学生创新理念、创新思维、创新能力、创新习惯而编写了本书。

　　本书具有以下特点。

　　① 注重培养学生运用所学理论分析问题和解决问题的能力，强调基础理论知识的"必需"、"够用"原则。注重实践能力的培养，从知识与技能、过程与方法、情感态度与价值观三个方面，培养学生创新的科学素养，融入教学的全过程，为学生终身发展、应对现代社会和未来发展的挑战奠定基础。

　　② 每章由以下几个部分组成：探索与发现、思考题、工作任务、练习题、综合实训。

　　探索与发现：根据电工电子技术发展历史的演变，伟大科学家的事迹和重要历史事件在基本概念和理论创建过程中的作用，展示知识要点，阐述基本概念和理论，激发学生的学习兴趣，培养学生科学的研究方法和创新能力。

　　思考题：要求学生对理论知识进行深入思考，加深理解。

　　工作任务：培养学生多元化学习能力，技术资料的收集和查阅的能力，能运用互联网对所学知识进行复习，深入研究。

　　练习题：培养学生理论分析和计算能力。

　　综合实训：内容包括实验、实训和设计制作，使学生经历探究过程，认识科学探究的意义，尝试应用科学探究的方法研究问题，验证规律，运用所学知识与技能进行发明创造，使学生达到学而能做，做而能用。

　　本教材是校企合作开发的教材。参加编写的企业有哈尔滨锻压机床有限责任公司、哈尔滨昇威电器设备有限公司。

　　本书由刘晓岩主编，王永丰、张文华、刘丽玲任副主编。其中刘晓岩编写了第1章、第2章和第6章，并对全书进行了统稿，王永丰编写了第5章和第7章的部分内容，张文华编写了第4章，刘丽玲编写了第3章，参加编写的还有刘亚、马强、张伟、谢宝庆。全书由杨宏菲教授审阅。

本书可作为高职高专院校机电类专业、机械制造类专业、自动化类专业、电子信息类专业、设备维护类专业等的教材，也可作为应用型本科、成人教育、电视大学、函授学院、中职学校、培训班的教材以及企业工程技术人员的自学参考书。

本书有配套电子教案，可赠送给用本书作为授课教材的院校和老师，如有需要，可发邮件至 hqlbook@126.com 索取。

由于编者水平有限，本书难免存在不妥之处，敬请广大读者提出宝贵意见。

编者
2010 年 10 月

目 录

第1章 绪论 ·· 1

1.1 电工电子技术的应用范围 ··· 1

1.2 电工电子技术的发展历史 ··· 2

1.3 非电专业电工电子技术课程的定位 ··· 6

1.4 如何学习这门课程 ·· 6

思考题 ··· 7

工作任务 ·· 7

第1篇 电工技术

第2章 电路的基本概念、定律和分析方法 ··· 10

2.1 电路的基本概念 ·· 11

2.1.1 电路及组成 ·· 11

2.1.2 电路模型 ··· 12

2.1.3 电路的基本物理量 ·· 13

思考题 ··· 16

工作任务 ·· 16

2.2 电路的基本定律 ·· 17

2.2.1 欧姆定律 ··· 17

2.2.2 基尔霍夫定律 ·· 18

2.2.3 电路的三种状态 ··· 20

思考题 ··· 21

工作任务 ·· 22

2.3 电路的基本分析方法 ··· 22

2.3.1 电源的等效变换 ··· 23

2.3.2 支路电流法 ·· 24

2.3.3 叠加原理 ··· 24

2.3.4 戴维南定理和诺顿定理 ··· 25

2.3.5 最大功率传输定理 ·· 26

思考题 ··· 26

工作任务 …………………………………………………………… 26

本章小结 …………………………………………………………… 26

练习题 ……………………………………………………………… 27

综合实训 …………………………………………………………… 28

第3章　正弦交流电路 ………………………………………… 32

3.1　正弦交流电的基本概念 …………………………………… 33

　3.1.1　正弦量 ………………………………………………… 33

　3.1.2　正弦量三要素的意义 ………………………………… 34

　3.1.3　同频率正弦量的相位差 ……………………………… 35

　3.1.4　正弦量的相量表示 …………………………………… 36

思考题 ……………………………………………………………… 37

工作任务 …………………………………………………………… 37

3.2　RLC交流电 ………………………………………………… 38

　3.2.1　单一参数的正弦交流电路 …………………………… 38

　3.2.2　电阻、电感与电容串联的交流电路 ………………… 42

　3.2.3　正弦交流电路的相量分析法 ………………………… 45

　3.2.4　电路的谐振 …………………………………………… 45

　3.2.5　功率因数的提高 ……………………………………… 47

思考题 ……………………………………………………………… 49

工作任务 …………………………………………………………… 49

3.3　三相交流电路 ……………………………………………… 49

　3.3.1　三相电源与负载 ……………………………………… 50

　3.3.2　三相电路的连接方式 ………………………………… 51

　3.3.3　对称三相电路相量与线量间的关系 ………………… 51

　3.3.4　三相电路的功率 ……………………………………… 53

思考题 ……………………………………………………………… 54

工作任务 …………………………………………………………… 55

本章小结 …………………………………………………………… 55

练习题 ……………………………………………………………… 55

综合实训 …………………………………………………………… 57

第4章　变压器和电动机 ……………………………………… 60

4.1　磁路和交流铁芯线圈 ……………………………………… 61

　4.1.1　磁路的基本知识 ……………………………………… 62

　4.1.2　交流铁芯线圈 ………………………………………… 64

思考题 ……………………………………………………………… 66

工作任务 …………………………………………………………… 66

4.2　变压器 ……………………………………………………… 66

　4.2.1　变压器的结构、原理与功能 ………………………… 67

　4.2.2　变压器的外特性与效率 ……………………………… 69

　4.2.3　特殊变压器 …………………………………………… 70

思考题 ……………………………………………………………………… 71

工作任务 …………………………………………………………………… 71

4.3 三相异步电动机 ………………………………………………… 72

    4.3.1 三相异步电动机的结构 ……………………………………… 73

    4.3.2 三相异步电动机的工作原理 ………………………………… 74

    4.3.3 三相异步电动机的机械特性曲线 …………………………… 77

    4.3.4 三相异步电动机的铭牌数据 ………………………………… 79

    4.3.5 三相异步电动机的控制 ……………………………………… 80

思考题 ……………………………………………………………………… 82

工作任务 …………………………………………………………………… 83

4.4 三相异步电动机的控制电路 ……………………………………… 83

    4.4.1 电动机常用低压电器 ………………………………………… 83

    4.4.2 三相笼型异步电动机的启停及控制线路 …………………… 89

思考题 ……………………………………………………………………… 93

工作任务 …………………………………………………………………… 93

4.5 直流电动机 ………………………………………………………… 93

    4.5.1 直流电动机的基本结构及分类 ……………………………… 93

    4.5.2 直流电动机的工作原理和机械特性 ………………………… 94

    4.5.3 直流电动机的运行与控制 …………………………………… 95

思考题 ……………………………………………………………………… 96

工作任务 …………………………………………………………………… 96

4.6 可编程控制器（PLC）简介 ……………………………………… 96

    4.6.1 PLC 的基本概念 ……………………………………………… 96

    4.6.2 PLC 的基本结构及各部分的作用 …………………………… 97

    4.6.3 PLC 的工作方式 ……………………………………………… 98

    4.6.4 可编程控制器的程序编制 …………………………………… 98

思考题 ……………………………………………………………………… 99

工作任务 …………………………………………………………………… 99

本章小结 …………………………………………………………………… 99

练习题 ……………………………………………………………………… 100

综合实训 …………………………………………………………………… 101

第5章　安全用电 …………………………………………………… 104

5.1 触电 ………………………………………………………………… 105

    5.1.1 触电 …………………………………………………………… 105

    5.1.2 触电方式 ……………………………………………………… 107

    5.1.3 防止触电的措施 ……………………………………………… 109

    5.1.4 触电急救措施 ………………………………………………… 112

5.2 用电安全操作规程 ………………………………………………… 113

5.3 电气设备消防及灭火 ……………………………………………… 114

    5.3.1 电气设备常用的消防措施 …………………………………… 114

   5.3.2　电气火灾的扑救方法 ……………………………………………… 115

思考题 ……………………………………………………………………… 115

工作任务 …………………………………………………………………… 115

本章小结 …………………………………………………………………… 115

练习题 ……………………………………………………………………… 116

综合实训 …………………………………………………………………… 116

第2篇　电子技术

● **第6章　模拟电子技术** …………………………………………………… 120

6.1　半导体二极管及整流电路 …………………………………………… 121

   6.1.1　半导体及 PN 结 …………………………………………………… 121

   6.1.2　二极管及特性 ……………………………………………………… 123

   6.1.3　二极管整流电路 …………………………………………………… 126

   6.1.4　滤波及稳压电路 …………………………………………………… 130

思考题 ……………………………………………………………………… 131

工作任务 …………………………………………………………………… 132

6.2　晶体三极管及应用电路 ……………………………………………… 132

   6.2.1　晶体三极管 ………………………………………………………… 133

   6.2.2　三极管的特性曲线 ………………………………………………… 133

   6.2.3　晶体三极管的主要参数 …………………………………………… 136

   6.2.4　三极管开关特性应用 ……………………………………………… 137

   6.2.5　共发射极基本放大电路的组成 …………………………………… 137

   6.2.6　电压放大电路的基本分析方法 …………………………………… 139

   6.2.7　共基极放大电路与共集电极放大电路 …………………………… 143

   6.2.8　功率放大器 ………………………………………………………… 144

   6.2.9　晶体管串联稳压电路 ……………………………………………… 145

思考题 ……………………………………………………………………… 145

工作任务 …………………………………………………………………… 146

6.3　晶闸管、单结晶体管及其应用电路 ………………………………… 147

   6.3.1　晶闸管及其整流电路 ……………………………………………… 147

   6.3.2　单结晶体管及触发电路 …………………………………………… 149

思考题 ……………………………………………………………………… 152

工作任务 …………………………………………………………………… 152

6.4　集成运算放大器 ……………………………………………………… 152

   6.4.1　集成运放的组成 …………………………………………………… 153

   6.4.2　集成运放的符号 …………………………………………………… 153

   6.4.3　集成运放的主要技术指标 ………………………………………… 154

   6.4.4　集成运放的理想模型 ……………………………………………… 155

   6.4.5　放大器中的负反馈 ………………………………………………… 156

6.4.6　集成运放的应用 ⋯⋯⋯⋯⋯⋯⋯⋯⋯⋯ 158

6.4.7　使用运放的注意事项 ⋯⋯⋯⋯⋯⋯⋯ 160

思考题 ⋯⋯⋯⋯⋯⋯⋯⋯⋯⋯⋯⋯⋯⋯⋯⋯⋯ 161

工作任务 ⋯⋯⋯⋯⋯⋯⋯⋯⋯⋯⋯⋯⋯⋯⋯⋯ 161

本章小结 ⋯⋯⋯⋯⋯⋯⋯⋯⋯⋯⋯⋯⋯⋯⋯⋯ 161

练习题 ⋯⋯⋯⋯⋯⋯⋯⋯⋯⋯⋯⋯⋯⋯⋯⋯⋯ 161

综合实训 ⋯⋯⋯⋯⋯⋯⋯⋯⋯⋯⋯⋯⋯⋯⋯⋯ 164

第7章　数字电子技术 ⋯⋯⋯⋯⋯⋯⋯⋯⋯ 166

7.1　数字电路与逻辑代数 ⋯⋯⋯⋯⋯⋯⋯⋯ 167

7.1.1　数字电路 ⋯⋯⋯⋯⋯⋯⋯⋯⋯⋯⋯⋯ 167

7.1.2　数字逻辑基础 ⋯⋯⋯⋯⋯⋯⋯⋯⋯⋯ 168

思考题 ⋯⋯⋯⋯⋯⋯⋯⋯⋯⋯⋯⋯⋯⋯⋯⋯⋯ 173

工作任务 ⋯⋯⋯⋯⋯⋯⋯⋯⋯⋯⋯⋯⋯⋯⋯⋯ 173

7.2　基本门电路与组合逻辑电路 ⋯⋯⋯⋯ 174

7.2.1　基本门电路 ⋯⋯⋯⋯⋯⋯⋯⋯⋯⋯⋯ 175

7.2.2　组合逻辑电路的分析与设计 ⋯⋯⋯ 177

7.2.3　常用的组合逻辑电路 ⋯⋯⋯⋯⋯⋯⋯ 179

练习题 ⋯⋯⋯⋯⋯⋯⋯⋯⋯⋯⋯⋯⋯⋯⋯⋯⋯ 184

工作任务 ⋯⋯⋯⋯⋯⋯⋯⋯⋯⋯⋯⋯⋯⋯⋯⋯ 184

7.3　触发器与时序逻辑电路 ⋯⋯⋯⋯⋯⋯⋯ 185

7.3.1　触发器 ⋯⋯⋯⋯⋯⋯⋯⋯⋯⋯⋯⋯⋯ 185

7.3.2　时序逻辑电路 ⋯⋯⋯⋯⋯⋯⋯⋯⋯⋯ 188

思考题 ⋯⋯⋯⋯⋯⋯⋯⋯⋯⋯⋯⋯⋯⋯⋯⋯⋯ 193

工作任务 ⋯⋯⋯⋯⋯⋯⋯⋯⋯⋯⋯⋯⋯⋯⋯⋯ 193

7.4　数字电路的应用 ⋯⋯⋯⋯⋯⋯⋯⋯⋯⋯ 194

7.4.1　555 定时器 ⋯⋯⋯⋯⋯⋯⋯⋯⋯⋯⋯ 194

7.4.2　数/模与模/数转换器 ⋯⋯⋯⋯⋯⋯⋯ 197

思考题 ⋯⋯⋯⋯⋯⋯⋯⋯⋯⋯⋯⋯⋯⋯⋯⋯⋯ 201

工作任务 ⋯⋯⋯⋯⋯⋯⋯⋯⋯⋯⋯⋯⋯⋯⋯⋯ 201

本章小结 ⋯⋯⋯⋯⋯⋯⋯⋯⋯⋯⋯⋯⋯⋯⋯⋯ 202

练习题 ⋯⋯⋯⋯⋯⋯⋯⋯⋯⋯⋯⋯⋯⋯⋯⋯⋯ 202

综合实训 ⋯⋯⋯⋯⋯⋯⋯⋯⋯⋯⋯⋯⋯⋯⋯⋯ 205

参考文献 ⋯⋯⋯⋯⋯⋯⋯⋯⋯⋯⋯⋯⋯⋯⋯⋯ 208

第1章

绪　论

🍁 学习意义

本杰明·富兰克林（1706—1790 年）提出电是看不见的，然而今天我们却能够如此丰富地享受电所带来的便利。这是因为二百多年来，人们应用了许多科学和工程技术的先驱在电工电子技术领域研究的成果。本课程就是传承电工电子技术领域科学家的研究成果和科学精神，为同学们在今后的学习和工作中，不断发现和探索大自然的规律和奥妙奠定所需的基本电工电子技术知识和技能。

⭐ 学习目标

- 了解电工电子技术的应用范围；
- 熟悉电工电子技术的发展历史；
- 了解非电专业电工电子技术课程的定位，明确本课程的学习目标；
- 掌握本课程的学习方法。

⚛ 工作任务

查阅资料，讲述你最敬仰科学家在电工电子技术的发展历史中，对人类文明发展所做出的贡献，与同学一起分享你的学习体会。

📖 学习指导

课前预习，仔细阅读所提供的课文内容，查阅有关资料，写出讨论和提出的问题提纲，完成工作任务，欢迎随时提出问题，并确保在完成本章学习后你的问题得到解答。

1.1　电工电子技术的应用范围

电工电子技术已渗透到工业、农业、科技和国防等各个领域，宇宙航行、人造卫星、通信、广播电视、电子计算机、自动控制、电子医疗设备以及日常生活都离不开电工电子技术。20 世纪下半叶迅速发展起来的激光、光纤、光盘存储等技术及其与电子技术结合形成的光电子技术已经成为信息社会的重要技术基础。特别是世界进入信息时代的 21 世纪后，作为信息技术发展基础之一的电子技术必将随着微电子技术、光电子技术和其他高技术的进步而飞速发展，应用领域将更加广泛，给人类带来全新的工作方式和生活方式。

1.2 电工电子技术的发展历史

电工电子技术讲的就是"电"的应用技术。

人对自然界电磁现象的科学认识以及对电能的开发利用，是建立在 18 世纪末 19 世纪初近代物理学的分支——电磁学发展的基础上的。

表 1-1 所示为电工电子技术的发展历史。

表 1-1 电工电子技术的发展历史（电的应用历史）

年代	电磁理论的发展	电能应用技术的发展	有线电信号应用技术的发展	无线通信技术的发展
公元前 600 年—1819 年	公元前 600 年前后，希腊哲学家泰勒斯曾对摩擦琥珀吸引羽毛、用磁铁矿石吸引铁片的现象进行过解释 1600 年，英国人吉尔伯特在他的《论磁学》书中指出地球本身就是一个大磁石 1708 年，英国人沃尔认为雷是由静电产生的	1746 年，缪森布鲁克发明了一种存储静电的"莱顿瓶" 1791 年，伽伐尼通过做青蛙实验，提出了"动物电"的概念 1800 年伏打发明了电池 1815 年，英国人戴维发明了电弧灯		1748 年，富兰克林发明了避雷针
1820—1829 年	1820 年利用伏打电池，奥斯特（丹麦）发现电磁作用，奠定电动机的理论基础 安培（法国）发现了安培定律，找到了磁现象的本质所在	1827 年欧姆（德国）在其不朽的著作《通电电路的数学研究》一书中，发表了有关电路的法则，这就是闻名于世的欧姆定律		
1830—1839 年	1831 年法拉第（英国）提出了著名的"电磁感应定律"，是发电机和变压器的起源，为电工与电子技术的发展奠定了重要的理论基础	1832 年法国人比克西发明了手摇式直流发电机 1834 年，俄罗斯的雅可比制出了由电磁铁构成的直流电动机 1836 年英国人丹尼尔发明丹尼尔电池，它能长时间供电	1831 年俄国的斯林格发明了电报机 1837 年莫尔斯电报机研制成功，在美国各地创造了电报公司	
1840—1849 年		1849 年基尔霍夫发现了关于电路网络的定律，即基尔霍夫定律，从而确立电工学	1845 年英吉利海峡海底电报公司成立，开始了从英国到加拿大并跨国多佛尔海峡到达法国的海底电缆工程	
1850—1859 年		1859 年，法国的普朗泰发明了铅蓄电池，这是最早的二次电池	1851 年最早的加里-多佛尔海底电缆铺设完毕，成功地实现了通信	

续表

年代	电磁理论的发展	电能应用技术的发展	有线电信号应用技术的发展	无线通信技术的发展
1860—1869 年	1864 年麦克斯韦提出了电磁波的理论,这一理论成果,奠定了现代的电力工业、电子工业和无线电工业的基础	1860 年英国人斯旺发明了斯旺灯泡 1866 年,德国人西门子发明了自励式直流发电机 1868 年法国的勒克谢公布了勒克谢电池 1869 年,比利时的格拉姆发明了环形电驱发电机		
1870—1879 年		1879 年爱迪生发明了白炽灯泡 1873 年,西门子发明了光电池。现在的照相机曝光表中所用就是硒光电池	1876 年美国发明家贝尔和格雷递交了电话机专利的申请	
1880—1889 年	1888 年 1 月,赫兹用实验证实了电磁波的存在,将这些成果总结在《论动电效应的传播速度》一文中。赫兹实验公布后,轰动了全世界的科学界。赫兹的发现具有划时代的意义,它不仅证实了麦克斯韦发现的真理,更重要的是开创了无线电电子技术的新纪元	1882 年,美国的戈登制造了两相式巨型发电机 1882 年吉布斯发明了变压器 1885 年,俄国电工科学家多利沃-多布罗沃利斯基发明了三相交流发电机,1889 年又发明了三相同步电动机		
1890—1899 年		1891 年,多利沃-多布罗沃利斯基开发出了三相四线制交流接线方式 1896 年,特斯拉开发的交流发电机开始输电 1899 年瑞典的容纳制成容纳碱性电池	1891 年史瑞乔式自动交换机研制成功	1895 年马可尼发明无线电报高频应用技术 1896 年 3 月,波波夫在彼得堡做距离约为 250m 的无线电报表演
1900—1909 年		1902 年,美国的休伊兹特发明了弧光放电汞灯		1903 年包鲁森利用酒精蒸气电弧放电产生了 1MHz 的高频波 1904 年弗莱明发明了二极管,用来检波 1906 年亚历山大发明了无线电话 1907 年弗雷斯特发明了三极管放大信号
1910—1919 年		1910 年美国的库利滋发明了钨丝灯泡 1917 年法国的费里发明了空气电池		1913 年费森丁发明了外差式接收机

续表

年代	电磁理论的发展	电能应用技术的发展	有线电信号应用技术的发展	无线通信技术的发展
1920—1929 年		1925 年,日本的不破橘三发明了毛面内壁灯泡		1927 年,德国的约布斯特,发明了五极管
1930—1939 年		1932 年,荷兰菲利普公司开发出钠灯 1938 年,美国的英曼发明了荧光灯		
1940—1949 年		1940 年美国的鲁宾发明了水银电池 1948 年,美国的纽曼发明了镍镉电池,这是能充电的干电池		1948 年肖克莱、巴丁、布拉特发明了晶体管
1950—1959 年		1954 年,美国的夏品发明了硅太阳能电池,人造卫星上一般用太阳能电池		1958 年杰克·基尔比发明了集成电路

现在看来,人类对电能的利用主要体现在两个方面:一是作为能源,二是作为信号。这就基本形成了电能应用技术发展的两个方面:电工与电子技术。电工与电子技术既互相交叉渗透,又互相促进并不断发展。

电能作为能源利用主要是以动力(机械能)的形式。如上所述,在 1831 年发现的法拉第电磁感应定律奠定了电机(发电机和电动机)学的理论基础。随后,楞次在 1833 年建立了确定感应电流方向的楞次定则。1834 年,与楞次一道从事电磁学研究工作的雅各比制造出世界上第一台电动机,从而实现了电能与机械能的转换,这是电能应用史上的一个重大突破。在此还需要提到的是俄国的多勃罗沃尔斯基,是他创造了三相电力系统,并于 1889 年制造出第一台三相交流电动机。在电能已成为人类利用的主要能源的今天,电动机所消耗的电能已占全社会电能消耗总量的 $60\%\sim70\%$。除此之外,对电能的利用还包括将电能转换成热能、光能和化学能等。

将电能作为信号利用,就是将各种非电量转换成电信号并加以检测、调制和放大,然后通过有线或无线的途径进行传播,以实现通信、检测和自动控制的目的。在这一方面,电子技术的历史相对较短,但发展得更快。

在人类学会用电作为信号进行通信之前,通信的手段是利用光(可见光)和声音。例如,我国古代的烽火台和近代海军使用的旗语,又如在非洲的部落之间用击鼓来传递信息。这种原始的通信方式受到人的视觉与听觉距离的限制,信息传递的速率太慢且保密性很差。电能的利用很快在通信领域充分体现出其价值。最早实现的是有线通信,1839 年惠斯登在英国,1845 年莫尔斯在美国先后实现了电报传送实验,这可以看作是有线通信的开端。与此相比,无线通信要晚了整整半个世纪。在 1864 年,麦克斯韦综合了库仑定律、安培定律和法拉第定律,提出了电磁波的理论,首先在理论上推测到电磁波的存在。这种科学理论的预见性为人类社会的发明创造带来的作用是不可低估的。就在麦克斯韦电磁波理论提出的 23 年以后,赫兹用人工方法产生电磁波的实验终于获得了成功,从实践上证明了麦克斯韦理论的正确性。但是实际利用电磁波为人类通信服务还应归功于马可尼和波波夫。大约在赫兹的实验成功 7 年之后,他们彼此独立地在自己的国家实现了长度达几百米至上千米的无线电通信实验。

无论是有线还是无线通信，必须要解决两个基本问题：一是信号（能量）的转换，二是信号的放大。1875年，贝尔发明了电话，解决了声能与电能的转换问题。而要实现长距离通信并且保持信号的清晰，还必须解决信号放大的问题，这依赖于电子器件的研发。著名的发明家爱迪生于1883年发现了热电子效应；弗莱明利用热电子效应于1904年研制出了电子二极管；1906年，德福雷斯又在弗莱明的二极管中加入第三个电极——栅极，发明了电子三极管，从而解决了对电信号进行放大这一关键问题。即使在半导体技术和集成电路广泛应用的今天，说电子三极管是电子技术发展史上最重要的发明之一仍然不为过。

电子管的最大缺点是体积大、耗电多且寿命短，导致当时电子设备的体积和重量都十分庞大。例如，1946年诞生的世界上第一台电子计算机，使用了18800只电子管，占地面积达170m^2，重30t，耗电量达150kW。1948年，在美国的贝尔实验室诞生的半导体管（晶体管）是电子技术发展史上划时代的产物，它在体积、重量、耗电量、寿命等方面都要远胜于电子管。虽然今天在大多数领域，电子管已被半导体管所取代，但由于电子管在大功率及工作稳定性等方面不可取代的优点，现在仍然可以在一些大功率的电子设备上看到它的身影。

从物理学的角度看，半导体管与电子管的内部机理是不同的，但它们基本原理都是由电子运动所产生的效应，这也是"电子学"（电子技术）名称的由来。电子技术应用领域的不断拓展对电子设备的体积、重量、耗电量及工作的稳定性、可靠性都提出了更高的要求，但不论是电子管还是半导体管，它们由分立元器件所组成的电路结构仍然未能彻底解决这些问题。于1958年问世的集成电路标志着电子技术又发展到一个更新的阶段。集成电路实现了材料、元器件与电路三者之间的统一。随着材料技术和制造工艺的进步，今天的超大规模集成电路已充分显示出其无可比拟的优越性。今天的电子计算机已经历了电子管、半导体管、集成电路和大规模集成电路四代产品，正朝着巨型化、微型化、智能化和网络化的方向发展，多媒体计算机和互联网的出现标志着计算机技术已渗透到各个技术领域和社会生活的各个方面，将给人类社会的生产和生活方式带来前所未有的变化。

通常习惯把电工技术的应用领域称为"强电"，而把电子技术的应用领域称为"弱电"，但是这一划分已经成为了历史。随着大功率半导体器件制造工艺的完善，电力电子技术的迅速发展并被广泛应用于变频调速、工频电源、直流输电、不间断电源等诸方面，使半导体技术进入了传统的强电领域。

电能的应用给人类社会带来的效益是不言而喻的了，但是电也会给人带来危害，在已经普遍实现电气化的今天，电击、电伤和电气火灾也时刻威胁着人们的生命财产安全。因此，只有掌握电能应用的规律，学习好电工与电子技术，才能驾驭并应用好电能，趋利避害，让电能为人类造福。

今天电工电子技术的发展，应归功于19世纪以来的各国科学家的努力，让我们向这些科学家学习。

| 伏特 | 高斯 | 焦耳 | 奥斯特 | 安培 | 西门子 |

1.3 非电专业电工电子技术课程的定位

电工电子技术课程作为非电专业一门非常重要的电气技术专业基础课程，对于非电专业的学生，电工电子技术是从事许多职业岗位必须具有的专业基础技术之一，对本职工作会提供极为有效的帮助。通过表1-2反映了电工电子技术与各专业课和职业岗位的关系。

表1-2 电工电子技术与各专业课和职业岗位的关系

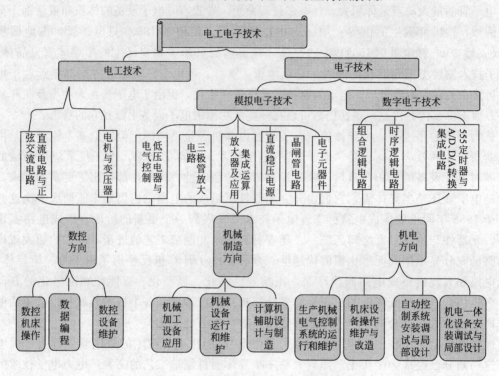

1.4 如何学习这门课程

（1）电工电子技术课程的具体目标

① 知识与技能 掌握基本概念、基本电路和基本分析方法，通过实验、实训、电子设计与制作，不断增强动手能力。

认识实验在电工电子技术中的地位和作用，掌握实验的一些基本技能，会使用基本的实验仪器，能独立完成一些实验。

② 思维与方法 通过经历科学探究过程，参加科学实践活动，培养科学的思维方式，掌握电工电子技术的研究方法，培养学生具有一定的观察能力，思维能力，质疑能力，信息收集和处理能力，分析、解决问题能力和交流、合作能力。

③ 态度与价值观 培养学生勇于探究自然界的奥秘，体验探索自然规律的艰辛与喜悦的情操，有将科学服务于人类的意识。

（2）学好电工电子技术这门课程要注意把握的几点

① 掌握基本概念、基本电路和基本分析方法

基本概念：概念是不变的，应用是灵活的，"万变不离其宗"。

基本电路：构成的原则是不变的，具体电路是多种多样的。

基本分析方法：不同类型的电路有不同的性能指标和描述方法，因而有不同的分析方法。

电工技术经历了直流电和交流电两个时代，电子技术的发展经历了电子管、晶体管、集成电路、大规模和超大规模集成电路四个时代，新的电子器件出现使电路发生了很大的变化，但就电路理论来说，发展却相对较慢，基本的电路理论和分析方法已经比较成熟。因此，在学习时要注重掌握基本理论，这对于设计、分析新的电路是非常有益的。

② 注意定性分析和近似分析的重要性　电子技术中常用的电子器件大都是非线性的，电路结构有时非常复杂，难以进行精确的分析计算，因此在工程计算的过程中，在一定的前提条件下，常常采用一些工程近似以简化问题。初学者需要特别注意工程近似的前提条件，以便正确解决问题，并使产生的误差在允许的范围内。

③ 学会辨证、全面地分析电子电路中的问题　根据需求，最适用的电路才是最好的电路，要研究利弊关系，通常"有一利有一弊"。

④ 注意电路中常用定理在电子电路中的应用

⑤ 做好实验、实训、电子设计与制作

由于电工电子技术是一门以实验为基础的学科，实践性很强，因此在学习过程中，要注意理论联系实际。要熟悉有关测试仪器、设备的性能和正确的使用方法，通过实验、实训、电子设计与制作，不断增强观察能力、思维能力和动手能力。

思考题

为什么在电工电子技术的发展历史中，鲜有中国科学家的名字被提及？

工作任务

查阅资料，写一篇短文，阐述你最敬仰的科学家在电工电子技术的发展历史中对人类文明发展所做出的贡献，与同学一起分享你的学习体会。

第1篇　电工技术

　　本篇学习内容与物理"电磁学"部分的内容相衔接，主要从电工技术的角度出发，讲述直流电路和交流电路的基本原理与分析计算方法，然后介绍变压器、电动机和安全用电等电工应用技术。

第2章　电路的基本概念、定律和分析方法

第3章　正弦交流电路

第4章　变压器和电动机

第5章　安全用电

第2章

电路的基本概念、定律和分析方法

学习意义

欧姆定律的实验

　　学习电工电子技术要从电路的基础知识开始。本章在复习物理电学知识基础上，着重介绍了电路的一些概念、重要定律和定理，以及一些工程实用计算方法。对电路的研究最有影响的定律是1826年欧姆发现的关于电阻性质的欧姆定律和在1849基尔霍夫发现的关于电路网络的基尔霍夫定律等，这两个定律确立了电路的基本理论和分析方法。

学习目标

1. 知识与技能
- 理解电路的基本物理量、电路模型和理想电路元件等概念；
- 掌握基尔霍夫定律内容，并会应用其解决实际问题；
- 掌握几种常用的电路的分析方法，如支路电流法、叠加原理等；
- 理解戴维南定理和诺顿定理。

2. 思维与方法

学习欧姆、基尔霍夫等科学家科学探究过程，培养科学的思维方式，认识电路研究方法，培养分析、解决问题能力。

3. 态度与价值观

培养学生乐于实验，探索科学规律的态度，体验做实验的艰辛与喜悦，培养用科学知识服务于人类的意识。

综合实训

实训1　基尔霍夫定律及电位、电压关系的验证。

学习指导

　　课前预习，仔细阅读所提供的课文内容，查阅有关资料，写出讨论和提出的问题提纲，完成工作任务，欢迎随时提出问题，并确保在完成本章学习后你的问题得到解答。

2.1 电路的基本概念

探索与发现

乔治·西蒙·欧姆（George Simon Ohm，1789—1854 年）生于德国埃尔兰根城。他对导线中的电流进行了研究，猜想导线中两点之间的电流也许正比于它们之间的某种驱动力，即现在所称的电动势。让电流通过各式各样的金属线，研究电流和电压的关系。他在 1827 年出版的著作《通电电路的数学研究》中，把他的实验规律总结成如下公式：$S=\gamma E$。式中，S 表示电流；E 表示电动力，即导线两端的电势差，γ 为导线对电流的传导率，其倒数即为电阻，正式提出了欧姆定律。

学习要点

1. 电路的数学模型；

2. 电压和电流的参考方向；

3. 电路中电位的概念及计算；

4. 功率和电能；

人们在日常生活或生产实践中经常会遇到各种各样的电气线路，例如照明线路、收音机线路、厂矿企业中大量使用的各种控制线路等，因此我们从电路的基本概念开始学习电路。见图 2-1 是最简单的实际电路。

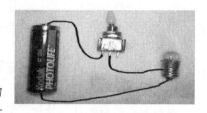

图 2-1 简单的实际电路

2.1.1 电路及组成

（1）电路的概念

电气元件或设备按一定方式连接构成电流流过的路径称为电路。

（2）电路的组成

电路的形式多种多样，但不管具体结构如何，它都是由最基本的三部分组成的，即电源、负载和中间环节。

① 电源 将其他形式的能量转化为电能，为电路提供电能的设备或器件。其作用是提供电子移动的势能或电压。

② 负载 消耗电能的设备或器件。其作用是把电能转化成其他形式的能（如热、光、声、机械能）。

③ 中间环节 把电源和负载连接起来形成电路的部分。其作用是连接并控制电路的通、断，或起保护作用。如导线：为电流流进和流出电源提供路径。

（3）电路的分类及作用（按其功能分两类）

① 电力电路 实现电能传输和转换功能与分配（如电力系统电路等）。

特点：电路将电能由电源经导线传输到相应用电设备，转换成光能、热能和机械能等。此类电路电压相对较高，电流及功率较大，习惯上称为"强电"电路，如图 2-2 所示。

② 信号电路 实现信号的传递和处理功能（如广播电视系统等）。

此类电路的电压较低，功率及电流较小，常称为"弱电"电路，如图 2-3 所示。

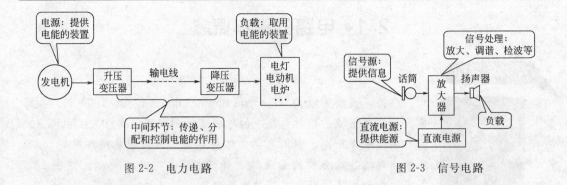

图 2-2　电力电路　　　　　　　　　　　　　　图 2-3　信号电路

2.1.2　电路模型

（1）电路模型

电气元件和设备在工作运行中所发生的物理过程很复杂，为了便于研究电路的特性和功能，揭示电路的内在规律，在电路分析中，必须对电路进行科学抽象，用一些模型来代替实际电器元件和设备的外部功能，这种模型称为电路模型。电路模型是实际电路电磁性质的科学抽象和概括，它是由理想电路元件构成的电路。

（2）理想电路元件

根据实际电路元件所具备的电磁性质所设想的具有某种单一电磁性质的元件，其 u、i 关系可用简单的数学式子严格表示，称为理想电路元件。

在电工电子技术中，常用的理想电路元件只有五种，即理想电阻元件、理想电感元件、理想电容元件及理想电压源和理想电流源（见图 2-4）。各种电路一般都可以抽象成由理想电路元件中的一种或几种来组成的电路模型。表 2-1 是部分电路元件图形符号。

各元件的功能如下。

电阻元件：表示消耗电能的元件。

电感元件：表示各种电感线圈产生磁场，储存电能的作用。

电容元件：表示各种电容器产生电场，储存电能的作用。

电源元件：表示各种将其他形式的能量转变成电能的元件。

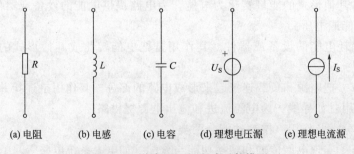

(a)电阻　　(b)电感　　(c)电容　　(d)理想电压源　　(e)理想电流源

图 2-4　五种常用理想电路元件模型

（3）理想电路元件实例分析

电路模型近似地描述实际电路的电气特性。根据实际电路的不同工作条件以及对模型精确度的不同要求，实际电路元件应当用不同的理想电路元件及其组合模型。现在以线圈为例加以说明，如图 2-5 所示。

表 2-1 部分电路元件图形符号

名　称	符　号	名　称	符　号	名　称	符　号
导线		传声器		电阻器	
连接的导线		扬声器		可变电阻器	
接地		二极管		电容器	
接机壳		稳压二极管		线圈,绕组	
开关		隧道二极管		变压器	
熔断器		晶体管		铁芯变压器	
灯		运算放大器		直流发电机	
电压表		电池		直流电动机	

(a) 线圈　　(b) 线圈的图形符号　(c) 线圈通过低频交流的模型　(d) 线圈通过高频交流的模型

图 2-5　线圈的几种模型

（4）电路模型实例分析

用元件的模型（理想元件及其组合）组成的电路等效地模拟了实际电路的功能，图 2-6 是手电筒电路的演化过程。

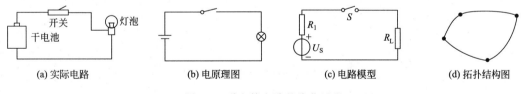

(a) 实际电路　　　　　(b) 电原理图　　　　　(c) 电路模型　　　　　(d) 拓扑结构图

图 2-6　手电筒电路的演化过程

2.1.3　电路的基本物理量

由于电能的传输和转换，或是信号的传递和处理过程，都是通过电流、电压、电动势、功率和电能来描述的，因此下面介绍电路的这些基本物理量。

（1）电流及其参考方向

① 电流的定义　在电场力的作用下，带电粒子（电荷）的定向运动形成电流。单位时间内通过导体某一横截面的电荷量定义为电流强度，简称为电流，即

$$i = \frac{\mathrm{d}q}{\mathrm{d}t} \tag{2-1}$$

13

直流电流（DC）：当电流的量值和方向不随时间变动，即 dq/dt 等于定值。用 I 表示，即

$$I = \frac{q}{t} \tag{2-2}$$

式中　dq 或 q——通过导体横截面的电荷量，C；

　　　dt 或 t——时间，s；

　　　i 或 I——电流强度，A。

采用国际单位制，安培（A）的含义是：如果 1s 内通过导体横截面的电量是 1 库仑（C），则该导体中的电流为 1A。

常用单位还有 mA（毫安）、μA（微安），它们之间的换算关系为

$$1A = 10^3 mA = 10^6 \mu A$$

② 电流的方向

a. 电流的实际方向。习惯上，人们将正电荷移动的方向或负电荷移动的反方向规定为电流的实际方向。

b. 电流的参考方向。对于分析计算较复杂一些的电路时，往往很难判断出某一单元或某一段电路上电流的实际方向，而对那些大小和方向都随时间变化的电流，要在电路中标出它们的实际方向就更不方便了。为了解决这一问题，需引入电流的参考方向这一概念。对于电流这种具有两种可能方向的物理量，参考方向是人们任意选定的一个方向，用箭头表示在电路图上，根据电流的参考方向作为计算的依据。

c. 实际方向与参考方向的关系。若计算出 $I>0$，则电流的实际方向与参考方向相同；若 $I<0$，则电流的实际方向与参考方向相反。

d. 电流参考方向的表示。电流的正方向有两种标定方法：一是用箭头表示电流的方向；二是用双下标表示（见图 2-7）。

如 I_{ab} 表示正方向是由 a 指向 b 的电流，如果正方向选定由 b 指向 a，如图 2-7(c) 显然有 $I_{ab} = -I_{ba}$，两者差一个负号。

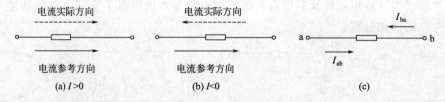

图 2-7　电流实际方向及其参考方向

（2）电压及其参考方向

带电粒子在电场中运动，电场力对电荷做功，这种电场力做功的本领用电压来度量。

① 电压定义　电路中 a、b 两点间的电压等于单位正电荷在电场力的作用下由 a 点移动到 b 点时减少的电能，用 u_{ab} 表示，即

$$u_{ab} = \frac{dW}{dq} \tag{2-3}$$

式中，dq 为由 a 点移动到 b 点的电荷量，dW 为转移过程中电荷减少的电能。

根据电压是否随时间变化可分为直流电压和交流电压，直流电压用 U 表示。

在国际单位制中，电压的单位是 V（伏特）。

常用单位：kV（千伏）、mV（毫伏）、μV（微伏）。换算关系为

$$1V = 10^3 mV = 10^6 \mu V = 10^{-3} kV$$

② 电压方向　电压的实际方向习惯上规定从高电位点指向低电位点，即电压降的方向。

a. 电压的参考方向。任选一电压方向作为电压的参考方向。若 $U > 0$，说明电压的实际方向与参考方向相同；若 $U < 0$，说明电压的实际方向与参考方向相反。

b. 关联参考方向。在分析和计算电路时，电压和电流参考方向的假定，原则上是任意的。但为了方便起见，元件上的电压和电流常取一致的参考方向，即电流从正极性端流入该元件，从负极性端流出。这样选择的某一段电路的电流与电压的参考方向称为关联参考方向（见图 2-8）。

（3）电位及其性质

在电气设备的调试和检修中，经常要选择电路中的某一点作为参考点，然后测量各点的电位，看其是否符合设计数值。

① 电位的定义　电路中任意点 a 与电位参考点 0 之间的电压，用 V_a 表示。电位的单位为 V。

② 相对性和单值性

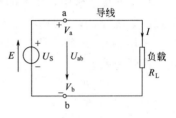

图 2-8　关联参考方向

a. 电位的相对性是指电位相对于某一参考点而言的，参考点不同，即使是电路中的同一点，其电位值也不同。

电位参考点的选取原则上是任意的，但实用中常选大地为参考点，在电路图中用图形符号"⏚"表示。有些设备的外壳是接地的，凡与机壳相连的各点，均是零电位点。有些设备的机壳不接地，则选择许多导线的公共点（通常是机壳或底板）作参考点，电路中用图形符号"⊥"或"⊥"表示。

b. 一个电路只能选定一个参考点，此时电路中各点的电位就有唯一的数值，称为电位的单值性。

③ 电位的计算　要计算电路中某一点的电位，就是从参考点出发，沿着任选的一条路径"走"到该点，遇到电位升高取正值，遇到电位降低取负值，其正负值的代数和就是该点的电位。

【例 2-1】　已知电路如图 2-9 所示，①选取 B 点为电位参考点，求 A 点电位及 U_{AB}；②选取 A 点为电位参考点，求 B 点电位及 U_{AB}。

解　①在图2-9（a）中，以 B 点为参考点，即令

$$V_B = 0$$

$$V_A = V_A - V_B = U_{AB} = 2V$$

② 在图 2-9（b）中，以 A 为参考点，即 $V_A = 0$

$$V_B = V_B - V_A = U_{BA} = -U_{AB} = -2V$$

$$U_{AB} = V_A - V_B = 2V$$

结论：电位参考点变化时，各点电位发生变化，而电压的大小与电位参考点的选择无关。

（4）电动势及其方向

① 电动势定义　在电源内部，外力将单位正电荷由负极移到正极增加的电能，用 e 表示，即

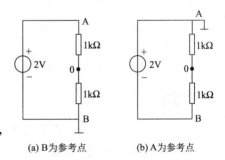

(a) B为参考点　　(b) A为参考点

图 2-9　电位的计算示例

$$e = \frac{dW_S}{dq} \tag{2-4}$$

式中，dq 为转移的电荷；dW_S（下标 S 表示电源）为转移过程中电荷增加的电能。

在国际单位制中，电动势的单位是 V。

② 电动势方向　从低电位（负极）指向高电位（正极），与电源电压的实际方向相反（见图 2-10）。

（5）功率和电能

① 功率定义　电能转换的速率（p），即

$$p = \frac{dW}{dt} = u\frac{dq}{dt} = ui \qquad (2\text{-}5)$$

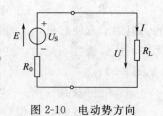

图 2-10　电动势方向

在国际单位制中，功率的单位为 W（瓦特），即 1V 的电压，流过的电流为 1A，则功率为 1W。

常用的单位有：kW（千瓦）、mW（毫瓦）、μW（微瓦）等。换算关系为

$$1W = 10^3\,mW = 10^6\,\mu W = 10^{-3}\,kW$$

② 功率平衡

$$\begin{cases} p = ui \text{ 或 } P = UI & \text{电流电压取关联参考方向} \\ p = -ui \text{ 或 } P = -UI & \text{电流电压取非关联参考方向} \end{cases}$$

$p > 0$，则该元件吸收功率；$p < 0$，则该元件发出功率。

电路中的功率关系为

$$P_S = P_L + \Delta P \qquad (2\text{-}6)$$

式中　P_S——电源电动势产生的功率，$P_S = U_S I$；

P_L——负载电阻吸收的功率，$P_L = UI$；

ΔP——电源内阻消耗的功率。

结论：电路中电动势发出的功率，等于各部分电阻吸收功率的总和，即功率平衡方程式是能量守恒定律在电路中的具体表现。

③ 电能　从 t_0 到 t 时间内，电路消耗的电能（量）为

$$W = \int_{t_0}^{t} p\,dt \qquad (2\text{-}7)$$

直流时为 $\qquad\qquad\qquad W = P(t - t_0)$

在国际单位制中，电能的单位是 J（焦耳），即功率为 1W 的用电设备在 1s 内消耗的电能为 1J。

常用单位为度［千瓦·小时（kW·h）］。

思考题

1. 在电路计算时，为什么首先要选择电流的参考方向？

2. 为什么说电压和电位是两个不同的概念？

工作任务

学习用试电笔检测电气线路故障的原因。

1. 工作描述

某电气控制线路如图 2-11 所示。其中，KA 为电磁铁线圈，SA 为控制开关，KAJ1、

KAJ2、KAJ3 为继电器触点。故障现象为：闭合开关 SA 后，电磁铁不工作。

2. 工作目标

学会用电位分析法查找电气线路的故障；分析产生故障的可能原因。

工作任务分析参考

① 对电气线路故障的分析方法，一般根据具体的情况选用相应的方法，电位分析法是最基本方法之一。

图 2-11 某电气控制线路示意图

② 电位分析法的原理：电气线路在不同的工作状态下，各点会有不同的电位。因此，可以通过分析和测量电气线路中某些点的电压及其分布情况，来确定电气线路故障的类型和部位。

③ 用试电笔检测电力线路故障时，氖管的明暗程度就是电位分析法的一种典型应用。

2.2 电路的基本定律

探索与发现

基尔霍夫（Gustav Robert Kirchhoff，1824—1887 年），德国物理学家。1824 年 3 月 12 日生于德国柯尼斯堡，一生从事科学研究，在物理学、天文学和化学各方面都做出了重大的贡献。在法国数学物理学派思想的影响下，1845 年，21 岁时他发表了第一篇论文，提出了稳恒电路网络中电流、电压、电阻关系的两条电路定律，即著名的基尔霍夫电流定律和基尔霍夫电压定律，解决了电器设计中电路方面的难题。直到现在，基尔霍夫电路定律仍旧是解决复杂电路问题的重要工具。基尔霍夫被称为"电路求解大师"。

学习要点

1. 欧姆定律和基尔霍夫定律；

2. 电路的工作状态；

在电路分析和计算时，经常会用到两个最基本的定律：欧姆定律和基尔霍夫定律。用欧姆定律、串联和并联等知识可以解决一些简单的电路问题，但如果遇到一些复杂的电路问题时就非常困难了，基尔霍夫定律可以解决这些问题。在一个电路的内部，各段的电流、电压之间相互影响、相互制约，成为一个具有内在规律的统一系统，基尔霍夫定律就是从电路的整体揭示电路各段之间电流、电压之间的必然联系的。

2.2.1 欧姆定律

欧姆定律是表述电路中电流、电压和电阻三者之间基本关系的电学定律。

（1）部分电路欧姆定律

① 表述 不含电源的一段电路称为部分电路，流过导体的电流与这段导体两端的电压成正比，与导体的电阻成反比。这个结论称为欧姆定律（见图 2-12）。

② 数学表达式

$$I = \frac{U}{R}$$

（2-8）

其中，I 为电流强度，A；U 为电压，V；R 为电阻，Ω。

电阻的国际单位为 Ω（欧姆），常用单位有 $k\Omega$（千欧）、$M\Omega$（兆欧）等。

其换算关系为

$$1M\Omega = 10^3 k\Omega = 10^6 \Omega$$

电导：电阻的倒数，用 G 表示，即 $G = \dfrac{1}{R}$。单位为 S（西门子）。

（2）全电路欧姆定律

① 表述　在包含电源的全电路中，电流强度与电源的电动势成正比，与整个电路的内、外电阻之和成反比（见图 2-13）。

② 数学表达式

$$I = \frac{E}{R+r} \tag{2-9}$$

式中，E 是电源的电动势，V；R 是外电路（负载）电阻，Ω；r 是内电路电阻，Ω；I 是电路中的电流强度，A。

由式可得

$$E = IR + Ir = U_{外} + U_{内}$$

式中，$U_{外}$ 是电源外电路输出的电压，又称电源的端电压，单位为 V；$U_{内}$ 是电源内阻的电压降，单位为 V。

外电路两端电压 $U_{外} = RI = E - Ir = \dfrac{R}{R+r}E$，显然，负载电阻 R 值越大，其两端电压 $U_{外}$ 也越大；当 $R \gg r$ 时（相当于开路），则 $U_{外} = E$；当 $R \ll r$ 时（相当于短路），$U_{外} = 0$，则电流（$I = E/r$）很大，电源容易烧毁。

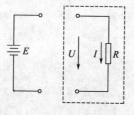

图 2-12　部分电路

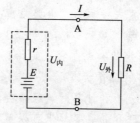

图 2-13　全电路

2.2.2　基尔霍夫定律

基尔霍夫定律是电路的基本定律之一，它包含有两条定律，分别称为基尔霍夫电流定律（KCL）和基尔霍夫电压定律（KVL）。

（1）电路结构的基本名词

在基尔霍夫定律中，常要用到如下几个电路名词。

支路：在电路中通过同一电流的分支电路叫作支路。如图 2-14 所示电路中，有三条支路，分别是 I_1、I_2 和 I_3 流过的支路。

节点：有三条或三条以上支路的连接点叫作节点。如图 2-14 的电路中，有 b、e 两个节点。

回路：电路中任一个闭合的路径叫作回路。回路可由一条或多条支路组成，但是只含一个闭合回路的电路叫网孔。如图 2-14 的电路中，有 abcdefa、abefa 和 bcdeb 三个回路，两个网孔，即 abefa 和 bcdeb。

（2）基尔霍夫电流定律（KCL）

根据电流连续性原理，在电路中任一时刻，流入节点的电流之和等于流出该节点的电流之和，节点上电流的代数和恒等于零，即

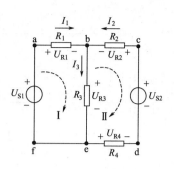

图 2-14　电路名词定义示意图

$$\sum I_入 = \sum I_出 \quad 或 \quad \sum I = 0 \qquad (2\text{-}10)$$

这一关系叫节点电流方程，是基尔霍夫电流定律，也称为基尔霍夫第一定律。该定律的应用可以由节点扩展到任一假设的闭合面（见图 2-15）。在应用 KCL 时，必须先假定各支路电流的参考方向，再列电流方程求解，根据计算结果，确定电流的实际方向。如果指定流入节点的电流为正（或负），则流出节点的电流为负（或正）。

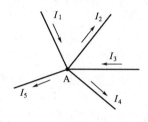

(a) 基尔霍夫电流定律

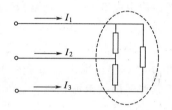

(b) 基尔霍夫电流定律扩展应用

图 2-15　基尔霍夫电流定律（KCL）

例如，在图 2-15（a）中，在节点 A 上：

$$I_1 - I_2 + I_3 - I_4 - I_5 = 0$$

在图 2-15（b）中，电路的虚线部分，同样符合基尔霍夫电流定律的约束关系，有：

$$I_1 + I_2 + I_3 = 0$$

电流的连续性原理：电荷在电路中的运动是连续的，在任何地方既不会消失，也不能自生。

（3）基尔霍夫电压定律（KVL）

根据电位的单值性原理，在电路中任一瞬时，沿回路方向绕行一周，闭合回路内各段电压的代数和恒等于零，即回路中电动势的代数和恒等于电阻上电压降的代数和，其数学式为

$$\sum U = 0 \ 或 \sum U_S = \sum RI \qquad (2\text{-}11)$$

这一关系叫回路电压方程，是基尔霍夫电压定律，也称为基尔霍夫第二定律。该定律的应用可以由闭合回路扩展到任一不闭合的电路上，但必须将开口处的电压列入方程中（见图 2-16）。在应用 KVL 时，必须先假定闭合回路中各电路元件的电压参考方向和回路的绕行方向，当两者的假定方向一致时，电压取"＋"号；反之则电压取"－"号。

例如，在图 2-16（a）中沿着回路 AEFBA 方向绕行，列出电压方程如下：

$$E_2 + R_2 I_2 - R_3 I_3 = 0$$

在图 2-16（b）所示的电路中，A、B 两点并不闭合，但只要标出 A、B 两点间的电压 U_{AB}，可对假想回路列出电压方程：

$$U_{AB} + I_2 R_3 + E_3 - I_1 R_4 = 0$$

基尔霍夫电压定律的扩展应用可用于求电路中开路两点之间的电压或电路中两点间的

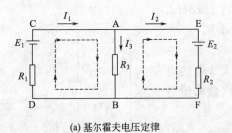

(a) 基尔霍夫电压定律

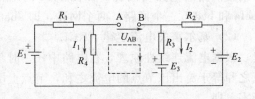

(b) 基尔霍夫电压定律扩展应用

图 2-16　基尔霍夫电压定律（KVL）

电压。

2.2.3　电路的三种状态

当电源与负载通过中间环节连接成电路后，电路有几种不同的工作状况，下面以直流电路为例分别讨论电路在有载、开路和短路工作状态时的一些特性。

（1）有载工作状态

电源接有一定负载时，将输出一定大小的电流和功率。通常，电路负载并联在电源上，如图 2-17 所示。因电源输出电压基本不变，所以负载的端电压也基本不变，那么，负载并接得越多，电源输出的电流就越大，输出功率也越大。

任何电气设备都有一定的电压、电流和功率的限额。额定值就是电气设备制造厂对产品规定的使用限额，通常都标在产品的铭牌或说明书上（见图 2-18）。电气设备在额定值的情况下工作，就称为额定工作状态。

电源设备的额定值一般包括额定电压、额定电流和额定容量。其中额定电压和额定电流是指电源设备安全运行所规定的电压和电流值额定容量；额定容量表示电源允许的最大输出功率。

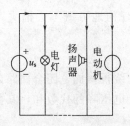

图 2-17　负载并联在电源上

三相异步电动机		
型号　Y160L-4	功率　15kW	频率　50Hz
电压　380V	电流　30.3A	接法　△
转速　1440r/min	温升　80℃	绝缘等级　B
工作方式　连续	重量　45kg	
年　月　日	编号	××电机厂

图 2-18　三相异步电动机铭牌

在图 2-19 所示的电路中，如果开关闭合，电源则向负载 R_L 提供电流，负载 R_L 处于额定工作状态，这时电路有如下特征。

① 电路中的电流为

$$I = \frac{U_S}{R_0 + R_L}$$

式中，当 U_S 与 R_0 一定时，I 的值取决于 R_L 的大小。

② 电源的端电压等于负载两端的电压（忽略线路上的压降），为

$$U_1 = U_S - R_0 I = U_2$$

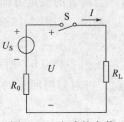

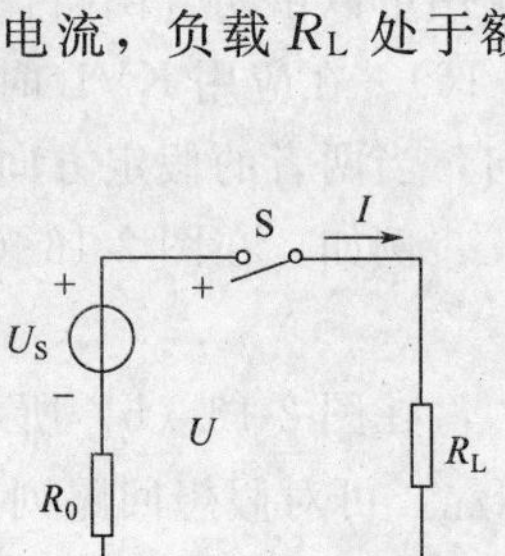

图 2-19　电路的有载

③ 电源输出的功率则等于负载所消耗的功率（不计线路上的损失），为

$$P_1 = U_1 I = (U_S - R_0 I) I = U_2 I = P_2$$

④ 有载工作状态分类：满载、过载、轻载（见表2-2）。

表 2-2　有载工作状态分类

序号	名称	特　点
1	满载	电气设备工作在额定值情况下的状态称为额定工作状态（又称为"满载"）。电气设备的使用最经济合理、安全可靠、保证电气设备的设计寿命
2	过载	电气设备超过额定值工作，过载时间较长会大大缩短电气设备的使用寿命，甚至会使电气设备损坏
3	轻载	电气设备低于额定值工作，电气设备不能正常合理地工作或者不能充分发挥其工作能力

（2）开路状态

图 2-19 所示的电路，为开关断开或连接导线折断时的开路状态，也称为空载状态。电路在空载时，外电路的电阻可视为无穷大，因此电路具有下列特征。

① 电路中的电流为零，即

$$I = 0$$

② 电源的端电压为开路电压 U_0，并且有

$$U_1 = U_0 = U_S - R_0 I = U_S$$

③ 电源对外电路不输出电流，因此有

$$P_1 = U_1 I = 0, \quad P_2 = U_2 I = 0$$

（3）短路状态

如图 2-19 所示的电路中，电源的两输出端线，因绝缘损坏或操作不当，导致两端线相接触，电源被直接短路，这就叫短路状态。

当电源被短路时，外电路的电阻可视为零，这时电路具有如下特征。

① 电源中的电流最大，但对外电路的输出电流为零，即

$$I_S = \frac{U_S}{R_0}, \quad I = 0$$

式中，I_S 称为短路电流。因为一般电源的内阻 R_0 很小，所以 I_S 很大。

② 电源和负载的端电压均为零，即

$$U_1 = U_S - R_0 I = 0, \quad U_2 = 0$$

上式表明，电源的恒定电压，全部降落在内阻上，两者的大小相等，方向相反，因此无输出电压。

③ 电源输出的功率全部消耗在内阻上，因此，电源的输出功率和负载所消耗的功率均为零，即

$$P_1 = U_1 I = 0$$

$$P_2 = U_2 I = 0$$

$$\Delta P = \frac{U_S^2}{R_0} = R_0 I_S^2$$

思考题

1. 试判断图 2-20 中元件是发出功率还是吸收功率。

2. 查找资料阐述用基尔霍夫定律解题的步骤。

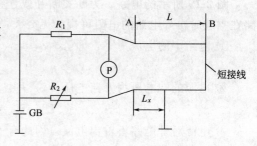

图 2-20　题1图

📋 **工作任务**

学习用阻抗分析法判断电气线路故障。

1. 工作描述

如图 2-21 所示，已知线缆全长为 500m，当电桥电路平衡时，$R_1 = 100\Omega$，$R_2 = 31.5\Omega$，则接地故障点距离测量端 A 的距离为多少米？

2. 工作目标

学习阻抗分析法原理，对于线路故障，通过测量导线电阻可以找到线缆接地或短路故障点。电路原理如图 2-21 所示。

工作任务分析参考

若线缆全长为 L，A 端至故障点的距离为 L_x。单位长度导线电阻均为 R_0 （Ω/m），$(2L-L_x)R_0$、L_xR_0 和 R_1、R_2 构成了一个电桥电路。调整电阻 R_2，则 $R_1 \cdot L_x R_0 = R_2 \cdot (2L-L_x)R_0$ 成立，可得 $L_x = 2LR_2/(R_1+R_2)$。

图 2-21　线路接地故障示意图

2.3　电路的基本分析方法

探索与发现

　　莱昂·夏尔·戴维南（Léon Charles Thévenin，1857—1926 年）出生于法国莫城，是法国的电信工程师。1876 年毕业于巴黎综合理工学院，1878 年加入了电信工程军团，最初的任务为架设地底远距离的电报线。1882 年成为综合高等学院的讲师，在研究了基尔霍夫电路定律以及欧姆定律后，他发现了著名的戴维南定理，用于计算更为复杂电路上的电流。

　　诺顿定理是戴维南定理的一个延伸，由 Hause-Siemens 研究员汉斯·费迪南·梅耶尔（1895—1980 年）及贝尔实验室工程师爱德华·罗里·诺顿（1898—1983 年）于 1926 年分别提出。实际上梅耶尔是两人中唯一有在这课题上发表过论文的人，诺顿只在贝尔实验室内部用的一份技术报告上提及过他的发现。此外，在担任综合高等学院电信学院的院长后，他也常在校外教授其他的学科，例如在国立巴黎农学院教机械学。

学习要点

1. 电源的等效变换；

2. 支路电流法；

3. 叠加原理；

4. 戴维南定理和诺顿定理。

电路分析是指在已知电路结构和元件参数的条件下，确定各部分电压与电流之间的关系，原则上可以应用欧姆定律和基尔霍夫定律解决。实际电路的结构和功能多种多样，如果对某些复杂电路直接进行分析计算，步骤将很繁琐，计算量很大。因此，对于复杂电路的分析，必须根据电路的结构和特点去寻找分析和计算的简便方法。本节主要介绍电源的等效变换、支路电流法、叠加定理、戴维南定理和诺顿定理。这些方法既可用于分析直流电路，也适用于分析线性交流电路。

2.3.1　电源的等效变换

在电路分析当中，有些复杂的电路网络中含有多个电源（电压源和电流源），常常需要将电源进行合并，成为一个等效电源，这种分析方法称为电源等效变换法。

一个实际电源可以用电压源模型来等效，也可以用电流源模型来等效。在电路分析时，为了方便，当两个电源模型满足一定条件时，就可以等效互换，对负载和外电路效果都是一样的，这种方法称为电压源和电流源等效变换。

（1）电压源

电源是电能的来源，也是电路的主要元件之一。电池、发电机等都是实际的电源。在电路分析时，常用等效电路来代替实际的部件。一个实际的电源的外特性，即电源端电压与输出电流之间的关系 $U=f(I)$，可以用两种不同的电路模型来表示：一种是电压源，一种是电流源。

① 理想的电压源——恒压源　一个电源没有内阻，其端电压与负载电流的变化无关，为常数，则这个电源称为理想的电压源，用 U_S 表示，它是一条与 I 轴平行的直线。通常用的稳压电源、发电机可视为理想的电压源。

② 电压源　实际的电源都不会是理想的，总是有一定的内阻，因此，在电路分析时，对电源可以用一个理想的电压源与内阻相串联的电路模型——电压源来表示，如图 2-22 所示。直流电压源的外特性为

$$U=U_S-R_0I \tag{2-12}$$

图中，斜线与纵坐标轴的交点，为负载开路时电源的端电压（电压源的最高端电压），即 $I=0$，$U=U_0=U_S$。而与横坐标轴的交点则是电源短路时的最大电流 I_S，即 $U=0$，$I_S=U_S/R_0$。

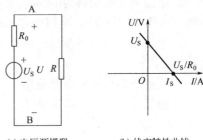

(a) 电压源模型　　(b) 伏安特性曲线

图 2-22　实际电压源模型及伏安特性曲线

（2）电流源

① 理想电流源——恒流源　当一个电源的内阻为无穷大，其输出电流与负载的变化无关，为常数，则这个电源称为理想电流源，用 I_S 表示。其外特性曲线是一条与纵轴 U 平行的直线。常用的光电池与一些电子器件构成的稳流器，可以认为是理想的电流源。

② 电流源　理想电流源实际上是不存在的。对于一个实际的电源，也可以用一个理想的电流源与内阻并联的电路模型——电流源来替代，如图 2-23 所示，由式（2-13）得直流电流源的外特性为

$$I=\frac{U_S}{R_0}-\frac{U}{R_0}=I_S-\frac{U}{R_0} \tag{2-13}$$

的曲线，图中斜线与纵轴的交点表示负载开路时，$I=0$，$U=U_0=R_0I_S=U_S$；斜线与横轴的交点则是电流源短路时，$U=0$，$I=I_S$。

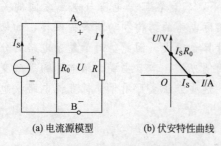

(a) 电流源模型　　(b) 伏安特性曲线

图 2-23　实际电流源及伏安特性曲线

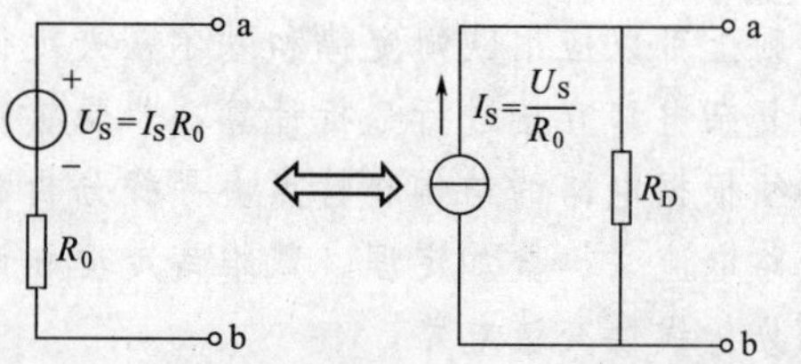

图 2-24　实际电压源与实际电流源等效变换

（3）电压源与电流源的等效变换

如果电压源和电流源的外特性相同，则在相同电阻 R 上产生相等的电压 U 与电流 I。

在图 2-24（a）的电压源模型中

$$U_S = R_0 I + U \tag{2-14}$$

在图 2-24（b）的电流源模型中

$$I_S = I + \frac{U}{R_0}$$

$$R_0 I_S = R_0 I + U$$

根据等效的要求，比较以上两式，得

$$U_S = R_0 I_S \text{ 或 } I_S = \frac{U_S}{R_0} \tag{2-15}$$

式（2-15）就是实际的电压源与电流源之间等效变换公式。

在等效变换时还需注意以下几点。

① 电压源是电动势为 E 的理想电压源与内阻 R_0 相串联，电流源是电流为 I_S 的理想电流源与内阻 R_0 相并联，是同一电源的两种不同电路模型。

② 变换时两种电路模型的极性必须一致，即电流源流出电流的一端与电压源的正极性端相对应。

③ 等效变换仅对外电路适用，其电源内部是不等效的。

④ 理想电压源的短路电流 I_S 为无穷大，理想电流源的开路电压 U_0 为无穷大，因而理想电压源和理想电流源不能进行这种等效变换。

2.3.2　支路电流法

支路电流法是利用基尔霍夫两个定律列出电路的电流和电压方程，求解复杂电路中各支路电流的基本方法。支路电流法的解题步骤如下。

① 先标出电路中各支路电流、电压的参考方向和回路的绕行方向。

② 如果电路中有 n 个节点，根据 KCL 列出 $n-1$ 个独立的节点电流方程。

③ 如果电路中有 m 个回路，根据 KVL 列出 $m-(n-1)$ 个独立回路电压方程。通常选电路中的网孔来列回路电压方程。

④ 代入已知数，解联立方程组，求出各支路电流。根据需要还可以求出电路中各元件的电压及功率。

2.3.3　叠加原理

在线性电路中，如果有多个电源供电（或作用），任一支路的电流（或电压）等于各电源单独供电时在该支路中产生电流的代数和，这就是叠加原理。它是分析线性电路的一个重要定理。它的应用可以由线性电路扩展到产生的原因和结果满足线性关系的系统中，但不能用叠加原理计算功率，因为功率是电流（或电压）的二次函数（$P=RI^2$），不是线性关系。在应用叠加定理时，应注意以下几点。

①　在考虑某一电源单独作用时，要假设其他独立电源为零值。电压源用短路替代，电动势为零；电流源开路，电流为零。电源有内阻的都保留在原处，其他元件的连接方式不变。

②　在考虑某一电源单独作用时，以原电路中电压和电流的参考方向为准，分电压和分电流的参考方向与其一致时取正号，不一致时取负号。

③　叠加定理只能用于计算线性电路的电压和电流，不能计算功率等与电压或电流之间不是线性关系的量。

④　受控源不是独立电源，必须全部保留在各自的支路中。

2.3.4　戴维南定理和诺顿定理

（1）戴维南定理

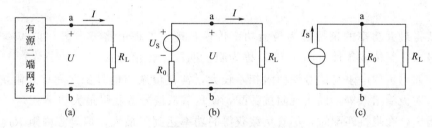

图 2-25　有源二端网络的等效电路

在图 2-25 所示的电路中，在电路分析计算中，有时只需计算电路中某一支路的电流，如果用前面介绍的方法，计算比较复杂，为了简化计算，可采用戴维南定理进行计算。戴维南定理表述如下：任何一个线性有源二端网络，对于外电路，可以用一个理想电压源和内阻串联组合的电路模型来等效。该电压源的电压等于有源二端网络的开路电压；内阻等于将有源二端网络变成相应的无源二端网络的等效电阻。此电路模型称为戴维南等效电路，二端网络即具有两个端钮与外电路连接的网络。二端网络的内部含有电源时称为有源二端网络，否则称为无源二端网络。所谓相应的无源二端网络的等效电阻，就是原有源二端网络所有的理想电源（理想电压源或理想电流源）均除去时网络的二端电阻。除去理想电压源，即 $E=0$，理想电压源所在处短路；除去理想电流源，即 $I_S=0$，理想电流源所在处开路。戴维南定理把有源二端网络用电压源来等效代替，故戴维南定理又称为等效电压源定理。

解题步骤如下。

①　断开支路求有源二端网络的开路电压 U_0。

②　将有源二端网络变为无源二端网络求等效电阻 R_{ab}。

③　根据戴维南定理画出等效电压源电路。

④　把断开的支路拿回来，求未知电流。

（2）诺顿定理

由于电压源与电流源可以等效变换，因此有源二端网络也可用电流源来等效代替。诺顿定理叙述如下：任一线性有源二端网络，对其外部电路来说，可用一个理想电流源和内阻相并联的有源电路来等效代替。其中理想电流源的电流 I_S 等于网络的短路电流，内阻 R_0 等于相应的无源二端网络的等效电阻。诺顿定理又称为等效电流源定理，它和戴维南定理一起合称为等效电源定理。

2.3.5　最大功率传输定理

在测量、电子信息系统中，经常会遇到接在电源输出端或接在有源二端网络上的负载如何获得最大功率的问题。根据戴维南定理，有源二端网络可以简化为电源与电阻的串联电路来等效，因此，在研究负载如何获得最大功率的问题时，根据图 2-26 电路中的负载 R_L 获得的功率为

$$P_L = I^2 R_L = \left(\frac{U_S}{R_0 + R_L} \right)^2 R_L$$

令 $\dfrac{\mathrm{d}P_L}{\mathrm{d}R_L} = 0$，可得

$$R_L = R_0 \tag{2-16}$$

式（2-16）称为最大功率传输条件，这时负载获得的功率最大，为

$$P_{Lmax} = \frac{U_S^2}{4R_0} \tag{2-17}$$

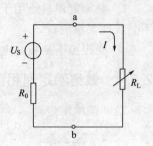

图 2-26　负载获得
最大功率的条件

负载获得最大功率的条件称为最大功率传输定理，工程上将电路满足最大功率传输条件（$R_L = R_0$）称为阻抗匹配。在信号传输过程中，如果负载电阻与信号源内阻相差较大，常在负载与信号源之间接入阻抗变换器，如变压器、射极输出器等，以实现阻抗匹配，使负载从信号源获得最大功率。

应该指出，在阻抗匹配时，尽管负载获得的功率达到了最大，但电源内阻 R_0 上消耗的功率为

$$P_0 = I^2 R_0 = I^2 R_L = P_{Lmax} \tag{2-18}$$

可见，电路的传输效率只有 50%，这在电力系统是不允许的，在电力系统中负载电阻必须远远大于电源内阻，尽可能减少电源内阻上的功率消耗，只有在小功率信号传送的电子电路中，注重如何将微弱信号尽可能放大，而不在意信号源效率的高低，此时阻抗匹配才有意义。

📓 思考题

1. 举例说明支路电流法解题方法。
2. 举例说明叠加定理的解题方法。

📋 工作任务

查找资料设计一个实验验证戴维南定理。

━━━━━━ 本 章 小 结 ━━━━━━

本章主要介绍以下几个方面的内容重点。

1. 电路和电路模型，电流、电压、电功率等基本物理量

电压、电流的参考方向是事先选定的一个方向，根据电压、电流数值的正、负，可确定电压、电流的实际方向。引入参考方向后，电压、电流可以用代数量表示。电路或元件的伏

安关系是电路分析与研究的重点。

2. 欧姆定律和基尔霍夫定律

欧姆定律和基尔霍夫定律是电路分析的最基本定律。它们分别体现了元件和电路结构对电压、电流的约束关系。

3. 功率与功率平衡

当元件上的电压与电流取关联参考方向时，其功率为 $P=UI$，当 $P<0$ 时，该元件输出（释放或产生）功率，当 $P>0$ 时，该元件输入（吸收或消耗）功率。一个电路中所有元件功率的代数和等于零，$\sum P=0$。

4. 电路的分析方法

简单电路的分析可以采用电阻串、并联等效变换的方法来化简。实际电压源与实际电流源可以互相等效变换。

支路电流法是分析电路的基本方法。如果电路结构复杂，因电路方程增加使得支路电流法不太实用。

戴维南定理和诺顿定理是电路分析中很常用的定理，运用它们往往可以简化复杂的电路。

叠加定理适用于线性电路，是分析线性电路的基本定理。注意，叠加定理只适用于线性电路中的电压和电流。

5. 二端网络与等效变换

无源二端线性网络可以等效为一个电阻。

有源二端线性网络可以等效为一个电压源与电阻串联的电路或一个电流源与电阻并联的电路，且后两者之间可以互相等效变换。

等效是电路分析与研究中很重要而又很实用的概念，等效是指对外电路伏安关系的等效。

练习题

1. 已知电路如图 2-27 所示，试计算 a、b 两端的电阻。

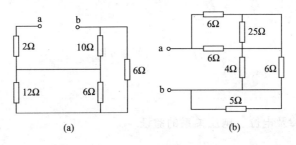

图 2-27　练习题 1 图

2. 有一盏"220V 60W"的电灯。①试求电灯的电阻；②当接到 220V 电压下工作时的电流；③如果每晚用 3h，问一个月（按 30 天计算）用多少电？

3. 已知电路如图 2-28 所示，其中 $E_1=15V$，$E_2=65V$，$R_1=5\Omega$，$R_2=R_3=10\Omega$。试用支路电流求 R_1、R_2 和 R_3 三个电阻上的电压。

4. 用叠加定理求电路（见图 2-29）中流过电阻 4Ω 的电流。

5. 用戴维南定理，求图 2-30 中流过 4Ω 电阻的电流 i。

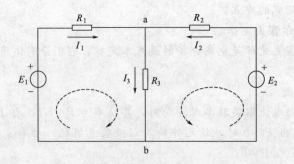

图 2-28 练习题 3 图

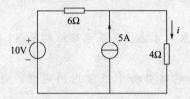

图 2-29 练习题 4 图

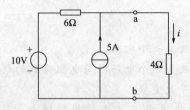

图 2-30 练习题 5 图

6. 试用诺顿定理,求图 2-31 电路中的电流 I_3。

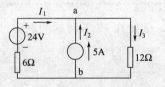

图 2-31 练习题 6 图

综合实训

实训 1 基尔霍夫定律及电位、电压关系的验证

1. 实训目的

① 验证基尔霍夫定律,加深对基尔霍夫定律的理解;

② 掌握直流电流表的使用以及学会用电流插头、插座测量各支路电流的方法;

③ 学习检查、分析电路简单故障的能力。

2. 原理说明

(1) 基尔霍夫定律

基尔霍夫电流定律和电压定律是电路的基本定律,它们分别用来描述节点电流和回路电压,即对电路中的任一节点而言,在设定电流的参考方向下,应有 $\sum I = 0$,一般流出节点的电流取正号，流入节点的电流取负号；对任何一个闭合回路而言，在设定电压的参考方向下，绕行一周，应有 $\Sigma U = 0$，一般电压方向与绕行方向一致的电压取正号，电压方向与绕行方向相反的电压取负号。

在实训前，必须设定电路中所有电流、电压的参考方向，其中电阻上的电压方向应与电流方向一致，见图 2-32 所示。

（2）检查、分析电路的简单故障

电路常见的简单故障一般出现在连线或元件部分。连线部分的故障通常有连线接错，接触不良而造成的断路等；元件部分的故障通常有接错元件、元件值错，电源输出数值（电压或电流）错等。

故障检查的方法是用万用表（电压挡或电阻挡）或电压表在通电或断电状态下检查电路故障。

① 通电检查法：在接通电源的情况下，用万用表的电压挡或电压表，根据电路工作原理，如果电路某两点应该有电压，电压表测不出电压，或某两点不应该有电压，而电压表测出了电压，或所测电压值与电路原理不符，则故障必然出现在此两点间。

② 断电检查法：在断开电源的情况下，用万用表的电阻挡，根据电路工作原理，如果电路某两点应该导通而无电阻（或电阻极小），万用表测出开路（或电阻极大），或某两点应该开路（或电阻很大），而测得的结果为短路（或电阻极小），则故障必然出现在此两点间。

本实训用电压表按通电检查法检查、分析电路的简单故障。

3．实训设备

① 直流数字电压表、直流数字毫安表（根据型号的不同，EEL-Ⅰ型为单独的 MEL-06 组件，其余型号含在主控制屏上）。

② 恒压源 EEL-Ⅰ、Ⅱ、Ⅲ、Ⅳ、Ⅴ均含在主控制屏上，根据用户的要求，可能有两种配置：+6V（+5V），+12V，0～30V 可调或双路 0～30V 可调。

③ EEL-30 组件（含实训电路）或 EEL-53 组件。

4．实训内容

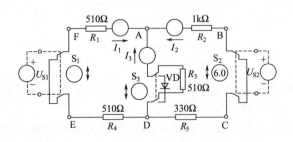

图 2-32 实训电路

实训电路如图 2-32 所示，图中的电源 U_{S1} 用恒压源中的 +6V（+5V）输出端，U_{S2} 用 0～30V 可调电压输出端，并将输出电压调到 +12V（以直流数字电压表读数为准）。实训前先设定三条支路的电流参考方向，如图中的 I_1、I_2、I_3 所示，并熟悉线路结构，掌握各开关的操作使用方法。

① 熟悉电流插头的结构，将电流插头的红接线端插入数字毫安表的红（正）接线端，电流插头的黑接线端插入数字毫安表的黑（负）接线端。

② 测量支路电流。

将电流插头分别插入三条支路的三个电流插座中，读出各个电流值。按规定：在节点A，电流表读数为"＋"，表示电流流出节点，读数为"－"，表示电流流入节点，然后根据图 2-32 中的电流参考方向，确定各支路电流的正、负号，并记入表 2-3 中。

表 2-3　支路电流数据

支路电流/mA	I_1	I_2	I_3
计算值			
测量值			
相对误差			

③ 测量元件电压。

用直流数字电压表分别测量两个电源及电阻元件上的电压值，将数据记入表 2-4 中。测量时电压表的红（正）接线端应插入被测电压参考方向的高电位（正）端，黑（负）接线端插入被测电压参考方向的低电位（负）端。

表 2-4　各元件电压数据

各元件电压/V	U_{S1}	U_{S2}	U_{R1}	U_{R2}	U_{R3}	U_{R4}	U_{R5}
计算值/V							
测量值/V							
相对误差							

④ 检查、分析电路的简单故障（EEL-Ⅴ型无此实训）。

在图 2-32 实训电路中，用选择开关已设置了开路、短路、元件值、电源值错误等故障，用电压表按通电检查法检查、分析电路的简单故障：首先用选择开关选择"正常"，在单电源作用下，测量各段电压，记入自拟的表格中，然后分别选择"故障1～5"，测量对应各段电压，与"正常"时的电压比较，并将分析结果记入表 2-5 中。

表 2-5　故障原因

故障 1	故障 2	故障 3	故障 4	故障 5

5. 实训注意事项

① 所有需要测量的电压值，均以电压表测量的读数为准，不以电源表盘指示值为准。

② 防止电源两端碰线短路。

③ 若用指针式电流表进行测量时，要识别电流插头所接电流表的"＋、－"极性，倘若不换接极性，则电表指针可能反偏（电流为负值时），此时必须调换电流表极性，重新测量，此时指针正偏，但读得的电流值必须冠以负号。

6. 预习与思考题

① 根据图 2-32 的电路参数，计算出待测的电流 I_1、I_2、I_3 和各电阻上的电压值，记入表中，以便实验测量时，可正确地选定毫安表和电压表的量程。

② 在图 2-32 的电路中，A、D 两节点的电流方程是否相同？为什么？

③ 在图 2-32 的电路中可以列几个电压方程？它们与绕行方向有无关系？

④ 实训中，若用指针万用表直流毫安挡测各支路电流，什么情况下可能出现毫安表指针反偏？应如何处理？在记录数据时应注意什么？若用直流数字毫安表进行测量时，则会有

什么显示呢?

7. 实训报告要求

① 回答思考题。

② 根据实验数据，选定实验电路中的任一个节点，验证基尔霍夫电流定律的正确性。

③ 根据实验数据，选定实验电路中的任一个闭合回路，验证基尔霍夫电压定律的正确性。

④ 列出求解电压 U_{EA} 和 U_{CA} 的电压方程，并根据实验数据求出它们的数值。

⑤ 写出实验中检查、分析电路故障的方法，总结查找故障的体会。

8. 小组讨论，老师给出评价

能力	评价	分数
专业能力		
工作方法		
合作能力		
交流能力		

第3章

正弦交流电路

学习意义

输电过程示意图

正弦交流电由发电厂、变电站通过输电线，将电能输送到乡村、工厂，输送到千家万户，每时每刻都为人类做着巨大的贡献。交流电有什么特性？我们怎样才能更好地利用它？这一章我们就来学习相关的内容。其实，我们一直生活在交流电当中，手机、寻呼机信号，各种电子设备的无线传输的辐射，人体功能，事实上，正弦交流电太深奥了，几乎宇宙中所有的生命体、未知生命，包括在人类看来没有生命特征的物体，差不多都存在交流电，人类应该在这个专业进行更深入的研究。

学习目标

1. 知识与技能
- 熟悉交流电路的基本概念，掌握交流电路的分析方法；
- 了解 RLC 电路的特性，掌握 RLC 电路谐振的条件特征；
- 熟悉三相对称电路的计算；
- 掌握提高功率因数的方法；
- 能够正确测量对称三相电源时，三相负载星形和三角形连接时电路中的电压和电流。

2. 思维与方法

通过正弦稳态交流电路相量的研究实验，培养学生具有一定的质疑能力、信息收集和处理能力，学习设计实验进行研究的方法。

3. 态度与价值观

培训学生严谨的学习态度。

综合实训

实训2　正弦稳态交流电路相量的研究实验。

学习指导

仔细阅读所提供的课文内容，查阅有关资料，研究每个图示，完成工作任务，欢迎随时提出问题，并确保在完成本章学习后你的问题得到解答。

3.1 正弦交流电的基本概念

探索与发现

施泰因梅茨（Steinmetz，Charles Protells，1865—1923 年），德裔美国电机工程师，美国艺术与科学学院院士，1865 年 4 月 9 日生于德国的布雷斯劳（今波兰的弗罗茨瓦夫），1889 年迁居美国。他出生即有残疾，自幼受人嘲弄，但他意志坚强，刻苦学习，1882 年入布雷斯劳大学就读，1888 年入苏黎世联邦综合工科学校深造，1889 年赴美。1892 年 1 月，在美国电机工程师学会会议上，施泰因梅茨提交了两篇论文，提出了计算交流电机的磁滞损耗的公式，这是当时交流电研究方面的一流成果。随后，他又创立了相量法，这是计算交流电路的一种实用方法。并在 1893 年向国际电工会议报告，受到热烈欢迎并迅速推广。同年，他加入美国通用电气公司工作，负责为尼亚加拉瀑布电站建造发电机。之后，又设计了能产生 10kA 电流、100kV 高电压的发电机；研制成避雷器、高压电容器。晚年开发了人工雷电装置。他一生获近 200 项专利，涉及发电、输电、配电、电照明、电机、电化学等领域。施泰因梅茨 1901—1902 年任美国电机工程师学会主席。

学习要点

1. 掌握正弦量的三要素；

2. 掌握相位差；

3. 掌握正弦量与相量之间的关系。

直流电源便于携带，在有些场合使用非常方便，如汽车、手机、剃须刀等小型生活用电器，但直流电的电压低，不方便远距离输送。

大小和方向随时间按正弦函数规律变化的电量称为正弦交流电，一般简称交流电。交流电的电压高，且方便远距离输送；交流电动机比直流电动机的结构简单，工作可靠，维护方便，成本较低；直流电可利用电子装置由交流电转换得到，电压高且可以调整，所以交流电的应用非常广泛。

交流电的有关知识是学习交流电动机、变压器和电子技术的重要基础。在研究交流电路时，既要用到直流电路中的许多概念和规律，又要学习交流电路独有的特点和规律。

3.1.1 正弦量

随时间呈正弦规律变化的物理量，称为正弦量。如随时间按正弦规律变化的电流、电压、电动势，统称为正弦交流电。正弦量主要采用正弦函数来描述。正弦交流电的产生一般有两种方式：电力系统中的正弦交流电是由交流发电机产生的，高频的正弦交流电一般都是有电子振荡器产生的。以正弦交流电流为例，其瞬间表达式为

$$i = I_m \sin (\omega t + \varphi) \tag{3-1}$$

正弦电流可以由式(3-1)中三个常数 I_m、ω、φ 这三个参数决定，因此称最大值、角频率、初相位为正弦量的三要素。其交流电波形如图 3-1 所示。

3.1.2 正弦量三要素的意义

（1）最大值和有效值

① 最大值　I_m 是正弦电流在一周期内所能达到的最大值，称为幅值（或峰值）。即 $\sin(\omega t+\varphi)=1$ 时，有

$$i_{msx}=I_m$$

② 有效值　为了确切地反映交流电在能量转换方面的实际效果，工程上常采用有效值来表述正弦量。

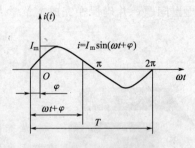

图 3-1　正弦交流电波形

交流电的有效值是根据它的热效应确定的。以交流电流为例，当某一交流电流和一直流电流分别通过同一电阻 R 时，如果在一个周期 T 内产生的热量相等，那么这个直流电流的数值叫作交流电流的有效值。有效值用相应的大写字母表示。

由于正弦交流电流 $i=I_m\sin(\omega t+\varphi)$ 一个周期内在电阻 R 上产生的能量为

$$W_i=\int_0^T i^2 R\mathrm{d}t=R\int_0^T i^2\,\mathrm{d}t$$

直流电流 I 在相同时间 T 内，在电阻 R 上产生的能量为

$$W_I=I^2 RT$$

因此，根据有效值的定义，得到

$$I=\sqrt{\frac{1}{T}\int_0^T i^2\,\mathrm{d}t} \tag{3-2}$$

式（3-2）为有效值的定义式，也适用于电压和电动势。将式（3-1）代入式（3-2）得

$$I=\sqrt{\frac{1}{T}\int_0^T [I_m\sin(\omega t+\varphi)]^2\mathrm{d}t}=\sqrt{\frac{I_m^2}{T}\int_0^T \frac{1-\cos^2(\omega t+\varphi)}{2}\mathrm{d}t}$$

所以

$$I=\frac{I_m}{\sqrt{2}}=0.707 I_m \tag{3-3}$$

同理

$$U=\frac{U_m}{\sqrt{2}}=0.707 U_m \tag{3-4}$$

$$E=\frac{E_m}{\sqrt{2}}=0.707 E_m$$

即正弦量的有效值等于其最大值除以 $\sqrt{2}$。若无特殊说明，周期信号的大小均指有效值。交流电压表、电流表的表盘读数通常是电压、电流的有效值。电力系统 220V 电压是指有效值（其最大值为 $220\sqrt{2}=311$V）。

（2）角频率、周期和频率

ω 表示相位随时间变化的速率，称为角频率，它反映了正弦量变化的快慢，其 SI 制单位为弧度/秒（rad/s）。

正弦量的角频率与周期 T 和频率 f 有关，其关系式为

$$T=\frac{2\pi}{\omega},\ \omega=2\pi f,\ f=\frac{1}{T}$$

在 SI 制中，频率 f 的单位为赫兹（Hz），简称赫。我国工业用电频率为 50Hz，称为工频。

（3）相位角和初相角

$\omega t+\varphi$ 是表示正弦量在某时刻所处状态的物理量，称为正弦量的相位角，简称相位，由

它可确定正弦量在任一瞬时的量值、方向和变化趋势。φ 为 $t=0$ 时的相位角，称为初相角，简称初相。

正弦量随时间变化的波形称为正弦波。如图 3-1 所示为正弦电流 $i=I_{\mathrm{m}}\sin(\omega t+\varphi)$ 的波形图（$\varphi\geqslant0$），横轴可以用 ωt 表示，也可以用 t 表示。

【例 3-1】 一个正弦交流电的初相角为 $30°$，在 $\dfrac{T}{6}$ 时刻的电流值为 2A，试求该电流的有效值。

解 根据式(3-1)，代入已知条件，得

$$2=I_{\mathrm{m}}\sin\left(\frac{2\pi}{T}\times\frac{T}{6}+30°\right)$$

即

$$2=I_{\mathrm{m}}\sin(60°+30°)$$

所以

$$I_{\mathrm{m}}=2\mathrm{A}$$

则电流有效值为

$$I=0.707I_{\mathrm{m}}=0.707\times2\approx1.41\mathrm{A}$$

3.1.3 同频率正弦量的相位差

两正弦量间的相位之差，称为相位差。设某电路中有

$$i=I_{\mathrm{m}}\sin(\omega t+\varphi_i),\ u=U_{\mathrm{m}}\sin(\omega t+\varphi_u)$$

则 u 与 i 之间的相位差为

$$\varphi_{ui}=\varphi_u-\varphi_i \tag{3-5}$$

可见，同频率正弦量之间的相位差是个不随时间变化的常量，它等于两正弦量之间的初相差。

相位差反映了同频率正弦量在时间上的超前和滞后关系。如果 $\varphi_{ui}>0$，则 u 的相位超前于 i 的相位 φ_{ui}，见图 3-2（a）。

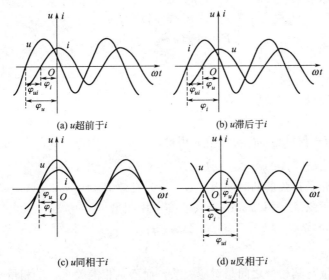

(a) u 超前于 i (b) u 滞后于 i

(c) u 同相于 i (d) u 反相于 i

图 3-2 正弦电压与电流的相位差

$\varphi_{ui}<0$，则 u 的相位滞后于 i 的相位 φ_{ui}，见图 3-2（b）；若 $\varphi_{ui}=0$，则 u 与 i 同相位，见图 3-2（c）；若 $\varphi_{ui}=\pi$，则 u 与 i 反相位，见图 3-2（d）。

注意：同频正弦量间的相位差与计时起点的选择是无关的。人们关心的是正弦量之间的

相位差，而不是初相大小，所以，正弦电路中的计时起点可以任意选择。为了方便，选择计时起点时，常使某个正弦量的初相为零，称此正弦量为参考正弦量。

【例 3-2】 有两个正弦电压 $u_1(t)=100\sqrt{2}\sin(\omega t+135°)\text{V}$，$u_2(t)=50\sqrt{2}\sin(\omega t-135°)\text{V}$。问两个电压的相位关系如何？

解 $\varphi_{12}=\varphi_1-\varphi_2=135°-(-135°)=270°$

按照 $|\varphi|\leqslant\pi$ 的规定

$$\sin 270°=\sin(-90°)$$

所以 $\varphi_{12}=-90°$

因此，u_1 相位滞后于 u_2 相位 $90°$。

不同频率的正弦量之间也可以应用相位差的概念，但这时的相位差是时变量。

3.1.4 正弦量的相量表示

正弦量可以用正弦函数和波形图表示正弦电量随时间变化规律的基本形式。但用这两种形式进行正弦电路的分析和计算十分繁琐，很不方便。因此，必须找到一种便于分析、计算正弦电量的数学形式，这就是正弦电量的相量表示法。相量表示法就是用复数形式来表示正弦电量，并以此为基础，形成了在电路分析和计算中广泛应用。

（1）正弦量的相量表示

确定一个正弦量有三个要素，即幅值（或有效值）、初相和频率。当频率一定时，只需幅值（或有效值）和初相即可把一个正弦量完整地表示出来。而一个复数，也有两个值，即模和幅角。如果用复指数形式的模表示正弦量的有效值（或最大值），用幅角表示正弦量的初相，那么，用复数就可以表示正弦量。这种表示正弦量的复数称为相量。用大写字母上面加一点表示，以区别于其他不代表正弦量的复数。

复数有四种表示形式。

代数形式 $F=a+\text{j}b$

三角函数形式 $F=|F|(\cos\varphi+\text{j}\sin\varphi)$

指数形式 $F=|F|\text{e}^{\text{j}\varphi}$

极坐标形式 $F=|F|\angle\varphi$

所以，相量也可以用以上四种形式表示。

下面，首先规定相量与正弦量之间的对应关系。

例如，正弦量 $i=I_\text{m}\sin(\omega t+\varphi)$ 写成相量式

$$\dot{I}=I\text{e}^{\text{j}\varphi}=I\angle\varphi \tag{3-6}$$

注意：式中舍弃了正弦量的时间因子 ωt，I 为有效值。

同理，电压的正弦量 $u=U_\text{m}\sin(\omega t-\varphi)$ 亦可用相量

$$\dot{U}=U\text{e}^{-\text{j}\omega}=U\angle-\varphi \tag{3-7}$$

来表示。

注意：①正弦量与其相量之间是对应关系，而不是相等关系；②相量法只适于正弦电流电路达到稳态后的情况。

相量在复平面上的几何表示称为相量图。如图 3-3 为 $\dot{I}=30\angle(\pi/3)\text{A}$，$\dot{U}=20\angle-(2\pi/3)\text{V}$ 的相量图表示。相量图在正弦电流电路分析中非常有用。例如，可以用来表示电流、电压之间的关系；还可以利用平行四边形法则，进行数学运算。

（2）正弦量的相量运算

同频率的正弦量进行四则运算，可根据不同情况，采用不同方式。如进行加、减运算时，可采用相量的代数形式，或三角函数形式；进行乘、除法运算时，则用指数形式或极坐标形式比较方便。

【例 3-3】 已知 $u_{ab} = -10\sqrt{2}\cos(\omega t - 30°)$ V，$u_{bc} = 8\sqrt{2}\sin(\omega t + 120°)$ V，求 u_{ac}。

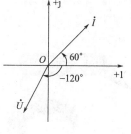

图 3-3 相量图

解 $u_{ab} = -10\sqrt{2}\cos(\omega t - 30°)\text{V} = -10\sqrt{2}\sin(\omega t + 60°)\text{V}$

将正弦量写成相量

$$\dot{U}_{ab} = -10\angle 60° = -5 - j8.66\text{V}$$

$$\dot{U}_{bc} = 8\angle 120° = -4 + j6.93\text{V}$$

因为

$$\dot{U}_{ac} = \dot{U}_{ab} + \dot{U}_{bc}$$

$$= (-5 - j8.66) + (-4 + j6.93)$$

$$= -9 - j1.73 = 9.61\angle -169.1°\text{V}$$

所以

$$u_{ac} = 9.61\sqrt{2}\sin(\omega t - 169.1°)\text{V}$$

思考题

1. 正弦量的最大值和有效值是否随时间变化？它们的大小与频率、相位有没有关系？

2. 将通常在交流电路中使用的 220V、100W 白炽灯接在 220V 的直流电源上，试问发光亮度是否相同？为什么？

工作任务

交流电流的测量

交流电流的测量通常使用钳形万用表。如图 3-4 所示为使用钳形万用表测量微波炉的耗电电流。使微波炉处于工作状态，将微波炉的一根供电线置于钳形万用表的钳口内，即可测出微波炉的耗电电流。通过实际测量回答下面问题。

① 如果微波炉的功率为 1200W，则所测得的耗电电流应为多少？

② 如果测得结果超出范围过大，则可能是什么原因引起的？

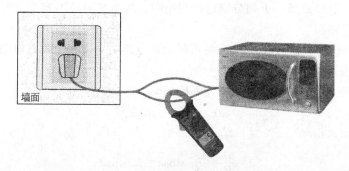

墙面

图 3-4 微波炉耗电电流的测量

3.2 *RLC* 交流电

尼古拉·特斯拉（Nikola Tesla，1856—1943 年），交流电之父，科学界普遍认为，人类有史以来的两个旷世奇才，一个是莱昂纳多·达·芬奇（Leonardo Di Ser Piero DaVinci），另一个就是尼古拉·特斯拉。1882 年，他继爱迪生发明直流电（DC）后不久，即发明了交流电（AC），并制造出世界上第一台交流发电机。1895 年，他替美国尼加拉瓜发电站制造发电机组，致使该发电站至今仍是世界著名水电站之一。而这项足足超过

100 年以上的电力建设至今仍然运作如常，从未间断地生产出无穷无尽的天然能源，这是人类近百年科学上的一大标记。特斯拉一生有一千多项发明创造，我们今天的生活仍在享用着特斯拉的发明。有 3 位诺贝尔奖获得者在祭文中说："……这位世上显赫的智者之一为现代技术发展的许多方面铺平了道路。"美国尼亚加拉大瀑布旁的尼亚加拉公园中竖立着特斯拉的铜像，以纪念

他的杰出贡献。为纪念他在电工学方面的诸多成就，磁感应强度单位被命名为特斯拉。

右图是 1888 年的特斯拉感应电动机，这是今天工业和家用电器的主要动力来源。特斯拉的电机是这个时代最伟大的发明之一。

学习要点

1. 掌握 *L*、*R*、*C* 元件伏安关系的相量形式；

2. 掌握 *L*、*R*、*C* 串联电路谐振的条件特征。

正弦交流电路是由正弦交流电源、电阻、电感、电容等元件以及把它们连接成回路的导线组成的。*RLC* 交流电路是一种典型的交流电路，分析研究其规律，是分析三相交流电路的基础。为了便于分析 *RLC* 电路，先研究单一参数电路，即纯电阻、纯电感和纯电容交流电路。

3.2.1　单一参数的正弦交流电路

由于交流电路中的电压和电流都是随时间变化的，因而电路中电流和电压的关系及功率的计算都要比直流电路复杂，下面分别讨论纯电阻、纯电感和纯电容交流电路。

（1）纯电阻电路

① 电压与电流的关系　如图 3-5 为纯电阻交流电路，它由一个正弦电动势为 e 的电源和一个纯电阻 *R* 为负载组成。

设电源电动势
$$e = E_m \sin\omega t$$

则有
$$u_R = u = U_m \sin\omega t \tag{3-8}$$

根据欧姆定律，得

$$i = \frac{u_R}{R} = \frac{U_m}{R}\sin\omega t = I_m \sin\omega t \tag{3-9}$$

设电源电动势式中电流、电压方向如图 3-5 所示。

根据上式 $I_m = \dfrac{U_m}{R}$ 或 $U_m = I_m R$

用有效值表示得 $I = \dfrac{U_R}{R}$ 或 $U_R = IR$ (3-10)

上式为纯电阻电路的欧姆定律，它与直流电路的欧姆定律形式完全一致，区别只在于该式中的 I、U_R 为有效值。

图 3-6 为纯电阻电路中电压、电流的波形图和相量图。比较可知，电压与电流同相位，且

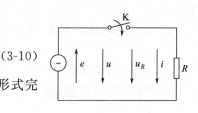

图 3-5   纯电阻电路

$$\dot{I} = \dfrac{\dot{U}}{R} \text{ 或 } \dot{U} = \dot{I} R$$ (3-11)

上式为欧姆定律的相量表达式，其优点是同时表达了电压与电流之间数量和相位关系。

② 纯电阻电路的功率

a. 瞬时功率。根据功率定义，纯电阻电路的瞬时功率为

$$p = u_R i = U_m \sin\omega t \cdot I_m \sin\omega t = U_m I_m \sin^2\omega t$$
$$= 2 U_R I \sin^2\omega t$$

可见，瞬时功率是随时间按正弦平方变化的，由于电流，电压同相位，所以 $p \geq 0$，这表明电路从电源获取能量，继而转变为热能，因此，称电阻元件为耗能元件。

b. 平均功率。瞬时功率在一个周期内的平均值叫平均功率，又叫有功功率，用 P 表示。

$$P = \dfrac{1}{T}\int_0^T p\,\mathrm{d}t = \dfrac{2}{T}\int_0^T U_R I \sin^2(\omega t + \varphi_i)\,\mathrm{d}t$$

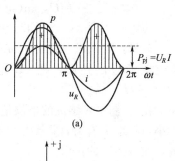

图 3-6   纯电阻电路中电压、
电流的波形图和相量图

积分得 $P = U_R I = I^2 R = \dfrac{U_R^2}{R}$ (3-12)

上式即为有功功率的计算公式。

【例 3-4】 有一 220V，200W 的灯泡，已知灯泡两端电压为 $u_R = 220\sqrt{2}\sin(314t)\,\mathrm{V}$，求交流电的频率、通过灯泡的电流的有效值及灯泡的热态电阻。

解 已知端电压的瞬时值为

$$u_R = 220\sqrt{2}\sin(314t)\ \mathrm{V}$$

与 $u_R = U_m \sin\omega t$ 比较得

$$U_m = 220\sqrt{2}\mathrm{V}，\ \omega = 2\pi f = 314$$

所以交流电的频率为 $f = \dfrac{314}{2\pi} = 50\,\mathrm{Hz}$

电压的有效值为 $U_R = \dfrac{U_m}{\sqrt{2}} = \dfrac{220\sqrt{2}}{\sqrt{2}} = 220\mathrm{V}$

电流的有效值为 $I = \dfrac{P}{U_R} = \dfrac{200}{220} = 0.909\mathrm{A}$

灯泡热态电阻 $R = \dfrac{U_R}{I} = \dfrac{220}{0.909} = 242\Omega$

(2) 纯电感电路

一个忽略了电阻器不带铁芯的线圈与交流电源组成的电路称为纯电感电路，如图 3-7

所示。

① 电压与电流的关系　根据 KVL 定律可知

$$u = u_L = -e_L$$

设电路中电流为

$$i = I_m \sin\omega t$$

根据法拉第电磁感应定律

$$e_L = -L\frac{\mathrm{d}i}{\mathrm{d}t} = -L\frac{\mathrm{d}(I_m \sin\omega t)}{\mathrm{d}t} = -I_m\omega L\cos\omega t$$

$$= I_m\omega L\sin(\omega t - 90°) = E_m\sin(\omega t - 90°)$$

因为 $u_L = -e_L$，所以

$$u_L = -e_L = L\frac{\mathrm{d}i}{\mathrm{d}t} = I_m\omega L\sin(\omega t + 90°)$$

$$= U_m\sin(\omega t + 90°)$$

式中　　　　　　　　$U_m = E_m = I_m\omega L$　　　　　　　　(3-13)

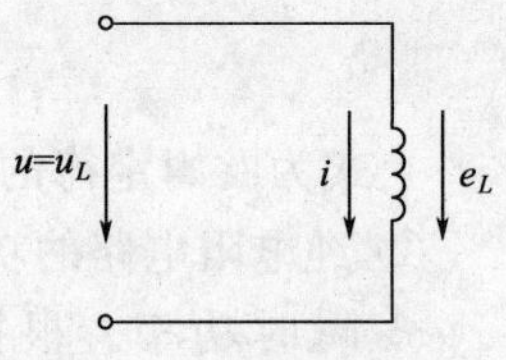

分析：当电压一定时，ωL 越大，则 i 越小，可见 ωL 具有阻碍交流电通过的性质。把 ωL 定义为感抗，用 X_L 表示，即 $X_L = \omega L = 2\pi fL$。

图 3-7　纯电感电路

在 SI 制中，感抗的单位是 Ω，电感 L 的单位是亨利（H），在给定 L 的情况下，X_L 的大小与频率 f 有关，f 越大，X_L 越大，对电流的阻碍作用越大，因此，电感线圈有"阻交流，通直流"的作用。

将 $X_L = \omega L$ 代入式(3-13) 得

$$U_L = IX_L \qquad\qquad (3-14)$$

上式称为纯电感电路的欧姆定律。

比较　　　　　　　　$i = I_m\sin\omega t$

$$u_L = U_m\sin(\omega t + 90°)$$

可知，纯电感电路中，电压相位比电流相位超前 90°。其波形图和相量图如图 3-8 所示。考虑到数值和相位，式(3-14) 可写为

$$\dot{U}_L = jX_L\dot{I} \quad 或 \quad \dot{I} = \frac{\dot{U}_L}{jX_L} \qquad (3-15)$$

上式称为纯电感电路欧姆定律的相量表达式。

说明：j 既是电学中的虚数单位，由复平面可知，又可称为旋转算子。复数乘以 +j，相当于复数逆时针转 90°；复数乘以 −j，相当于复数顺时针转 90°。所以 +j20 可写作 $20\angle 90°$，同理 −j20 可写作 $20\angle -90°$。

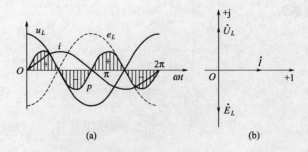

(a)　　　　　　　　　　　　(b)

图 3-8　纯电感电路中电压、电流的波形图和相量图

② 纯电感电路的功率

a. 瞬时功率。

$$p = u_L i = U_m I_m \sin\omega t \sin(\omega t + 90°) = U_m I_m \sin\omega t \cos\omega t$$
$$= \frac{U_m I_m}{2}\sin 2\omega t = U_L I \sin 2\omega t$$

b. 平均功率（有功功率）。据定义

$$P = \frac{1}{T}\int_0^T p_L \mathrm{d}t = \frac{2}{T}\int_0^T U_L I \sin 2\omega t\, \mathrm{d}t = 0$$

由此可知，纯电感电路中没有能量的消耗，只有电源和电感线圈间的能量互换，这种能量互换用无功功率表示，即

$$Q_L = U_L I = I^2 X_L$$

（3）纯电容电路

把电容器接在交流电源的两端，就构成了纯电容电路，如图 3-9 所示。由于交流电流不断对电容器充、放电，因此，电容有"隔直流，通交流"的作用。

① 电压与电流的关系　设电容器上电压

$$u_C = U_m \sin\omega t$$

根据电流定义

$$i = \frac{\mathrm{d}q}{\mathrm{d}t} = C\frac{\mathrm{d}u_C}{\mathrm{d}t} = C\frac{\mathrm{d}(U_m \sin\omega t)}{\mathrm{d}t} = U_m \omega C\cos\omega t = U_m \omega C\sin(\omega t + 90°)$$
$$= I_m \sin(\omega t + 90°)$$

由上式可得

$$I_m = U_m \omega C \quad 或 \quad \frac{U_m}{I_m} = \frac{U_C}{I} = \frac{1}{\omega C} \qquad (3\text{-}16)$$

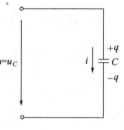

图 3-9　纯电容电路

分析：当电压一定时，$\frac{1}{\omega C}$ 越大，则电流越小，可见 $\frac{1}{\omega C}$ 也具有阻碍交流电通过的性质，将 $\frac{1}{\omega C}$ 称为容抗，用 X_C 表示，即

$$X_C = \frac{1}{\omega C} = \frac{1}{2\pi f C}$$

在 SI 制中，容抗的单位是 Ω，电容 C 的单位是法拉（F）。

在给定电容的情况下，X_C 的大小与频率有关，f 越大，X_C 越小，对电流的阻碍作用越小。因此说电容有"通交流、隔直流"的作用。

将 $X_C = \frac{1}{\omega C}$ 代入式（3-16）中得

$$U_C = I X_C \qquad (3\text{-}17)$$

上式称为纯电容电路的欧姆定律。

比较

$$u_C = U_m \sin\omega t$$
$$i = I_m \sin(\omega t + 90°)$$

可知，纯电容电路中，电压相位滞后于电流相位 90°，其波形图和相量图如图 3-10 所示。

考虑到相位关系，则式（3-17）可写成

$$\dot{U}_C = \frac{1}{j\omega C}\dot{I} = -jX_C \dot{I} \qquad (3\text{-}18)$$

该式为纯电容电路欧姆定律的相量形式。

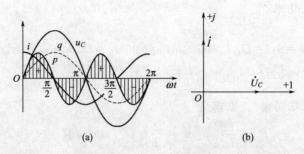

图 3-10　纯电容电路中电压、电流的波形图和相量图

② 纯电容电路的功率　同电感线圈一样，电容器也不消耗能量，只能与电源发生能量互换（电容元件与电感元件都是储能元件），其无功功率为 $Q_C = U_C I = I^2 X_C$。读者可参考电感电路自行分析。

上面介绍了电阻、纯电感、纯电容三种元件，这些元件称为理想元件，理想元件在实际中并不存在。例如，电感线圈除了电感以外，还有一些电阻作用，可视为电感与电阻的串联；但在直流情况下，电感不起作用，只需考虑其电阻；至于在更高频率下，则还要考虑线圈的匝间电容，这时，电感线圈可看作是电感与电阻串联后，再与电容并联。对于电容元件，若考虑到介质的损耗，则可把它看作电阻与电容的并联等。

3.2.2　电阻、电感与电容串联的交流电路

（1）电压与电流关系

图 3-11 为 R、L、C 串联交流电路。由 KVL 定律可得到

$$\dot{U} = \dot{U}_R + \dot{U}_L + \dot{U}_C = \dot{I}R + \mathrm{j}X_L\dot{I} - \mathrm{j}X_C\dot{I}$$

$$= \dot{I}[R + \mathrm{j}(X_L - X_C)]$$

令　　　　　$Z = R + \mathrm{j}(X_L - X_C) = R + \mathrm{j}X$　　　　　(3-19)

则有　　　　　$\dot{U} = \dot{I}Z$　　　　　(3-20)

上式表明，引入相量以后，R、L、C 串联电路也有欧姆定律形式。式中，Z 为阻抗，它反映电阻、电感、电容元件串联时的等效电阻，单位也是 Ω，它对电流也起阻碍作用。$X = X_L - X_C$ 称为电抗，反映电感、电容元件对电流的阻碍作用。根据式（3-19）复阻抗的模为

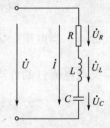

图 3-11　R、L、C 串联的交流电路

$$|Z| = \sqrt{R^2 + (X_L - X_C)^2} = \sqrt{R^2 + X^2} \tag{3-21}$$

阻抗角为　　　　　$$\varphi = \arctan\frac{X_L - X_C}{R} = \arctan\frac{X}{R} \tag{3-22}$$

对纯电阻电路，$|Z| = R$，$\varphi = 0$；对纯电感电路 $|Z| = X_L$，$\varphi = +90°$；对纯电容电路，$|Z| = X_C$，$\varphi = -90°$。

R、L、C 串联电路中各量关系的相量图见图 3-12 所示。

由图 3-12 可画出电压、阻抗三角形，如图 3-13 所示。

当 $X_L > X_C(X > 0)$ 时，电流 $\dot{I}$ 落后于电压 $\dot{U}$，电路呈电感性；当 $X_L < X_C(X < 0)$ 时，$\dot{I}$ 超前于 $\dot{U}$，电路呈电容性。

同理，引入相量和复阻抗后，R、L、C 并联电路也有欧姆定律形式，读者可自己分析。

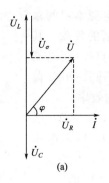
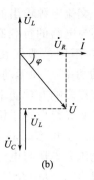

图 3-12 R、L、C 串联电路电压、电流关系相量图

（2）功率关系

在 R、L、C 串联的正弦交流电路中，瞬时功率、平均功率可由下式计算。

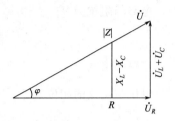

图 3-13 阻抗、电压三角形

① 瞬时功率

$$p = ui = U_m I_m \sin\omega t \sin(\omega t + \varphi)$$
$$= U_m I_m \left[\frac{1}{2}\cos\varphi - \frac{1}{2}\cos(2\omega t + \varphi) \right]$$
$$= UI\cos\varphi - UI\cos(2\omega t + \varphi)$$

② 平均功率（有功功率）

$$P = \frac{1}{T}\int_0^T p\,dt = \frac{1}{T}\int_0^T \left[UI\cos\varphi - UI\cos(2\omega t + \varphi) \right]dt$$
$$= UI\cos\varphi$$

由电压三角形关系可得

$$U\cos\varphi = U_R = IR$$

则有功功率也可写作

$$P = UI\cos\varphi = U_R I = I^2 R$$

由此可见，交流电路中的平均功率一般不等于电压与电流有效值的乘积。电压与电流有效值的乘积称为视在功率，用 S 表示。

$$S = UI$$

视在功率的单位为 V·A。

电感元件和电容元件在正弦交流电路中都要进行能量交换，所以无功功率 Q 为这两个元件的共同作用形成。由电压三角形可得

$$Q = U_L I - U_C I = (U_L - U_C)I = (X_L - X_C)I^2 = UI\sin\varphi$$

有功功率（P）、视在功率（S）和无功功率（Q）之间有一定的联系，其关系如下：

$$P = UI\cos\varphi$$
$$Q = UI\sin\varphi$$
$$S = UI = \sqrt{P^2 + Q^2}$$

同样，P、Q、S 三者的关系也构成了一个直角三角形，称为功率三角形，显然它与电压三角形也是相似三角形，如图 3-14 所示。无功功率等于电感元件与电容元件的无功功率之差，这说明，电感元件和电容元件的无功功率可以相互补偿。

在 SI 制中，有功功率的单位是 W，无功功率的单位是 var，视在功率的单位是 V·A。

由上述式子可知，交流电源输出的功率不仅与电源本身的输出电压、电流有关，还与电路的负载有关。不同参数的负载，其电压与电流间的相位差不同，即使在同样的电压（U）和电流（I）条件下电路的有功功率 P 和无功功率 Q 也会不同。$\cos\varphi$ 称为功率因数，其大小直接影响有功功率和电能传输的效率。

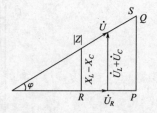

图 3-14　功率三角形

【例 3-5】　设 20W 日光灯电路中镇流器的电阻 $R_1 = 60\Omega$，电感 $L = 1.87H$，灯管在工作状态时的电阻 $R_2 = 170\Omega$，电源电压 $U = 220V$。求电路的电流和电压与电流的相位差 φ。

解　电路的总电阻　　　　$R = R_1 + R_2 = 60 + 170 = 230\Omega$

镇流器感抗　　　$X_L = 2\pi fL = 2 \times 3.14 \times 50 \times 1.87 = 587.2\Omega$

电路的阻抗为

$$|Z| = \sqrt{R^2 + X_L^2} = \sqrt{230^2 + 587.2^2} = 630.6\Omega$$

电路的电流　　　　　　$I = \frac{U}{|Z|} = \frac{220}{630.6} = 0.35A$

电压与电流的相位差等于阻抗角，即

$$\varphi = \arctan\frac{X_L}{R} = \arctan 2.553 = 68°36'$$

【例 3-6】　求例 3-5 中，灯管电阻的有功功率 P_2，镇流器电阻的有功功率 P_1，无功功率 Q 和视在功率 S 各为多少？

解　灯管电阻的有功功率　　$P_2 = I^2 R_2 = 0.35^2 \times 170 = 20.8W$

镇流器电阻的有功功率　　$P_1 = I^2 R_1 = 0.35^2 \times 60 = 7.35W$

总的有功功率　　　　$P = P_1 + P_2 = 20.8 + 7.35 = 28.15W$

无功功率　　　　　$Q = I^2 X_L = 0.35^2 \times 587.2 = 71.93\text{var}$

视在功率　　　　　$S = IU = 0.35 \times 220 = 77V \cdot A$

由上例可以看出，在交流电路中由于含有电感、电容元件电源提供的视在功率仅有一部分成为有功功率。

【例 3-7】　有电阻为 5Ω，电感为 150mH 的线圈和 $100\mu F$ 的电容器串联后，接到 220V，50Hz 的交流电源上，求复阻抗及电流 i。

解　据复阻抗计算式

$$|Z| = \sqrt{R^2 + (X_L - X_C)^2} = \sqrt{R^2 + \left(\omega L - \frac{1}{\omega C}\right)^2}$$

$$= \sqrt{5^2 + \left(314 \times 0.15 - \frac{1}{314 \times 100 \times 10^{-6}}\right)^2} = 16.1\Omega$$

$$\varphi = \arctan\frac{\omega L - \dfrac{1}{\omega C}}{R} = 71.9°$$

即　　　　　　　　$Z = 16.1\angle 71.9° = 5 + j15.3(\Omega)$

据欧姆定律，有

$$\dot{I} = \frac{\dot{U}}{Z} = \frac{220\angle 0°}{16.1\angle 71.9°} = 13.66\angle -71.9°A$$

所以　　　　　　　$i = 13.66\sqrt{2}\sin(314t - 71.9°)A$

即电流的有效值为 13.66A，电流滞后于电压 71.9°。

3.2.3 正弦交流电路的相量分析法

根据上述分析可知，引入相量和复阻抗以后正弦交流电路也有欧姆定律形式，因此也可将直流电路分析方法推广到交流电路中。具体方法步骤如下。

① 选参考相量（一般串联选电流，并联选电压为参考相量）。

② 将电流、电压写作相量式。

③ 写复阻抗：电阻 R 仍写作 R；电感 L 写作 jX_L；电容 C 写作 $-jX_C$。

④ 利用直流电路分析方法列出相量方程。

⑤ 进行复数运算，求出未知相量。

⑥ 写出交流电的瞬时式。

【**例 3-8**】 如图 3-15 所示电路，已知：$R=10\Omega$，$X_L=15\Omega$，$X_C=3\Omega$，$u=150\sqrt{2}\sin\omega t\mathrm{V}$，求各电流。

解 选电压为参考相量，所以 $\dot{U}=150\angle0°$

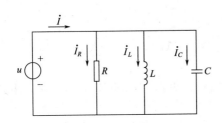

图 3-15 例 3-8 电路图

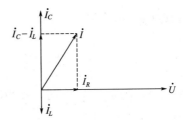

图 3-16 例 3-8 相量图

根据 KCL 定律，有
$$\dot{I}=\dot{I}_R+\dot{I}_L+\dot{I}_C$$

根据欧姆定律，分别求出各支路电流的有效值：

$$\dot{I}_R=\frac{\dot{U}}{R}=\frac{150\angle0°}{10}=15\angle0°$$

$$\dot{I}_L=\frac{\dot{U}}{jX_L}=\frac{150\angle0°}{15\angle90°}=10\angle-90°$$

$$\dot{I}_C=\frac{\dot{U}}{-jX_C}=\frac{150\angle0°}{3\angle-90°}=50\angle90°$$

各支路电流相量图如图 3-16 所示，则

$$\dot{I}=\dot{I}_R+\dot{I}_L+\dot{I}_C=15\angle0°+10\angle-90°+50\angle90°$$
$$=15-j10+j50=15+j40=42.72\angle69.44°\mathrm{A}$$

写成瞬时式
$$i=42.72\sqrt{2}\sin(\omega t+69.44°)\mathrm{A}$$

3.2.4 电路的谐振

和物理学里的共振现象一样，当电路的激励频率等于电路的固有频率时，电路的电磁振荡的振幅将达到峰值，这就是电路的谐振。对含有电感和电容的电路，当调节电路参数或电源的频率使电路的总电压和总电流相位相同时，整个电路的负载呈电阻性，这时电路就发生

了谐振。使电路产生谐振的特定频率为该电路的谐振频率。谐振分为串联谐振和并联谐振两种。实际中，谐振现象有着广泛的应用，但有时又必须避免谐振现象的出现，因此，研究谐振具有实际的意义。

（1）串联电路的谐振

① 谐振的条件　如图 3-17（a）为 R、L、C 串联电路，在正弦激励下，当电源频率 f 取某一值 f_0 时，使得电压 $\dot{U}$ 和电流 $\dot{I}$ 同相位，这种现象称为电路的串联谐振。此时电源的频率 f_0 称为谐振频率。

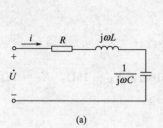 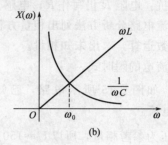

图 3-17　串联谐振电路

电路总阻抗

$$Z = \frac{\dot{U}}{\dot{I}} = R + j\omega L - j\frac{1}{\omega C} = R + j(X_L - X_C) = R + jX$$

当 $X_L = X_C$ 即 $\omega_0 L = \dfrac{1}{\omega_0 C}$ 时，$Z = R$，电路呈电阻性，电压 $\dot{U}$ 和电流 $\dot{I}$ 同相位，电路发生串联谐振。

所以串联谐振的角频率为

$$\omega_0 = \frac{1}{\sqrt{LC}}$$

电路发生串联谐振的频率为

$$f_0 = \frac{1}{2\pi\sqrt{LC}}$$

图 3-17（b）为电抗随频率变化的特性。可见，串联电路的谐振频率仅由 L、C 两个参数决定，与 R 无关。

② 串联谐振的特征

a. 谐振时，电路阻抗 $Z = R$，即阻抗角为 $0°$，阻抗的模 $|Z| = R$ 最小。定义

$$\rho = \omega_0 L = \frac{1}{\omega_0 C}$$

ρ 叫作串联谐振回路的特性阻抗，也就是谐振时感抗和容抗的大小。

在电子技术中，通常将特性阻抗 ρ 和回路电阻 R 的比值称为谐振电路的品质因数，用 Q 表示，作为评价谐振回路的一项指标。

$$Q = \frac{\rho}{R} = \frac{\omega_0 L}{R} = \frac{1}{\omega_0 CR} = \frac{1}{R}\sqrt{\frac{L}{C}}$$

品质因数 Q 是由电路参数 R、L、C 决定的一个无量纲的量。

b. 谐振时电路的电流 $\dot{I}_0$ 称为谐振电流，$\dot{I}_0 = \dfrac{\dot{U}}{R}$。此时，电流和电压同相位，电流值

最大。

c. 当感抗或容抗远大于电阻时，电感电压或电容电压将比电源电压大得多。因此串联谐振又叫电压谐振。

d. 谐振时的功率因数 $\cos\varphi$ 值为 1。有功功率 $P=UI_0=\dfrac{U^2}{R}$；无功功率 $Q=Q_L+Q_C=0$，故有 $Q_L=-Q_C$；说明谐振时，电路不从外面吸收无功功率，仅在 L、C 之间进行能量交换。

（2）并联谐振电路

工程中常采用电感线圈和电容并联的谐振回路。由于电感线圈总是存在电阻，故实际的 RLC 并联电路如图 3-18 所示。与串联谐振的定义相同，当端口电压 $\dot{U}$ 与端口电流 $\dot{I}$ 同相时，电路的工作状况称为并联谐振（推导从略，只介绍比较重要的特性）。

① 谐振频率

$$f_0=\frac{1}{2\pi\sqrt{LC}}$$

② 谐振的特性

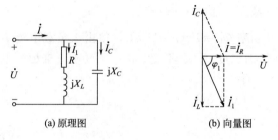

(a) 原理图　　　(b) 向量图

图 3-18　并联谐振电路

并联谐振电路具有下列特点。

a. 阻抗最大，电路呈电阻性，阻抗模 $|Z_0|=\dfrac{(\omega_0 L)^2}{R}=\dfrac{L}{RC}$。

b. 总电流最小，并且与电压同相，$I_0=\dfrac{U}{|Z_0|}=\dfrac{RCU}{L}$。

c. 电感支路电流与电容支路电流近似相等，并且都为电流 I_0 的 Q 倍，即 $I_1\approx I_C=QI_0$。Q 为谐振电路的品质因数，其值为

$$Q=\frac{I_1}{I_0}\approx\frac{I_C}{I_0}=\frac{\omega_0 L}{R}=\frac{1}{\omega_0 RC}$$

并联谐振时，电感支路电流或电容支路电流比总电流大许多倍，因此，并联谐振又称为电流谐振。

d. 电路中的无功功率为零，表明电源供给的能量全部被电阻吸收，电源与电路之间没有能量交换，只在电感元件和电容元件之间进行能量交换。

利用并联谐振电路高阻抗的特点，可用作选频器或振荡器，在电力工程中用作高频阻波器等。

3.2.5　功率因数的提高

（1）功率因数提高的意义

根据有功功率的计算公式可知，发电机、变压器等电气设备输出的有功功率（即负载消

耗的有功功率），与负载的功率因数有关。如一台 $1000 \text{kV} \cdot \text{A}$ 的变压器，当负载的功率因 $\cos\varphi = 0.5$ 时，变压器提供的有功功率为 500kW；当负载的功率因数 $\cos\varphi = 0.8$ 时，变压器提供的有功功率为 800kW。可见若要充分利用设备的容量，应提高负载的功率因数。同时功率因数的提高还可以降低输电线路的电能损耗，有利于提高供电质量和供电效率。

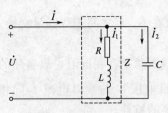

图 3-19　在感性负载两端
并联电容提高功率因数

（2）功率因数提高的方法

实际中的负载通常为感性负载，因此，经常采用在负载两端并联电容的方法来提高电路的功率因数。如图 3-19 为一感性负载 Z，接在电压为 $\dot{U}$ 的电源上，其有功功率为 P，功率因数为 $\cos\varphi$，则需要采用在负载 Z 的两端并联电容 C 的方法来实现。下面介绍电容 C 的计算方法。

设并联电容 C 之前，电路的无功功率 $Q_1 = P\tan\varphi_1$，电路的有功功率为 P，并联电容之后电路无功功率 $Q_2 = P\tan\varphi_2$，有功功率仍为 P。则电路吸收的无功功率减少量

$$\Delta Q = P(\tan\varphi_1 - \tan\varphi_2)$$

亦即电源发出的无功功率减少，如图 3-20 所示。

并联电容提供的无功功率 $Q_C = I^2 X_C = U^2 \omega C$，但由于负载电流 $\dot{I}$ 与电压 $\dot{U}$ 均未变，因此负载 Z 吸收的无功功率 $Q_1 = Q_2 + \Delta Q$ 不变。由于无功功率守恒，电路的无功功率为

$$Q = P\tan\varphi$$
$$Q_C = \Delta Q$$

即 $U^2 \omega C = P(\tan\varphi_1 - \tan\varphi_2)$

所以电容 C 为

$$C = \frac{P(\tan\varphi_1 - \tan\varphi_2)}{\omega U^2}$$

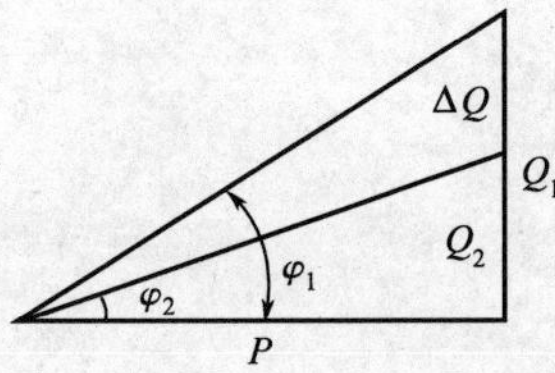

图 3-20　无功功率关系

上式即为提高功率因数计算所需并联电容 C 的表达式，若给出 C 的大小，需要计算提高后的功率因数 $\cos\varphi_2$，亦可先通过上式求出 φ_2，然后再计算功率因数。

【例 3-9】　有一台 220V，50Hz，100kW 的电动机，功率因数为 0.6。① 在使用时，电源提供的电流是多少？无功功率是多少？② 欲使功率因数达到 1，需要并联多大的电容器？此时电源提供的电流是多少？无功功率是多少？

解　① 由于 $P = UI\cos\varphi$

所以电源提供电流　　　　$I_L = \dfrac{P}{U\cos\varphi} = \dfrac{100 \times 10^3}{220 \times 0.6} = 757.6\text{A}$

无功功率　　　$Q_L = UI_L\sin\varphi = 220 \times 757.6 \sqrt{1 - 0.6^2} = 133.34\text{kvar}$

② 并联补偿电容 C 后，$\cos\varphi = 1$，即 $\sin\varphi = 0$，所以，无功功率

$$Q = UI\sin\varphi = 0$$

则电容提供的无功功率　　　$Q_C = Q_L = 133.34\text{kvar}$
由于　　　　　　　　　　　$Q_C = \omega C U^2$
因此需并联电容器的电容值为

$$C = \frac{Q_C}{\omega U^2} = \frac{133.4 \times 10^3}{314 \times 220^2} = 8778\mu\text{F}$$

思考题

1. 在交流电路中电流和电压的关系是怎样的？
2. 如何计算交流电的功率？
3. 怎样提高交流电的供电质量和供电效率？
4. 在 RLC 串联电路中，已知阻抗为 10Ω，电阻为 6Ω，感抗为 20Ω，试问容抗可能为多大？
5. 在 RLC 串联电路中，当 $L > C$ 时，电流的相位是否一定滞后于总电压？

工作任务

1. 根据日光灯镇流器上的电路图学会装接日光灯，并了解启辉器、镇流器的作用及日光灯的工作原理。
2. 设计一个日光灯电路的实验，了解功率因数提高的意义和方法。

3.3 三相交流电路

探索与发现

多利沃-多布罗沃利斯基（Доливо-Добровольский，Михаип Осилович，1861—1919 年），生于彼得堡，俄国电工科学家，三相电流技术的创始人。两相交流电是用 4 根电线输电的技术，多利沃-多布罗沃利斯基在绕线组上想出了窍门，从绕组上每隔 120°的三个地方引出抽头，1888 年，多利沃-多布罗沃利斯基制成第一台功率为 2.2kW 的旋转磁场式三相交流发电机，得到了三相交流电。同年，多利沃-多布罗沃利斯基又想出了三相四线式交流接线方式并提出了转子用铸铁制造、在转子上套有空心铜圆柱体的三相交流异步电动机。这种笼型转子使异步电机性能得到显著改善。在这个时期，他还设计了多种交流三相电路电器，如三相变压器、启动变阻器、各种测量仪器（如相位计）、发电机和电动机的星形和三角形连接线路等。1891年，在法兰克福举行的世界电工技术博览会上，多利沃-多布罗沃利斯基演示了世界上第一个长达 170km 的三相输电系统。交流电动机和三相电力系统的出现，为电力工业和电工制造业的兴起及扩大电能应用提供了巨大的推动力。

学习要点

1. 掌握三相电源和负载的概念；
2. 掌握三相电路的连接方式；
3. 掌握三相交流电路中相量与线量间的关系；
4. 掌握三相电路功率的计算方法。

在电能的生产、传输和利用方面，三相电路得到广泛应用。前面所介绍的单相正弦交流电路实际上是取自三相系统中的一相。以对称三相电源作为激励向负载供电的电路称为三相电路，其组成包括对称三相电源、三相负载和三相传输控制环节，下

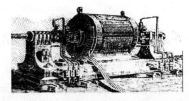

面分别进行介绍。右图为多利沃-多布罗沃利斯基在法兰克福博览会上展示的三相同步电动机。

3.3.1　三相电源与负载

如图 3-21 所示，对称三相电源是由三个等幅位、同频率、初相位依次相差 120°的正弦电压源连接成星形（Y）或三角形（△）组成的电源。这三个电源依次称为 A 相、B 相和 C 相，每一相对应的电压称为相电压。

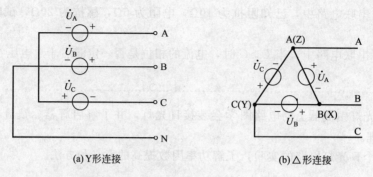

(a) Y形连接　　　　　　　(b) △形连接

图 3-21　三相电源

若以 A 相电压作为参考正弦量，则它们的瞬时表达式为

$$u_A = \sqrt{2}U\sin\omega t$$
$$u_B = \sqrt{2}U\sin(\omega t - 120°)$$
$$u_C = \sqrt{2}U\sin(\omega t + 120°)$$

相当于三个独立电源。它们对应的相量式为

$$\dot{U}_A = U\angle 0°$$
$$\dot{U}_B = U\angle -120°$$
$$\dot{U}_C = U\angle +120°$$

相应的对称三相电源的波形图和相量图，如图 3-22 所示。

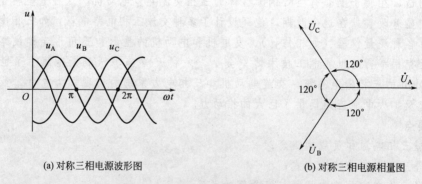

(a) 对称三相电源波形图　　　　　　　(b) 对称三相电源相量图

图 3-22　三相电源的波形图和相量图

根据对称性，对称三角形电压源满足

$$u_A + u_B + u_C = 0 \quad 或 \quad \dot{U}_A + \dot{U}_B + \dot{U}_C = 0$$

相电压依次出现最大值的顺序称为相序。在图 3-22 中，电源的顺序为 A→B→C→A 称为相序，简称正序；把 C→B→A→C 称为负相序，简称负序。

实际上，三相交流发电机就是一个三相电源。理想情况下，发电机每个绕组的电路模型是一个电压源。规定：三相交流发电机或三相变压器的引出线、实验室配电装置的三相母线，以黄、绿、红三种颜色分别表示 A、B、C 三相。

在三相电路中，负载一般是三相负载，如图 3-23 所示，分别以 Z_A、Z_B、Z_C 表示。当三个负载阻抗相等时，即 $Z_A = Z_B = Z_C$，称为对称三相负载；反之，称为不对称三相负载。

3.3.2 三相电路的连接方式

三相电路中最基本的两部分是电源和负载，它们的连接方式有两种：星形连接和三角形连接。图 3-21 是电源的两种连接方式，图 3-23 是负载的两种连接方式。

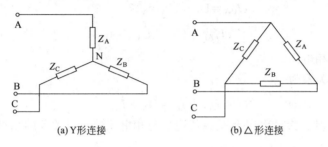

(a) Y形连接　　　　　　　　　　(b) △形连接

图 3-23　负载的两种连接方式

三相电源的每一相均有两个端钮，通常以 A、B、C 表示始端，以 X、Y、Z 表示末端。将三相电源的末端 X、Y、Z 连接在一起，形成公共端点 N，从三个始端 A、B、C 引出三根导线至负载，这种连接方法叫星形连接，一般用"Y"表示。从每相始端引出的导线称为端线，也叫火线。从三相电源公共端点（N）引出的导线叫中性线，简称中线。一般中线接地，所以中线习惯叫地线或零线。

电源的三角形连接，一般用"△"表示，是将三相电源的始末端分别依次连接在一起，（即 A 与 Z、B 与 X、C 与 Y 连接在一起），再从各始端 A、B、C 引出三根导线到负载。三相电源连接成一回路，由于 $\dot{U}_A + \dot{U}_B + \dot{U}_C = 0$，所以回路中电流为零。注意：各相始、末端不能接错，否则回路中将产生很大的回路电流，危及电源安全。

三相电源和三相负载连接构成三相回路。根据电源和负载接法不同，理论上分为以下五种连接方式。

① Y-Y 连接方式，即电源 Y 形连接，负载 Y 形连接，无中线。

② Y-△连接方式，即电源 Y 形连接，负载△形连接，无中线。

③ △-Y 连接方式，即电源△形连接，负载 Y 形连接，无中线。

④ △-△连接方式，即电源△形连接，负载△形连接，无中线。

⑤ Y_0-Y_0 连接方式，即电源 Y 形连接，负载 Y 形连接，有中线。这种方法通常称为三相四线制，即把 Y 形电源的中点与 Y 形负载的中点用一根导线连接起来。

3.3.3 对称三相电路相量与线量间的关系

无论电源或负载，每一相的电压称为相电压（一般用 U_p 表示）；端线之间的电压称为线电压（一般用 U_l 表示）；各相电源或负载中的电流称为相电流（一般用 I_p 表示）；三相端子向外引出端线中的电流称为线电流（一般用 I_l 表示）。

如图 3-24(a) 所示电路是对称 Y 形负载，$\dot{U}_A$、$\dot{U}_B$、$\dot{U}_C$ 为负载两端的电压，即相电压；$\dot{I}_{AN}$、$\dot{I}_{BN}$、$\dot{I}_{CN}$ 为各相负载流过的电流，即相电流；$\dot{U}_{AB}$、$\dot{U}_{BC}$、$\dot{U}_{CA}$ 为端线间的电压，即线

电压；$\dot{I}_A$、$\dot{I}_B$、$\dot{I}_C$ 为三相端子引出端线中的电流，即线电流。

（1）Y形连接的线量与相量关系

三相电源和三相负载的线电压与相电压、线电流与相电流的关系都与连接方式有关。如图 3-24（a）所示，以对称 Y 形负载为例，根据 KVL 定律的相量形式可知，线电压与相电压的关系为

$$\dot{U}_{AB}=\dot{U}_A-\dot{U}_B=\sqrt{3}\dot{U}_A\angle 30°$$

$$\dot{U}_{BC}=\dot{U}_B-\dot{U}_C=\sqrt{3}\dot{U}_B\angle 30°$$

$$\dot{U}_{CA}=\dot{U}_C-\dot{U}_A=\sqrt{3}\dot{U}_C\angle 30°$$

$$\dot{U}_{AB}+\dot{U}_{BC}+\dot{U}_{CA}=0$$

即线电压等于 $\sqrt{3}$ 倍相电压。

线电流与相电流的关系为

$$\dot{I}_A=\dot{I}_{AN}，\dot{I}_B=\dot{I}_{BN}，\dot{I}_C=\dot{I}_{CN}$$

如图 3-24（b）所示为对称 Y 形负载线电压与相电压的相量关系的相量图。

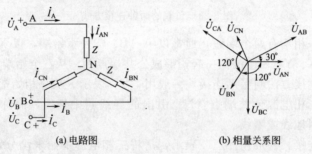

(a) 电路图 　　　　　(b) 相量关系图

图 3-24　Y 形连接线量与相量的关系

结论：对于对称 Y 形负载，线电压等于 $\sqrt{3}$ 倍相电压，相位超前相电压 30°；线电流等于相电流。即 $U_1=\sqrt{3}U_p$；$I_1=I_p$。

（2）△形连接的线量与相量关系

以对称△形负载为例，如图 3-25（a）所示。$Z_A=Z_B=Z_C$，线电压为 $\dot{U}_{AB}$、$\dot{U}_{BC}$、$\dot{U}_{CA}$，加在各相负载的相电压为 $\dot{U}_A$、$\dot{U}_B$、$\dot{U}_C$。从图中可以看出相电压等于线电压，即线电压与相电压的相量关系为

$$\dot{U}_{AB}=\dot{U}_A，\dot{U}_{BC}=\dot{U}_B，\dot{U}_{CA}=\dot{U}_C$$

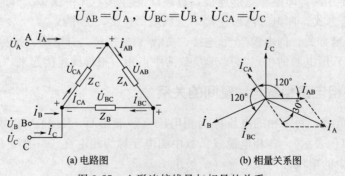

(a) 电路图 　　　　　(b) 相量关系图

图 3-25　△形连接线量与相量的关系

根据 KCL 的相量形式可知，相电流 $\dot{I}_{AB}$、$\dot{I}_{BC}$、$\dot{I}_{CA}$ 与线电流 $\dot{I}_A$、$\dot{I}_B$、$\dot{I}_C$ 的相量关系为

$$\dot{I}_A = \dot{I}_{AB} - \dot{I}_{CA} = \sqrt{3}\dot{I}_{AB}\angle 30°$$

$$\dot{I}_B = \dot{I}_{BC} - \dot{I}_{AB} = \sqrt{3}\dot{I}_{BC}\angle 30°$$

$$\dot{I}_C = \dot{I}_{CA} - \dot{I}_{BC} = \sqrt{3}\dot{I}_{CA}\angle 30°$$

$$\dot{I}_A + \dot{I}_B + \dot{I}_C = 0$$

如图 3-25(b) 为对称△形负载线电流与相电流的相量图，图中设 $\dot{I}_{AB} = I_{AB}\angle 0°$。

结论：对于对称△形负载，线电压等于相电压；线电流等 $\sqrt{3}$ 倍相电流，相位滞后相电流 30°。即 $U_1 = U_p$；$I_1 = \sqrt{3}I_p$。

3.3.4 三相电路的功率

（1）有功功率

无论电路对称与否，三相电路的有功功率都等于各相有功功率之和。即

$$P = P_A + P_B + P_C$$

在对称情况下，各相电流、相电压及功率因数都相等，则

$$P = P_A + P_B + P_C = 3U_p I_p \cos\varphi$$

负载为星形连接时 $U_p = \dfrac{1}{\sqrt{3}}U_1$，$I_p = I_1$，于是

$$P = 3U_p I_p \cos\varphi = 3 \times \frac{1}{\sqrt{3}}U_1 I_1 \cos\varphi = \sqrt{3}U_1 I_1 \cos\varphi$$

负载为三角形连接时 $U_p = U_1$，$I_p = \dfrac{1}{\sqrt{3}}I_1$ 于是

$$P = 3U_p I_p \cos\varphi = 3U_1 \times \frac{1}{\sqrt{3}}I_1 \cos\varphi = \sqrt{3}U_1 I_1 \cos\varphi$$

即无论星形或三角形的负载，只要电路对称，一定有

$$P = \sqrt{3}U_1 I_1 \cos\varphi$$

在工程实际中，设备铭牌上所标注的额定电压和额定电流值都是指线电压和线电流。主要是线电压和线电流比较容易测量，如电动机电路。因此一般采用线电压和线电流公式来计算三相电路的功率。

（2）无功功率

无论电路对称与否，无功功率都等于各相无功功率之和。即

$$Q = Q_A + Q_B + Q_C$$

在对称情况下，相电流与相电压及功率因数都相等，则

$$Q = Q_A + Q_B + Q_C = 3U_p I_p \sin\varphi$$

即无论星形或三角形连接的负载，只要电路对称，一定有

$$Q = 3U_p I_p \sin\varphi = \sqrt{3}U_1 I_1 \sin\varphi$$

$$P = 3U_p I_p \cos\varphi = \sqrt{3}U_1 I_1 \cos\varphi$$

（3）视在功率

三相电路视在功率为

$$S = 3U_p I_p = \sqrt{3}U_1 I_1 = \sqrt{P^2 + Q^2}$$

即 P、Q、S 之间也存在着功率三角形的关系。

说明：① 对称三相负载功率因数 $\cos\varphi$ 就是每一相负载的功率因数。

② 当电源电压不变时，对称负载由星形连接改为三角形连接后，尽管功率计算形式相同，但负载实际消耗的功率却不同。三角形连接负载的相电压、相电流及功率均为星形连接时的 $\sqrt{3}$ 倍。

【例 3-10】 线电压为 380V 的三相四线制供电系统中，接有星形连接的对称三相负载 $Z=15+j9\Omega$，求该负载各相电流和中线电流。

解 星形连接时，每相负载电压为

$$U_{\mathrm{p}}=\frac{U_1}{\sqrt{3}}=\frac{380}{\sqrt{3}}=220\mathrm{V}$$

设电源 A 相相电压 $\dot{U}_{\mathrm{A}}=220\angle0°\mathrm{V}$，则相电流

$$\dot{I}_{\mathrm{A}}=\frac{\dot{U}_{\mathrm{A}}}{Z}=\frac{220\angle0°}{15+j9}=\frac{220\angle0°}{17.5\angle31°}=12.57\angle-31°\mathrm{A}$$

据对称性可写出另外两相的相电流为

$$\dot{I}_{\mathrm{B}}=12.57\angle-151°\mathrm{A}$$

$$\dot{I}_{\mathrm{C}}=12.57\angle89°\mathrm{A}$$

所以中线电流 $\dot{I}_{\mathrm{N}}=\dot{I}_{\mathrm{A}}+\dot{I}_{\mathrm{B}}+\dot{I}_{\mathrm{C}}=0$

【例 3-11】 计算例 3-10 中三相电路有功功率的大小。

解 由三相功率计算公式可知

$$P=\sqrt{3}U_1I_1\cos\varphi$$

已知 $U_1=380\mathrm{V}$，星形连接时

$$I_1=I_{\mathrm{p}}=12.57\mathrm{A}$$
$$\cos\varphi=\cos31°=0.857$$

所以三相电路的有功功率为

$$P=\sqrt{3}U_1I_1\cos\varphi=\sqrt{3}\times380\times12.57\times0.857=7090\mathrm{W}$$

思考题

1. 在将三相发电机的三个绕组连成星形时，如果误将 U、V、W 连成一点，是否也可以产生对称三相电动势？

2. 图 3-26 所示为星形连接的三相对称电源，证明其线电压 U_1 和相电压 U_{p} 的比值为 $\sqrt{3}$。

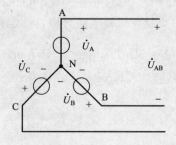

图 3-26　星形连接的三相对称电源

工作任务

查找资料分析图 3-27 中高压变配电的方式和设备的作用。

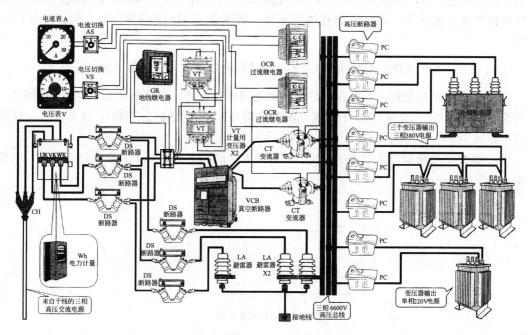

图 3-27　典型变电站的线路及其设备

本 章 小 结

正弦交流电和直流电是提供和传送电能的两种形式，在交流电中，随时间成正弦规律变化的正弦交流电是应用最广泛、最典型的交流量，本章以正弦交流电为切入点，剖析了交流电的基本概念、基本特征和分析方法。

① 用最大值、角频率和初相表述正弦交流电。

② 为了方便分析交流电量，用相量来表示交流量，相量也是复数的一种形式，它是用有效值和初相形成的复数来表示正弦电量的方法，可以形象地用相量图来表示。

③ 复杂交流电路是由单一交流电路组成的，本章中分别介绍了电阻、电容、电感三种单一电路的电压、电流关系和功率特征。

④ 分析了 R、L、C 组合串联交流电路的电压、电流关系和功率特征。

⑤ 功率因数是交流电有效利用的一个指标，本章介绍了功率因数的概念和提高功率因数的方法。

练习题

1. 某正弦电流的频率为 20Hz，有效值为 $5\sqrt{2}\text{A}$，在 $t=0$ 时，电流的瞬时值为 5A，且此时刻电流在增加，求该电流的瞬时值表达式。

2. 已知复数 $A_1=6+\text{j}8, A_2=4+\text{j}4$，试求它们的和、差、积、商。

3. 试将下列各时间函数用对应的相量来表示

① $i_1 = 5\sin\omega t \text{A}$，$i_2 = 10\sin(\omega t + 60°)\text{A}$；

② $i = i_1 + i_2$

4. 220V、50Hz 的电压分别加在电阻、电感和电容负载上，此时它们的电阻值、感抗值和容抗值均为 22Ω，试分别求出三个元件的电流。写出各电流的瞬时值表达式，并以电压为参考相量画出相量图。若电压的有效值不变，频率由 50Hz 变到 500Hz，重新回答以上问题。

5. 已知 RC 串联电路的电源频率为 $\dfrac{1}{2\pi RC}$，试问电阻电压相位超前电源电压几度？

6. 为了降低风扇的转速，可在电源与风扇之间串入电感，以降低风扇电动机的端电压。若电源电压为 220V，频率为 50Hz，电动机的电阻为 190Ω，感抗为 260Ω，现要求电动机的端电压降至 180V，试求串联的电感量应为多大？

7. 正弦交流电路如图 3-28 所示，已知 $X_C = R$，试问电感电压 U_1 与电容电压 U_2 的相位差是多少？

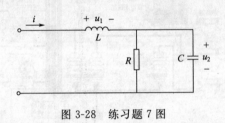

图 3-28　练习题 7 图

8. 如图 3-29 所示，若 $u = 10\sqrt{2}\sin(\omega t + 45°)\text{V}$，$i = 5\sqrt{2}\sin(\omega t + 15°)\text{A}$，则 Z 为多少？该电路的功率又是多少？

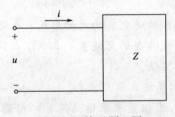

图 3-29　练习题 8 图

9. 含 R、L 的线圈与电容 C 串联，已知线圈电压 $U_{RL} = 50\text{V}$，电容电压 $U_C = 30\text{V}$。总电压与电流同相，试问总电压是多大？

10. RLC 组成的串联谐振电路，已知 $U = 10\text{V}$，$I = 1\text{A}$，$U_C = 80\text{V}$。试问电阻 R 多大？品质因数 Q 又是多大？

11. 某单相 50Hz 的交流电源，其额定容量 $S_N = 40\text{kV·A}$，额定电压 $U_N = 220\text{V}$，供给照明电路，各负载都是 40W 的日光灯（可认为是 RL 串联电路），其功率因数为 0.5，试求：

① 日光灯最多可点多少盏？

② 用补偿电容将功率因数提高到 1，这时电路的总电流是多少？需用多大的补偿电容？

③ 功率因数提高到 1 以后，除供给以上日光灯外，各保持电源在额定情况下工作，还可多点 40W 白炽灯多少盏？

12. 线电压 $U_1=220V$ 的对称三相电源上接有两组对称三相负载：一组是接成三角形的感性负载，每相功率为 4.84kW，功率因数 $\lambda=0.8$；另一组是接成星形的电阻负载，每相阻值为 10Ω，如图 3-30 所示。求各组负载的相电流及总的线电流。

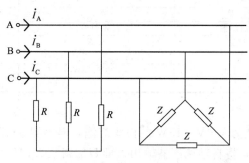

图 3-30 练习题 12 图

 综合实训 ....

实训 2 正弦稳态交流电路相量的研究

1. 实训目的

① 研究正弦稳态交流电路中电压、电流相量之间的关系；

② 掌握日光灯线路的接线；

③ 理解改善电路功率因数的意义并掌握其方法。

2. 原理说明

① 在单相正弦交流电路中，用交流电流表测得各支路的电流值，用交流电压表测得回路各元件两端的电压值，它们之间的关系满足相量形式的基尔霍夫定律，即 $\sum I=0$ 和 $\sum U=0$。

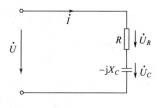

图 3-31 RC 串联电路

② 图 3-31 所示的 RC 串联电路，在正弦稳态信号 U 的激励下，U_R 与 U_C 保持有 90°的相位差，即当 R 阻值改变时，U_R 的相量轨迹是一个半圆。U、U_C 与 U_R 三者形成一个直角形的电压三角形，如图 3-32 所示。R 值改变时，可改变 φ 角的大小，从而达到移相的目的。

③ 日光灯线路如图 3-33 所示，图中，A 是日光灯管，L 是镇流器，S 是启辉器，C 是补偿电容器，用以改善电路的功率因数（$\cos\varphi$ 值）。有关日光灯的工作原理请自行翻阅有关资料。

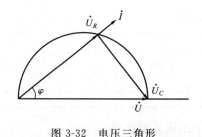

图 3-32 电压三角形

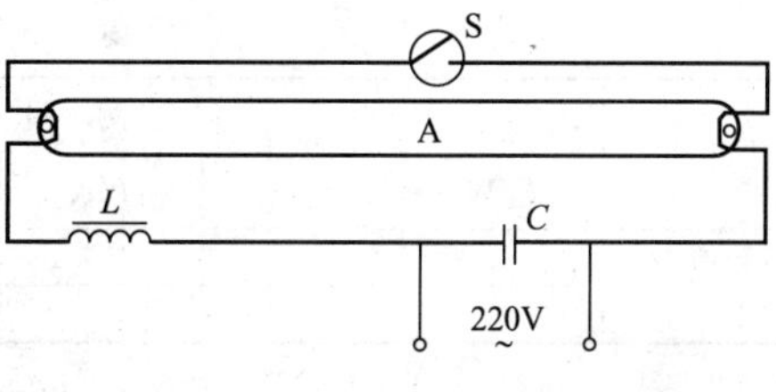

图 3-33 日光灯线路

3. 实训设备（见表 3-1）

表 3-1　实训设备

序号	名称	型号与规格	数量	备注
1	交流电压表	0～500V	1	
2	交流电流表	0～5A	1	
3	功率表		1	DGJ-07
4	自耦调压器		1	
5	镇流器、启辉器	与 40W 灯管配用	各 1	DGJ-04
6	日光灯灯管	40W	1	屏内
7	电容器	$1\mu\text{F}, 2.2\mu\text{F}, 4.7\mu\text{F}/500\text{V}$	各 1	DGJ-05
8	白炽灯及灯座	220V,15W	1～3	DGJ-04
9	电流插座		3	DGJ-04

4. 实训内容

① 按图 3-31 接线。R 为 220V、15W 的白炽灯泡，电容器为 $4.7\mu\text{F}/450\text{V}$。经指导教师检查后，接通实验台电源，将自耦调压器输出（即 U）调至 220V。在表 3-2 中记录 U、U_R、U_C 值，验证电压三角形关系。

表 3-2　实验数据（一）

测 量 值				计 算 值	
U/V	U_R/V	U_C/V	U'（与 U_R、U_C 组成电压三角形） （$U'=\sqrt{U_R^2+U_C^2}$ ）/V	$\Delta U=U'-U$/V	$\Delta U/U/\%$

② 日光灯线路接线与测量。

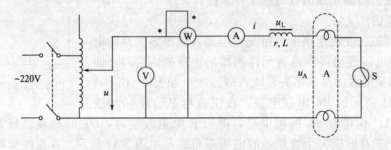

图 3-34　日光灯接线图

按图 3-34 接线。经指导教师检查后接通实验台电源，调节自耦调压器的输出，使其输出电压缓慢增大，直到日光灯刚启辉点亮为止，在表 3-3 中记下三表的指示值。然后将电压调至 220V，测量功率 P，电流 I，电压 U、U_L、U_A 等值，验证电压、电流相量关系。

表 3-3　实验数据（二）

项目	测 量 数 值						计 算 值	
	P/W	$\cos\varphi$	I/A	U/V	U_L/V	U_A/V	r/Ω	$\cos\varphi$
启辉值								
正常工作值								

③ 并联电路——电路功率因数的改善。按图 3-35 组成实训线路。

经指导老师检查后，接通实验台电源，将自耦调压器的输出调至 220V，记录功率表、电压表读数。通过一只电流表和三个电流插座分别测得三条支路的电流，改变电容值，进行三次重复测量。将数据记入表 3-4 中。

5. 实训注意事项

① 本实训用交流市电 220V，务必注意用电和人身安全。

② 功率表要正确接入电路。

③ 线路接线正确，日光灯不能启辉时，应检查启辉器及其接触是否良好。

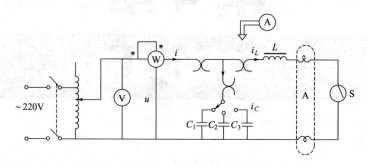

图 3-35　改善功率因数电路接线图

表 3-4　实验数据（三）

电容值 /μF	测 量 数 值						计 算 值	
	P/W	cosφ	U/V	I/A	I_L/A	I_C/A	I′/A	cosφ
0								
1								
2.2								
4.7								

6. 预习思考题

① 参阅课外资料，了解日光灯的启辉原理。

② 在日常生活中，当日光灯上缺少了启辉器时，人们常用一根导线将启辉器的两端短接一下，然后迅速断开，使日光灯点亮（DGJ-04 实验挂箱上有短接按钮，可用它代替启辉器做试验）；或用一只启辉器去点亮多只同类型的日光灯，这是为什么？

③ 为了改善电路的功率因数，常在感性负载上并联电容器，此时增加了一条电流支路，试问电路的总电流是增大还是减小？此时感性元件上的电流和功率是否改变？

④ 提高线路功率因数为什么只采用并联电容器法，而不用串联法？所并的电容器是否越大越好？

7. 实训报告

① 完成数据表格中的计算，进行必要的误差分析。

② 根据实验数据，分别绘出电压、电流相量图，验证相量形式的基尔霍夫定律。

③ 讨论改善电路功率因数的意义和方法。

④ 装接日光灯线路的心得体会及其他。

8. 小组讨论，老师给出评价

能力	评价	分数
专业能力		
工作方法		
合作能力		
交流能力		

第4章

变压器和电动机

🍁 学习意义

在电工技术中有很多电气设备或器件是利用电磁现象及电与磁的相互作用原理来工作的，这些电气设备都是由电路和磁路两大部分组成的。其中变压器与电动机是最重要的两个电气设备，变压器是一种变换交流电压的电磁设备，是输配电网络中的主要设备。电动机是一种将电能转换成机械能的电磁设备。三相异步电动机是一种常用的动力电动机，

三相笼型异步电动机具有结构简单、价格低廉、坚固耐用、使用维护方便等优点。它的基本控制电路大多由继电器、接触器、按钮等有触点电器组成。三相异步电动机带动各种生产机械运行时，其启动、停止以及正反转等运行状态是由一定的控制线路进行控制的。三相笼型异步电动机在生产实际中有非常广泛的应用。

三相异步电动机

☆ 学习目标

1. 知识与技能
- 熟悉变压器的结构、工作原理；
- 掌握变压器的阻抗变换特性；
- 熟悉三相异步电动机的结构、工作原理；
- 掌握电动机的机械特性及应用；
- 掌握电动机的启动、调速、反转、制动等方法；
- 了解电动机的选用及控制方法。

2. 思维与方法

通过实训培养学生解决实际问题的能力。

3. 态度与价值观

培养学生勤于实践和动手的工作态度，把理论知识转换为应用，为社会创造财富的价值观。

综合实训

实训 3　设计、安装和测试一个三相异步电动机正反转控制电路，绘制控制线路图。

学习指导

仔细阅读所提供的课文内容，查阅有关资料，研究每个图示，完成工作任务，欢迎随时提出问题，并确保在完成本章学习后你的问题得到解答。

4.1　磁路和交流铁芯线圈

探索与发现

1855 年法拉第在英国
皇家学会做演讲

迈克尔·法拉第（Michael Faraday，1791—1867 年），出生在英国萨里郡纽因顿的一个铁匠家庭。1831 年 8 月 29 日，法拉第用 7/8in❶ 的铁棍制成一个圆环，圆环外径 6in；A 是三段各 24ft❷ 长铜线绕成的线圈（三段间可根据需要串联）；B 是 50ft 铜线绕成的 2 个线圈（2 个线圈可以串联）；1 为电池；2 为开关；3 为检流器。实验时，当合上开关 2 后，法拉第发现检流器 3 摆动，即线圈 B 和检流器 3 中有电流流过。也就是说，法拉第通过这个实验发现了电磁感应现象。以后法拉第利用这个实验的装置（法拉第感应线圈，图 4-1 实际上是世界上第一只变压器雏形）又做了数次实验，同年 10 月 28 日还制成了第一台圆盘式直流发电机。同年 11 月 24 日，法拉第向英国皇家学会报告了他的实验及其发现，从而使法拉第被公认为电磁感应现象的发现者。1831 年法拉第提出了著名的"电磁感应定律"，是变压器和发电机的起源，为电工与电子技术的发展奠定了重要的理论基础。

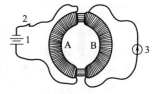

图 4-1　法拉第实验
装置原理图

学习要点

1. 掌握磁场的基本物理量；

2. 磁性材料的磁性能；

3. 磁路欧姆定律；

4. 交流铁芯线圈。

实际电路中有大量电感元件的线圈中有铁芯，如变压器、电机、电磁铁、电工测量仪表以及其他各种铁磁元件。线圈通电后铁芯就构成磁路，磁路又影响电路。因此电工技术不仅有电路问题，同时也有磁路问题。只有同时掌握了磁路的基本理论，才能对各种电工设备的工作原理作全面的分析。与流经电路中的电流同理，流经磁路的磁通也遵循一定的规律，如磁路的欧姆定律等。磁路问题是局限于一定路径内的磁场问题，因此磁场的各个基本物理量也适用于磁路。磁路主要是由具有良好导磁能力的材料构成的，因此本章将对这种导磁材料

❶　1in＝25.4mm。

❷　1ft＝12in＝304.8mm。

的磁性能加以讨论。

4.1.1 磁路的基本知识

为了更好地理解磁路的基本概念，掌握磁路的基本规律，以下先复习一下几个在物理学中学过的有关磁场的基本物理量。

(1) 磁场的基本物理量

① 磁感应强度 B　磁感应强度是用来描述磁场内某点磁场强弱和方向的物理量。它是一个矢量，其方向与该点磁感应线切线方向一致，它与产生磁场的电流之间的方向关系满足右手螺旋定则。其大小可用通电导体在磁场中某点受到的电磁力与导体中的电流和导体的有效长度的乘积的比值来表示，称作该点磁感应强度 B。其数学式为

$$B = \frac{F}{lI}$$

在 SI 制中，B 的单位是特斯拉，简称特（T）。

在电动机中，气隙中的磁感应强度 B 通常为 $0.4 \sim 0.5$T，铁芯中的磁感应强度 B 约为 $1 \sim 1.8$T。

② 磁通 Φ　磁通 Φ 是描述磁场在某一范围内分布情况的物理量。磁感应强度 B（如果不是均匀磁场，则取 B 的平均值）与垂直于磁场方向的面积 S 乘积称为该面积的磁通 Φ，即

$$\Phi = BS$$

可见，磁感应强度在数值上可以看成为与磁场方向相垂直的单位面积所通过的磁通，故又称为磁通密度。

在 SI 制中，Φ 的单位是韦伯，简称韦（Wb）。

③ 磁导率 μ　磁导率 μ 是用来衡量物质导磁能力的物理量。

在 SI 制中，单位是 H/m，实验测得真空磁导率为 $\mu_0 = 4\pi \times 10^{-7}$ H/m。

任意一种物质磁导率 μ 和真空的磁导率 μ_0 的比值，称为该物质的相对磁导率 μ_r。自然界的物质，就导磁性能而言，可分为磁性物质（$\mu_r > 1$）和非磁性物质（$\mu_r \leqslant 1$）两大类。非磁性物质和空气的磁导率与真空磁导率 μ_0 很接近。

④ 磁场强度 H　磁场强度 H 是计算磁场时所引用的一个辅助物理量，也是矢量，通过它可以表达磁场与产生该磁场的电流之间的关系。磁场内某点的磁场强度的大小等于该点磁感应强度除以该点的磁导率，即

$$H = \frac{B}{\mu}$$

式中，H 的单位是 A/m。

(2) 铁磁物质与非铁磁物质

自然界物质在外磁场作用下所表示出来的磁化性能不同，基本可分为两类，即铁磁物质与非铁磁物质，如表 4-1 所示。

(3) 铁磁物质的分类

按磁化特性的不同，铁磁物质可以分成三种类型，如表 4-2 所示。

表 4-1　铁磁物质与非铁磁物质的磁化性能

项目	铁磁物质	非铁磁物质
	铁、镍、钴、硅钢、铁氧体	空气、铝、铜、胶木
磁导率	$\mu \gg \mu_0$，且为非常数	$\mu \approx \mu_0$，近似常数
磁化曲线	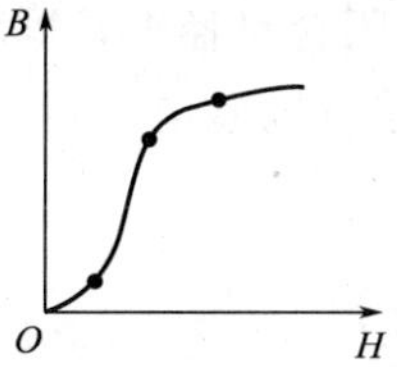	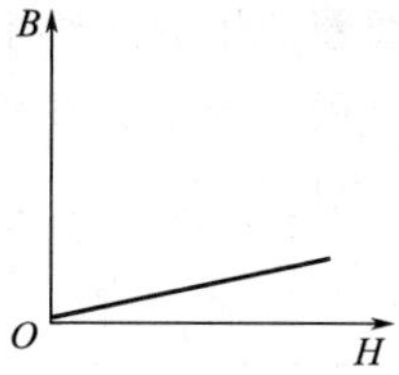
磁化性能	①高导磁性（μ 很大） ②非线性磁化特性（μ 非常数） ③磁饱和性：当磁场强度增大到一定程度时，磁感应强度基本不再增大，达到饱和	①弱导磁性（μ 很小） ②线性磁化特性（μ 为常数）
反复磁化特性曲线	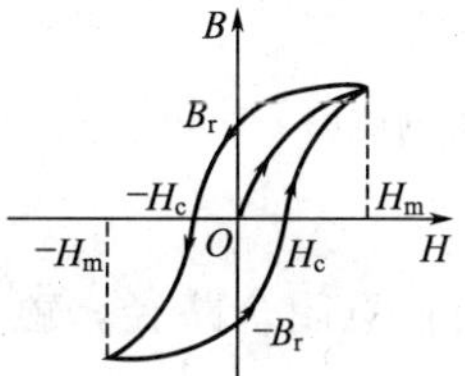 ①磁滞性：磁感应强度 B 滞后于磁场强度 H 回零 ②剩磁性：当通电线圈中的电流降为 0 时，H 降为 0，铁芯内的 B 不为 0	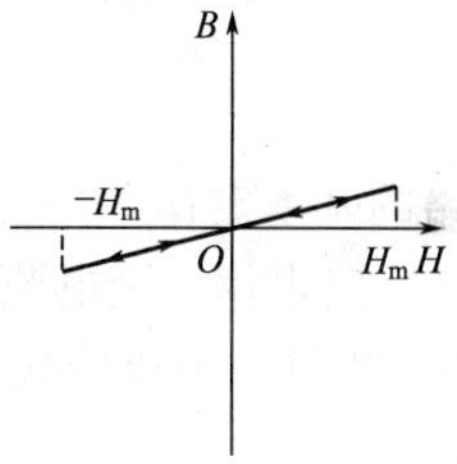 ①无磁滞性 ②无剩磁性

表 4-2　铁磁物质分类

分类	磁滞回线	特　点	用　途
软磁材料	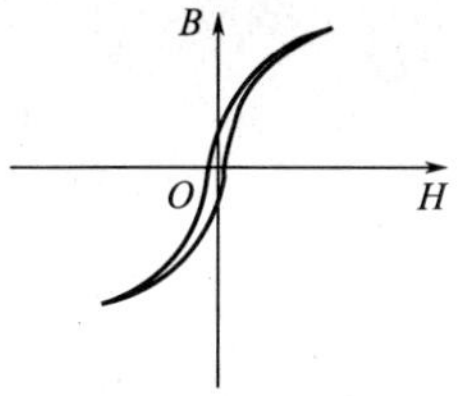	磁导率高，易磁化也易去磁，磁滞回线较窄，磁滞损耗小	硅钢、铸钢、铁镍合金等；电机、变压器、继电器铁芯；高频半导体收音机中的磁棒
硬磁材料	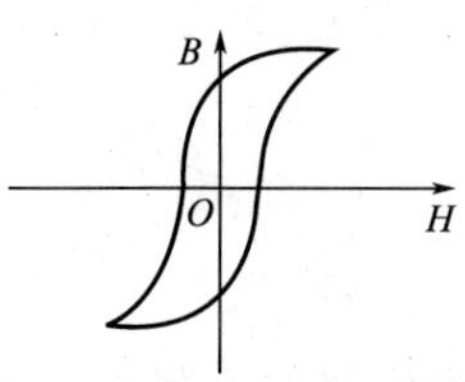	磁滞回线很宽，不易磁化，也不易去磁，一旦磁化后能保持很强的剩磁，适宜制作永久磁铁	碳钢、钴钢等；磁电式仪表、扬声器中的磁钢、永久磁铁
矩磁材料	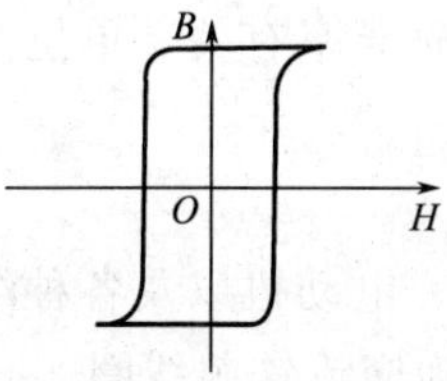	磁滞回线的形状如同矩形。在很小的外磁场作用下就能磁化，一经磁化便达到饱和值，去掉外磁，磁性仍能保持在饱和值，主要用作记忆元件	锰镁铁氧体；磁带、计算机中存储器的磁芯

（4）磁路和磁路基本定律

① 磁路的概念 为了使较小的励磁电流产生足够大的磁通（或磁感应强度），在电机、变压器及各种铁磁元件中常用磁性材料做成一定形状的铁芯。由于铁芯的磁导率比周围空气或其他物质的磁导率高得多，当线圈中通过电流时，铁芯即被磁化，使得其中的磁场大为增强，故通电线圈产生的磁通主要集中在由铁芯构成的闭合路径内，这种磁通集中通过的路径便称为磁路。用于产生磁场的电流称为励磁电流，通过励磁电流的线圈称为励磁线圈。图4-2是几种常见电气设备的磁路。

(a) 变压器的磁路　　　　(b) 直流电机的磁路　　　　(c) 电磁继电器的磁路

图 4-2　常见电气设备的磁路

② 磁路的基本定律

a. 安培环路定律（全电流定律）。在磁路中，沿任意闭合路径，磁场强度的线积分等于与该闭合路径交链的电流的代数和。即

$$\int H\mathrm{d}l = \sum I$$

计算电流代数和时，与绕行方向符合右手螺旋定则的电流取正号，反之取负号。若闭合回路上各点的磁场强度相等且其方向与闭合回路的切线方向一致，则

$$Hl = \sum I = NI$$

式中，N 为线圈匝数。

b. 磁路欧姆定律。设一段磁路长为 l，磁路面积为 S 的环形线圈，磁力线均匀分布于横截面上，这时 B、H 与 μ 之间的关系为

$$H = \frac{B}{\mu}, \quad B = \frac{\Phi}{S}$$

根据安培环路定律得磁路的欧姆定律。

$$Hl = \frac{B}{\mu}l = \frac{\Phi}{\mu S}l$$

或

$$\Phi = \frac{Hl}{\dfrac{l}{\mu S}} = \frac{F}{R_{\mathrm{m}}}$$

式中，$F = Hl$ 为磁动势，单位为安·匝；$R_{\mathrm{m}} = \dfrac{l}{\mu S}$ 称为磁路的磁阻，是表示磁路对磁通具有阻碍作用的物理量，它与磁路的几何尺寸、磁介质的磁导率有关，单位为 H^{-1}。

4.1.2　交流铁芯线圈

电磁设备中经常用到交流铁芯线圈，比如交流变压器、电动机以及各种继电器，因此交流铁芯线圈的电路性质和磁路性质非常重要。图4-3所示为交流铁芯线圈。

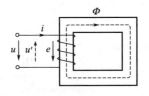

(a) 交流变压器　　　　　　　(b) 交流铁芯线圈

图 4-3　交流铁芯线圈

（1）交流铁芯线圈的磁通

当电源电压为正弦交流量时，忽略线圈绕线电阻、漏磁通，则铁芯中的磁通也应为正弦规律。

设主磁通为

$$\Phi = \Phi_m \sin\omega t$$

则感应电动势为

$$e = -N\frac{\mathrm{d}\Phi}{\mathrm{d}t} = -2\pi f N \cdot \Phi_m \cdot \sin(\omega t + 90°) = -E_m \sin(\omega t + 90°)$$

式中，$E_m = 2\pi f N \cdot \Phi_m$ 是主磁感应电动势的最大值，其有效值为

$$E = \frac{E_m}{\sqrt{2}} = \frac{2\pi f N \Phi_m}{\sqrt{2}} = 4.44 f N \Phi_m$$

据基尔霍夫定律 $u = -e$，则电压的有效值为

$$U = 4.44 f N \Phi_m$$

提示：

① $U = E = 4.44 f N \Phi_m$ 是分析变压器、交流电机的重要依据；

② 由上述分析可以得出结论，当电源电压 U 一定时，只要线圈匝数 N 一定，其主磁通 Φ 一定，当其他因素变化时，Φ 不应随之变化，这也是一个非常重要的结论。

（2）涡流

如图 4-4 所示，当贯穿导体的磁通发生变化时，在导体内部就会产生阻碍其变化的感应电动势，从而形成图中所示旋涡状的电流。这种电流称为涡流（eddy current）。

这时，导体会因涡流的作用而发热，从而损失掉一部分电能，这种损失称为涡流损失。在利用磁通变化的变压器中，为了减少涡流损失，常把铁芯做成层状并用薄层绝缘材料将各层隔开。

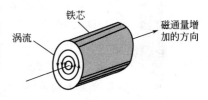

图 4-4　涡流

另一方面，也有利用涡流发热的积极一面的例子，比如高频感应电炉（high-frequency induction furnace）、电磁炊具（electromagnetic cooker）等。如图 4-5 所示，使金属圆盘旋转，或在圆盘的周围旋转磁铁，都会因感应电动势而产生涡流。

在图 4-5(a) 中，将磁铁固定，使金属圆盘转动，这时在磁极附近会产生两个涡流，在磁场中也会产生电磁力。由于这个力的方向与圆盘旋转的方向相反，所以能够阻止圆盘的转动，起到制动的作用。

上述圆盘称为阿拉戈圆盘（Arago disc）［见图 4-5(b)］，感应电动机和电度表就是利用该原理制成的。

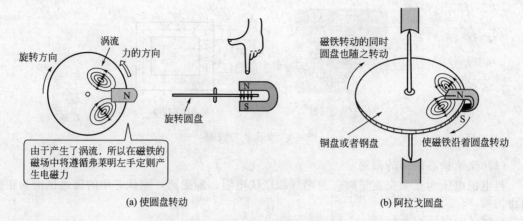

图 4-5　阿拉戈圆盘转动原理

思考题

在使用铁芯材料的电气设备中，涡流损失会使铁芯发热从而损坏设备。为了减少这种涡流的损失，需要采取什么样的措施？

工作任务

查找资料分析交、直流电磁铁的工作原理并回答下面的问题。

① 交流电磁铁衔铁卡住，长时间不能吸合，会烧毁线圈，为什么？

② 直流铁芯线圈和交流铁芯线圈一般不能换用，这是为什么？

4.2　变压器

探索与发现

　　19 世纪 80 年代后，交流电进入人类社会生活，变压器的原理也为许多人所了解，人们自然而然想到将变压器用于实际交流电路中。在这方面迈出第一步并做出重大贡献的是法国人高兰德（L. Gauland）和英国人吉布斯（J. D. Gibbs）于 1882 年 9 月 13 日在英国申请了第一个感应线圈及其供电系统的专利，他们称这种感应线圈为 "Secondary generator"（二次发电机）。1983 年又制成一台容量约 5kV·A 的二次发电机在伦敦郊外一小型电工展览会上展出表演，当年，他们为伦敦市区铁路提供了几台小型变压器。1884 年，他们在意大利都灵技术博览会上展出了他们的变压器，并表演了交流远距离输电，采用开磁路变压器串联交流输电系统，将 30kW、133Hz 的交流电输送到 40km 远处。

学习要点

1. 掌握变压器的结构、工作原理；

2. 掌握变压器的功能；

3. 理解变压器的外特性；

4. 了解常用特殊变压器。

变压器是一种变换交流电压的电磁设备，这也是 "变压器" 的名称来由。变压器实际起到的作用有以下几个。

① 变换电压，主要用于输、配电电路；

② 变换电流，主要用于电工测量；

③ 变换阻抗，主要用于电子技术领域。

在交流电路中，输送相同电功率时，电压越高，线路电流越低，线路损耗越小，同时对输电线要求越低，所以在输/配电网络中常采用高压输电，利用变压器将发电机发出的交流电压升高向用户输送。电能被送到用电区后，再根据用户的不同需求，利用变压器将电压降低至用户所需求的电压。例如，大型动力设备和工厂用电为10kV、6kV、3kV；小型动力设备和照明用电为380V、220V；特殊场合为36V、24V、12V、6V。变压器的种类很多。按用途分，可分为用于输、配电的电力变压器；用于电工测量的仪用互感器；用于电子电路的整流变压器和阻抗变换器等。按电能变换相数分，可分为单相变压器和三相变压器。

4.2.1 变压器的结构、原理与功能

（1）变压器的结构

变压器主要由铁芯和线圈两个基本部分组成，如图4-6所示。

① 铁芯 铁芯构成变压器的磁路，为了减少铁损，提高磁路的导磁性能，一般由 $0.35\sim0.55$mm 的表面绝缘的硅钢片交错叠压而成。根据铁芯的结构不同，变压器可分为心式（小功率）和壳式（容量较大）两种。

② 绕组 即线圈，是变压器的电路部分，用绝缘导线绕制而成，有原绕组、副绕组之分。

与电源相连的称为原绕组（或称初级绕组、一次绕组），与负载相连的称为副绕组（或称次级绕组、二次绕组）。

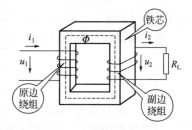

图 4-6 变压器的结构示意图

由于铁芯损失而使铁芯发热，变压器要有冷却系统。小容量变压器采用自冷式，而中大容量的变压器采用油冷式。

（2）变压器的工作原理

在原绕组上接入交流电压 u_1 时，原绕组中便有电流 i_1 通过。原绕组的磁动势 i_1N_1 产生的磁通绝大部分通过铁芯而闭合，从而在副绕组中感应出电动势。如果副绕组接有负载，那么副绕组中就有电流 i_2 通过。副绕组的磁动势 i_2N_2 也产生磁通，其绝大部分也通过铁芯而闭合。因此，铁芯中的磁通是一个由原、副绕组的磁动势共同产生的合成磁通，它称为主磁通，用 Φ 表示。主磁通穿过原绕组和副绕组而在其中感应出的电动势分别为 e_1、e_2。此外，原、副绕组的磁动势还分别产生漏磁通 $\Phi_{\sigma1}$ 和 $\Phi_{\sigma2}$，从而在各自的绕组中分别产生漏磁动势 $e_{\sigma1}$ 和 $e_{\sigma2}$，如图4-7（a）所示。

（3）变压器的功能

① 电压变换 写出变压器原理图中原绕组电路的基尔霍夫电压定律方程为

$$u_1+e_1+e_{\sigma1}=i_1R_1$$

写成相量表示式为

$$\dot{U}_1=\dot{I}_1R_1-\dot{E}_{\sigma1}-\dot{E}_1=\dot{I}_1R_1+j\dot{I}_1X_1-\dot{E}_1$$

由于原绕组的电阻 R_1 和感抗 X_1（或漏磁通 $\Phi_{\sigma1}$）较小，因而它们两端的电压降也较小，与主磁电动势 E_1 比较起来，可以忽略不计，于是

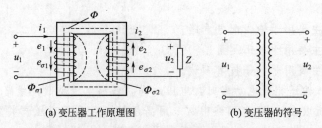

(a) 变压器工作原理图　　　　　(b) 变压器的符号

图 4-7　变压器工作原理图

$$U_1 = -E_1 = 4.44 f N_1 \Phi_\mathrm{m}$$

同理可得副边电路的电压与电动势的有效值为

$$U_2 = -E_2 = 4.44 f N_2 \Phi_\mathrm{m}$$

变压器空载时

$$I_2 = 0, U_{20} = E_2$$

式中，U_{20} 是空载时副绕组的端电压。

以上几式说明，由于原、副绕组的匝数 N_1、N_2 不相等，故 E_1 和 E_2 的大小也不等，因而输入电压 U_1（电源电压）和输出电压 U_2（负载电压）的大小也是不等的。

原、副绕组的电压之比为

$$\frac{U_1}{U_2} = \frac{E_1}{E_2} = \frac{4.44 f N_1 \Phi_\mathrm{m}}{4.44 f N_2 \Phi_\mathrm{m}} = \frac{N_1}{N_2} = K$$

式中，K 称为变压器的变比，亦即原、副绕组的匝数比。可见，当电源电压 U_1 一定时，只要改变匝数比，就可得出不同的输出电压 U_2。

$K>1$，为降压变压器；

$K<1$，为升压变压器。

变比在变压器的铭牌上注明，它通常以"6000/400V"的形式表示原、副绕组的额定电压之比，此例表明这台变压器的原绕组的额定电压 $U_{1\mathrm{N}} = 6000\mathrm{V}$，副绕组的额定电压 $U_{2\mathrm{N}} = 400\mathrm{V}$。

所谓副绕组的额定电压是指原绕组加上额定电压时副绕组的空载电压。由于变压器有内阻抗压降，所以副绕组的空载电压一般应较满载时的电压高 5％～10％。

② 电流变换　由 $U_1 = E_1 = 4.44 f N_1 \Phi_\mathrm{m}$ 可见，当电源电压 U_1 和频率 f 不变时，E_1 和 Φ_m 也都近于常数。就是说，铁芯中主磁通的最大值在变压器空载或有负载时是差不多恒定的。因此有负载时产生主磁通的原、副绕组的合成磁动势（$i_1 N_1 + i_2 N_2$）应该和空载时产生主磁通的原绕组的磁动势 $i_0 N_1$ 差不多相等，即

$$i_1 N_1 + i_2 N_2 = i_0 N_1$$

变压器的空载电流 i_0 是励磁用的。由于铁芯的磁导率高，空载电流是很小的。它的有效值 I_0 在原绕组额定电流 $I_{1\mathrm{N}}$ 的 10％ 以内，因此 $I_0 N_1$ 与 $I_1 N_1$ 相比，常可忽略。于是

$$i_1 N_1 = -i_2 N_2$$

其有效值形式为

$$I_1 N_1 = I_2 N_2$$

所以

$$I_1 / I_2 = N_2 / N_1 = 1/K$$

可见，变压器中的电流虽然由负载的大小确定，但是原、副绕组中电流的比值基本上不变；因为当负载增加时，I_2 和 $I_2 N_2$ 随着增大，而 I_1 和 $I_1 N_1$ 也必须相应增大，以抵偿副绕

组的电流和磁动势对主磁通的影响，从而维持主磁通的最大值近于不变。

变压器的额定电流 I_{1N} 和 I_{2N} 是指变压器在长时连续工作运行时原、副绕组允许通过的最大电流，它们是根据绝缘材料允许的温度确定的。

副绕组的额定电压与额定电流的乘积称为变压器的额定容量，即

$$S_N = U_{2N} I_{2N} \quad （单相）$$

它是视在功率（单位是 $V \cdot A$），与输出功率（单位是 W）不同。

③ 阻抗变换　在电子线路中，常利用变压器的阻抗变换功能来达到阻抗匹配的目的。

变压器不但可以变换电压和电流，还有变换阻抗的作用，以实现"匹配"。所谓等效，就是输入电路的电压、电流和功率不变，直接接在电源上的阻抗模 $|Z'|$ 和接在变压器副边的负载阻抗模 $|Z_L|$ 是等效的，如图 4-8 所示。

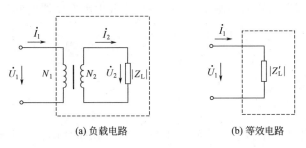

(a) 负载电路　　　　(b) 等效电路

图 4-8　负载阻抗的等效变换

$|Z'|$ 与 $|Z_L|$ 的关系推导如下：

$$|Z'| = \frac{U_1}{I_1} = \frac{\dfrac{N_1}{N_2}U_2}{\dfrac{N_2}{N_1}I_2} = \left(\frac{N_1}{N_2}\right)^2 \frac{U_2}{I_2} = K^2 \frac{U_2}{I_2} = K^2 |Z_L|$$

所以　　　　　　　　　　　　$$|Z'_L| = K^2 |Z_L|$$

匝数比不同，负载阻抗模 $|Z_L|$ 折算到（反映到）原边的等效阻抗 $|Z'_L|$ 也不同。可以采用不同的匝数比，把负载阻抗模变换为所需要的、比较合适的数值，达到电路的匹配状态，此时负载获得最大的输出功率。这种做法通常称为阻抗匹配。

4.2.2　变压器的外特性与效率

（1）变压器的外特性

当电源电压 U_1 不变时，随着副绕组电流 I_2 的增加（负载增加），原、副绕组阻抗上的电压降便增加，这将使副绕组的端电压 U_2 发生变动。当电源电压 U_1 和副边所带负载的功率因数 $\cos\varphi_2$ 为常数时，副边端电压 U_2 随负载电流 I_2 变化的关系曲线 $U_2 = f(I_2)$ 称为变压器的外特性曲线。图 4-9 为变压器的外特性曲线。

由图可知，U_2 随 I_2 的上升而下降，这是由于变压器绕组本身存在阻抗，I_2 上升，绕组阻抗压降增大的缘故。

绕组内阻抗由两部分构成：绕组的导线电阻和漏磁通产生的感抗。

通常希望电压 U_2 的变动愈小愈好。从空载到额定负载，副绕组电压的变化程度用电压变化率 $\Delta U\%$ 表示，即

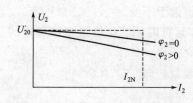

图 4-9　变压器的外特性曲线

$$\Delta U\% = \frac{U_{20} - U_2}{U_{20}} \times 100\%$$

式中，U_{20} 为副边的空载电压，也就是副边电压 U_{2N}；U_2 为 $I_2 = I_{2N}$ 时副边端电压。

电力变压器的电压调整率为 5% 左右。

（2）变压器的损耗与效率

变压器存在一定的功率损耗。变压器的损耗包括铁芯中的铁损 ΔP_{Fe} 和绕组上的铜损 ΔP_{Cu} 两部分。其中铁损的大小与铁芯内磁感应强度的最大值 B_m 有关，与负载大小无关，而铜损则与负载大小（正比于电流平方）有关。

铁损即是铁芯的磁滞损耗和涡流损耗；铜损是原、副边电流在绕组的导线电阻中引起的损耗。

变压器的输出功 P_2 与输入功率 P_1 之比的百分数称为变压器的效率，用 η 表示。

$$\eta = \frac{P_2}{P_1} = \frac{P_2}{P_2 + \Delta P_{Fe} + \Delta P_{Cu}} \times 100\%$$

4.2.3　特殊变压器

（1）自耦变压器

① 结构特点　自耦变压器的构造如图 4-10 所示。在闭合的铁芯上只有一个绕组，它既是原绕组又是副绕组。低压绕组是高压绕组的一部分。

② 电压比、电流比

$$U_1/U_2 = N_1/N_2 = K$$
$$I_1/I_2 = N_2/N_1 = 1/K$$

③ 用途　调节电炉炉温，调节照明亮度，启动交流电动机以及用于实验和在小仪器中。

④ 使用时的注意事项

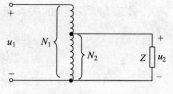

图 4-10　自耦变压器的构造

a. 在接通电源前，应将滑动触头旋至零位，以免突然出现过高电压。

b. 接通电源后应慢慢地转动调压手柄，将电压调到所需要的数值。

c. 输入、输出边不得接错，电源不准接在滑动触头侧，否则会引起短路事故。

（2）仪用互感器

仪用互感器是专供电工测量和自动保护的装置，使用仪用互感器的目的在于扩大测量表的量程，为高压电路中的控制设备及保护设备提供所需的低电压或小电流并使它们与高压电路隔离，以保证安全。

仪用互感器包括电压互感器和电流互感器两种。

① 电压互感器

a. 构造。电压互感器的副边额定电压一般设计为标准值 100V，以便统一电压表的表头规格。其接线如图 4-11 所示。

b. 电压比。电压互感器原、副绕组的电压比也是其匝数比：

$$U_1/U_2 = N_1/N_2 = K_u$$

若电压互感器和电压表固定配合使用，则从电压表上可直接读出高压线路的电压值。

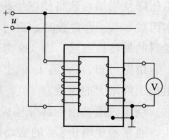

图 4-11　电压互感器

c.使用注意事项。电压互感器副边不允许短路，因为短路电流很大，会烧坏线圈，为此应在高压边用熔断器作为短路保护。

电压互感器的铁芯、金属外壳及副边的一端都必须接地，否则万一高、低压绕组间的绝缘损坏，低压绕组和测量仪表对地将出现高电压，这对工作是非常危险的。

② 电流互感器

a.构造。电流互感器是用来将大电流变为小电流的特殊变压器，它的副边额定电流一般设计为标准值5A，以便统一电流表的表头规格。其接线如图4-11所示。

b.电流比。电流互感器的原、副绕组的电流比仍为匝数的反比，即

$$I_1/I_2 = N_2/N_1 = 1/K_u$$

若安培表与专用的电流互感器配套使用，则安培表的刻度就可按大电流电路中的电流值标出。

c.使用注意事项。电流互感器的副边不允许开路。副边电路中装拆仪表时，必须先使副绕组短路，并且副边电路中不允许安装保险丝等保护设备。图4-12所示电流互感器副绕组的一端以及外壳、铁芯必须同时可靠接地。

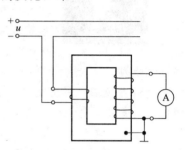

图4-12 电流互感器

【例4-1】 某单相变压器的额定容量 $S_N = 100\text{kV·A}$，额定电压为 $10/0.23\text{kV}$，当满载运行时，$U_2 = 220\text{V}$，求 K_u、I_{1N}、I_{2N}、$\Delta U\%$。

解

$$K_u = \frac{U_{1N}}{U_{2N}} = \frac{10 \times 10^3}{230} = 43.5$$

$$I_{2N} = \frac{S_N}{U_{2N}} = \frac{100 \times 10^3}{230} = 435\text{A}$$

$$I_{1N} = I_{2N}/K_u = 435/43.5 = 10\text{A}$$

$$\Delta U\% = \frac{U_{2N} - U_2}{U_{2N}} = \frac{230 - 220}{230} \times 100\% = 4.35\%$$

【例4-2】 某三相变压器 Y/Y_0 接法，额定电压为 $6/0.4\text{kV}$，向功率为 50kW 的白炽灯供电，此时负载线电压为380V，求原、副边电流 I_1、I_2。

分析：因为白炽灯为纯电阻元件，所以 $\cos\varphi_2 = 1$。

解

$$I_2 = \frac{P_2}{\sqrt{3}U_2\cos\varphi_2} = \frac{50 \times 10^3}{\sqrt{3} \times 380 \times 1} = 76\text{A}$$

$$I_1 = \frac{U_{2N}}{U_{1N}} \times I_2 = \frac{400}{6000} \times 76 = 5.07\text{A}$$

思考题

1.三相变压器的额定电压和额定电流是指它的相电压、相电流还是指它的线电压、线电流？

2.如果把自耦调压器具有滑动触头的二次绕组错接到电源上，会有什么后果？为什么？

工作任务

通过查找资料和企业调查说明电力变压器的种类、特点及检测方法。

4.3　三相异步电动机

奥斯特（Hans Christian Oersted，1777—1851年）丹麦物理学家，坚信自然力是可以相互转化的，长期探索电与磁之间的联系。1820年，奥斯特发现了电流的磁效应。这一发现，揭开了研究电磁本质联系的序幕。人们为了纪念他，从1934年起用奥斯特的名字命名磁场强度的单位。他是一位热情洋溢重视科研和实验的教师，他说："我不喜欢那种没有实验的枯燥的讲课，所有的科学研究都是从实验开始的"。

1834年德国雅可比发明了直流发动机安在小艇上，用320个丹尼尔电池供电，这种电动机没有多大商业价值，用电池作电源，成本太大、不实用。1870年比利时工程师格拉姆发明了直流发电机，在设计上，直流发电机和电动机很相似。1888年南斯拉夫出生的美国发明家特斯拉发明了交流电动机，它是根据电磁感应原理制成，又称感应电动机，被广泛应用于家庭电器中。交流电动机通常用三相交流供电。1889年俄国工程师多利沃-多布罗沃利斯基发明了笼型三相电动机，这是第一台能够实用的三相交流电动机，至此电动机发展到了可以进入工业应用的阶段。1902年瑞典工程师丹尼尔森首先提出同步电动机构想。

电动机是能量转换装置，把机械能转化为电能的装置称为发电机，把电能转化为机械能的装置称为电动机。电动机主要用于拖动生产机械之用，电动机按所需电源的种类可分为交流电动机和直流电动机，交流电动机又可分为异步电动机和同步电动机。下面主要介绍三相异步电动机，在生产上主要用的是交流电动机，特别是三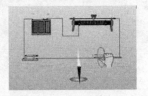相异步电动机，因为它具有结构简单、坚固耐用、运行可靠、价格低廉、维护方便等优点。它被广泛地用来驱动各种金属切削机床、起重机、锻压机、传送带、铸造机械、功率不大的通风机及水泵等。

学习要点

1. 掌握三相异步电动机的基本结构和工作原理；
2. 了解三相异步电动机的机械特性；
3. 掌握三相异步电动机启动、调速、反转及制动的基本原理和基本方法；
4. 了解电动机的选用及控制方法。

作为电动机运行的三相异步电动机，转子的转速低于旋转磁场的转速，转子绕组因与磁场间存在着相对运动而感生电动势和电流，并与磁场相互作用产生电磁转矩，实现能量变换。与单相异步电动机相比，三相异步电动机运行性能好，并可节省各种材料。按转子结构的不同，三相异步电动机可分为笼型和绕线型两种。笼型转子的异步电动机结构简单、运行可靠、重量轻、价格便宜，因而得到了广泛的应用，其主要缺点是调速困难。绕线型三相异步电动机的转子和定子一样也设置了三相绕组并通过滑环、电刷与外部变阻器连接。调节变阻器电阻可以改善电动机的启动性能和调节电动机的转速。

4.3.1　三相异步电动机的结构

三相异步电动机的种类很多，但各类三相异步电动机的基本结构是相同的，它们都由定子和转子这两大基本部分组成，在定子和转子之间具有一定的气隙。此外，还有端盖、轴承、接线盒、吊环等其他附件，如图 4-13 所示。

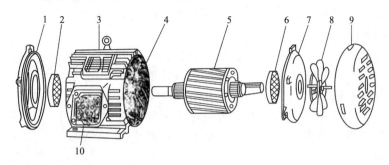

图 4-13　三相异步电动机构造

1—端盖；2—轴承；3—机座；4—定子绕组；5—转子；6—轴承；7—端盖；
8—风扇；9—风罩；10—接线盒

（1）定子部分

定子是用来产生旋转磁场的。三相电动机的定子一般由外壳、定子铁芯、定子绕组等部分组成。

① 外壳　三相电动机外壳包括机座、端盖、轴承盖、接线盒及吊环等部件。

机座：铸铁或铸钢浇铸成型，它的作用是保护和固定三相电动机的定子绕组。中、小型三相电动机的机座还有两个端盖支承着转子，它是三相电动机机械结构的重要组成部分。通常，机座的外表要求散热性能好，所以一般都铸有散热片。

② 定子铁芯　异步电动机定子铁芯是电动机磁路的一部分，由 0.35～0.5mm 厚表面涂有绝缘漆的薄硅钢片叠压而成，如图 4-14 所示。由于硅钢片较薄而且片与片之间是绝缘的，所以减少了由于交变磁通通过而引起的铁芯涡流损耗。铁芯内圆有均匀分布的槽口，用来嵌放定子绕组。

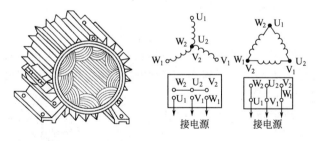

图 4-14　定子绕组及其接线端

③ 定子绕组　三相电动机有三相绕组，通入三相对称电流时，就会产生旋转磁场。三相绕组由三个彼此独立的绕组组成，且每个绕组又由若干线圈连接而成。每个绕组即为一相，每个绕组在空间相差 120°。线圈由绝缘铜导线或绝缘铝导线绕制。中、小型三相电动机多采用圆漆包线，大、中型三相电动机的定子线圈则用较大截面的绝缘扁铜线或扁铝线绕制后，再按一定规律嵌入定子铁芯槽内。定子三相绕组的 6 个出线端都引至接线盒上，首端分别标为 U_1，V_1，W_1，末端分别标为 U_2，V_2，W_2。这 6 个出线端在接线盒里的排列如

图 4-14 所示，可以接成星形或三角形。

（2）转子部分

转子式电动机的转动部分，包括转子铁芯、转子绕组和转轴等部件。

① 转子铁芯　转子铁芯是用 0.5mm 厚的硅钢片叠压而成，套在转轴上，作用和定子铁芯相同，一方面作为电动机磁路的一部分，一方面用来安放转子绕组。

② 转子绕组　异步电动机的转子绕组分为绕线型与笼型两种，由此分为绕线转子异步电动机与笼型异步电动机。

a. 绕线型绕组。与定子绕组一样也是三相绕组，一般接成星形，三相引出线分别接到转轴上的 3 个与转轴绝缘的集电环上，通过电刷装置可以改变转子电阻以改变它的启动和调速性能。所以绕线型异步电动机调速性能好，但其成本高，一般用于起重机、卷扬机、压缩机等对调速性能有特别要求的场合。如图 4-15 所示。

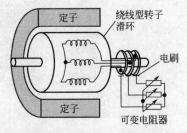

图 4-15　绕线型绕组

b. 笼型绕组。在转子铁芯的每一个槽中插入一根铜条，在铜条两端各用一个铜环（称为端环）把导条连接起来，称为铜排转子，如图 4-16（a）所示。也可用铸铝的方法，把转子导条和端环风扇叶片用铝液一次浇铸而成，称为铸铝转子，如图 4-16（b）所示。100kW 以下的异步电动机一般采用铸铝转子。

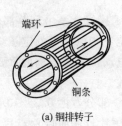

（a）铜排转子

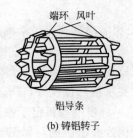

（b）铸铝转子

图 4-16　笼型绕组

4.3.2　三相异步电动机的工作原理

（1）转动原理

如图 4-17 所示，在一个马蹄形磁铁上装有旋转手柄，两磁极之间放一个可以自由转动的笼型转子，磁极和转子之间是空气隙，没有机械或电气的联系。当转动手柄使磁铁旋转时，会观察到以下现象。

（a）转动原理实验装置　　　　（b）转动原理

图 4-17　三相异步电动机运转原理

① 笼型转子随着磁极一起转动。磁极转得快，转子跟着转得快；磁极转得慢，转子也跟着转得慢。

② 若改变磁极旋转方向，笼型转子也跟着改变旋转方向。

③ 仔细观察还会发现，笼型转子的转速总是低于磁极的转速，两者的转速不能同步，即为"异步"。

上述实验现象可通过图 4-17（b）转动原理来分析说明。

（2）旋转磁场的产生

① 旋转磁场产生　图 4-18 表示最简单的三相定子绕组 AX、BY、CZ，它们在空间按互差 120°的规律对称排列，并接成星形与三相电源 U、V、W 相连，则三相定子绕组便通过三相对称电流。随着电流在定子绕组中通过，在三相定子绕组中就会产生旋转磁场。

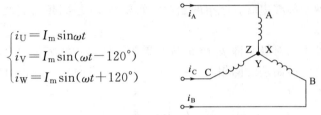

$$\begin{cases} i_U = I_m \sin\omega t \\ i_V = I_m \sin(\omega t - 120°) \\ i_W = I_m \sin(\omega t + 120°) \end{cases}$$

图 4-18　三相异步电动机定子接线

当 $\omega t = 0$ 时，$i_A = 0$，AX 绕组中无电流；i_B 为负，BY 绕组中的电流从 Y 流入 B 流出；i_C 为正，CZ 绕组中的电流从 C 流入 Z 流出；由右手螺旋定则可得合成磁场的方向如图 4-19（a）所示。

当 $\omega t = 120°$ 时，$i_B = 0$，BY 绕组中无电流；i_A 为正，AX 绕组中的电流从 A 流入 X 流出；i_C 为负，CZ 绕组中的电流从 Z 流入 C 流出；由右手螺旋定则可得合成磁场的方向如图 4-19（b）所示。

当 $\omega t = 240°$ 时，$i_C = 0$，CZ 绕组中无电流；i_A 为负，AX 绕组中的电流从 X 流入 A 流出；i_B 为正，BY 绕组中的电流从 B 流入 Y 流出；由右手螺旋定则可得合成磁场的方向如图 4-19(c) 所示。

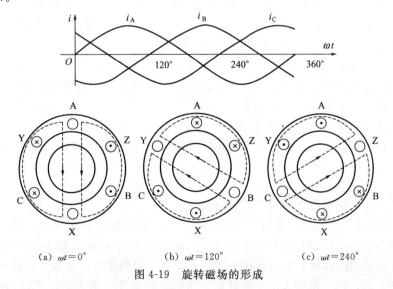

(a) $\omega t = 0°$　　　　(b) $\omega t = 120°$　　　　(c) $\omega t = 240°$

图 4-19　旋转磁场的形成

可见，当定子绕组中的电流变化一个周期时，合成磁场也按电流的相序方向在空间旋转一周。随着定子绕组中的三相电流不断地作周期性变化，产生的合成磁场也不断地旋，因此称为旋转磁场。

② 旋转磁场的方向　旋转磁场的方向是由三相绕组中电流相序决定的，若想改变旋转磁场的方向，只要改变通入定子绕组的电流相序，即将三根电源线中的任意两根对调即可。这时，转子的旋转方向也跟着改变。

(3) 三相异步电动机的极数与转速

① 极数（磁极对数 p）　三相异步电动机的极数就是旋转磁场的极数。旋转磁场的极数和三相绕组的安排有关。

当每相绕组只有一个线圈，绕组的始端之间相差 120°空间角时，产生的旋转磁场具有一对极，即 $p=1$；

当每相绕组为两个线圈串联，绕组的始端之间相差 60°空间角时，产生的旋转磁场具有两对极，即 $p=2$；

同理，如果要产生三对极，即 $p=3$ 的旋转磁场，则每相绕组必须有均匀安排在空间的串联的三个线圈，绕组的始端之间相差 40°（$=120°/p$）空间角。磁极对数 p 与绕组的始端之间的空间角 θ 的关系为

$$\theta = 120°/p$$

② 磁场的转速 n_0　三相异步电动机旋转磁场的转速 n_0 与电动机磁极对数 p 有关，它们的关系是

$$n_0 = \frac{60f_1}{p}$$

由上式可知，旋转磁场的转速 n_0 决定于电流频率 f_1 和磁极对数 p。对某一异步电动机而言，f_1 和 p 通常是一定的，所以磁场转速 n_0 为常数。

在我国，工频 $f_1=50\,\mathrm{Hz}$，因此对应于不同磁极对数 p 的旋转磁场转速 n_0 见表 4-3。

表 4-3　对应于不同磁极对数 p 的磁场转速 n_0

p	1	2	3	4	5	6
$n_0/(\mathrm{r/min})$	3000	1500	1000	750	600	500

③ 转差率 s　电动机转子转动方向与磁场旋转的方向相同，但转子的转速 n 不可能达到与旋转磁场的转速 n_0 相等，否则转子与旋转磁场之间就没有相对运动，因而磁力线就不切割转子导体，转子电动势、转子电流以及转矩也就都不存在。也就是说旋转磁场与转子之间存在转速差，因此把这种电动机称为异步电动机，又因为这种电动机的转动原理是建立在电磁感应基础上的，故又称为感应电动机。

旋转磁场的转速 n_0 常称为同步转速。

转差率 s 是用来表示转子转速 n 与磁场转速 n_0 相差程度的物理量，即

$$s = \frac{n_0 - n}{n_0} = \frac{\Delta n}{n_0}$$

转差率是异步电动机的一个重要的物理量。

当旋转磁场以同步转速 n_0 开始旋转时，转子则因机械惯性尚未转动，转子的瞬间转速 $n=0$，这时转差率 $s=1$。转子转动起来之后，$n>0$，n_0-n 差值减小，电动机的转差率 $s<1$。如果转轴上的阻转矩加大，则转子转速 n 降低，即异步程度加大，才能产生足够大的感应电动势和电流，产生足够大的电磁转矩，这时的转差率 s 增大。反之，s 减小。异步电动机运行时，转速与同步转速一般很接近，转差率很小。在额定工作状态下约为 0.015～

0.06 之间。

根据转差率公式，可以得到电动机的转速常用公式

$$n = (1-s)n_0$$

【**例 4-3**】　有一台三相异步电动机，其额定转速 $n = 975 \text{r/min}$，电源频率 $f = 50 \text{Hz}$，求电动机的极数和额定负载时的转差率 s。

解　由于电动机的额定转速接近而略小于同步转速，而同步转速对应于不同的极对数有一系列固定的数值。显然，与 975r/min 最相近的同步转速 $n_0 = 1000 \text{r/min}$，与此相应的磁极对数 $p = 3$。因此，额定负载时的转差率为

$$s = \frac{n_0 - n}{n_0} \times 100\% = \frac{1000 - 975}{1000} \times 100\% = 2.5\%$$

4.3.3　三相异步电动机的机械特性曲线

电动机作为动力设备，在使用时最关心的是电动机的输出转矩和转速，转矩与转速之间的关系称为机械特性。如果用横坐标表示转矩，纵坐标表示转速，将机械特性用曲线表示出来，则称为（电动机的）机械特性曲线。图 4-20 所示为三相异步电动机的机械特性曲线，图中，a、b、c、d 点分别为电动机的同步点、额定运行点、临界点和启动点。

（1）电磁转矩（简称转矩）

异步电动机的转矩 T 是由旋转磁场的每极磁通 Φ 与转子电流 I_2 相互作用而产生的。电磁转矩的大小与转子绕组中的电流 I 及旋转磁场的强弱有关。

经理论证明，它们的关系是

$$T = K_T \Phi I_2 \cos\varphi_2$$

式中，T 为电磁转矩；K_T 为与电动机结构有关的常数；Φ 为旋转磁场每个极的磁通量；I_2 为转子绕组电流的有效值；φ_2 为转子电流滞后于转子电势的相位角。

（2）机械特性曲线

在一定的电源电压 U_1 和转子电阻 R_2 下，电动机的转矩 T 与转差率 s 之间的关系曲线 $T = f(s)$ 或转速与转矩的关系曲线 $n = f(T)$，称为电动机的机械特性曲线，如图 4-20 所示。

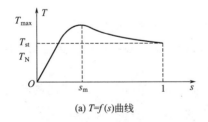
(a) $T = f(s)$曲线

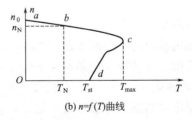
(b) $n = f(T)$曲线

图 4-20　三相异步电动机的机械特性曲线

在机械特性曲线上要讨论以下三个转矩。

① 额定转矩 T_N　电动机工作在额定运行状态，在额定电压、额定电流下产生额定的电磁转矩，以拖动额定的负载，此时对应的转速、转差率均为额定值（额定值均用下标"N"表示）。电动机工作时应尽量接近额定状态运行，以使电动机有较高的效率和功率因数。

额定转矩 T_N 是异步电动机带额定负载时转轴上的输出转矩。

$$T_N = 9550 \frac{P_N}{n}$$

式中，P_N 是电动机轴上输出的机械功率，其单位是 kW；n 的单位是 r/min；T_N 的单位是 N·m。

当忽略电动机本身机械摩擦转矩 T_0 时，阻转矩近似为负载转矩 T_L，电动机作等速旋转时，电磁转矩 T 必与阻转矩 T_L 相等，即 $T = T_L$。额定负载时，则有 $T_N = T_L$。

机械特性曲线分为稳定区 ab 段和不稳定区 bc 段。通常三相异步电动机工作在稳定区 ab 段的中部，如图 4-20（b）所示。当负载减小，$T > T_L$ 时，转子加速运转，工作点将沿特性曲线上移，电磁转矩自动减小，直到电磁转矩与负载阻转矩达到新的平衡，n 不再升高，电动机便稳定运行在转速比原先略高的工作点。反之，当负载增大，$T < T_L$ 时，转子将减速运转，工作点将沿特性曲线下移，电磁转矩自动增加，直到电磁转矩与负载阻转矩达到新的平衡，n 不再下降，电动机便稳定运行在转速比原先略低的工作点。

由此可见，电动机在稳定运行时，其电磁转矩和转速的大小都决定于它所拖动的机械负载。负载转矩变化时，异步电动机的转速变化不大，这种机械特性称为硬特性。三相异步电动机的这种硬特性很适用于一般金属切削机床。

② 最大转矩 T_{max} T_{max} 又称为临界转矩，是电动机可能产生的最大电磁转矩。它反映了电动机的过载能力。

经分析可知，当

$$s_m = \frac{R}{X_{20}}$$

时，电磁转矩为最大转矩，为

$$T_{max} = K \frac{U_1^2}{2X_{20}}$$

此时，电动机的电流立即增大到额定值的 6～7 倍，将引起电动机严重过热，甚至烧毁。因此，电动机在运行中一旦出现堵转电流时应立即切断电源，并卸掉过重的负载。如果负载转矩只是短时间接近最大转矩而使电动机过载，这是允许的，因为时间很短，电动机不会立即过热。

最大转矩也表示电动机短时允许过载的能力，最大转矩的转差率为 s_m，此时的 s_m 叫作临界转差率，最大转矩 T_{max} 与额定转矩 T_N 之比称为电动机的过载系数 λ，即

$$\lambda = T_{max} / T_N$$

表示电机过载能力。一般三相异步电动机的过载系数在 1.8～2.2 之间。

在选用电动机时，必须考虑可能出现的最大负载转矩，然后根据所选电动机的过载系数算出电动机的最大转矩，它必须大于最大负载转矩。

③ 启动转矩 T_{st} T_{st} 为电动机启动初始瞬间的转矩，即 $n = 0$，$s = 1$ 时的转矩。

为确保电动机能够带额定负载启动，必须满足 $T_{st} > T_N$，一般的三相异步电动机 $T_{st} / T_N = 1 \sim 2.2$。

笼型异步电动机取值较小，绕线型异步电动机由于转子可通过滑环外接电阻器，因此启动能力显著提高。

（3）电动机的负载能力自适应分析

电动机在工作时，它所产生的电磁转矩 T 的大小能够在一定的范围内自动调整以适应负载的变化，这种特性称为自适应负载能力。

【例 4-4】 有一 Y225M-4 型三相笼型异步电动机，额定数据如表 4-4 所示，试求①额定电流；②额定转差率 s_N；③额定转矩 T_N、最大转矩 T_{max}、启动转矩 T_{st}。

表 4-4　例 4-4 异步电动机额定数据

功率	转速	电压	效率	功率因数	I_{st}/I_N	T_{st}/T_N	$T_{max}/T_N(\lambda)$
45kW	1480r/min	380V	92.3%	0.88	7.0	1.9	2.2

解　① 4~10kW 电动机通常都采用 380V/△接法

$$I_N = \frac{P_2}{\sqrt{3}U_N\cos\varphi_N\eta} = \frac{45\times10^3}{\sqrt{3}\times380\times0.88\times0.923} = 84.2A$$

② 已知电动机是 4 极的，即 $p=2$，$n_0=1500r/min$，所以

$$s_N = \frac{n_0-n}{n_0} = \frac{1500-1480}{1500} = 0.013$$

③

$$T_N = 9550\frac{P_N}{n_N} = 9550\times\frac{45}{1480} = 290.4N\cdot m$$

$$T_{st} = \frac{T_{st}}{T_N}T_N = 1.9\times290.4 = 551.8N\cdot m$$

$$T_{max} = \lambda T_N = 2.2\times290.4 = 638.9N\cdot m$$

4.3.4　三相异步电动机的铭牌数据

电动机的外壳上都有一块铭牌，标出了电动机的型号以及主要技术数据。

三相异步电动机			
型　号　Y132M-4	功　　率　7.5kW	频　　率　50Hz	
电　压　380V	电　流　15.4A	接　法　△	
转　速　1440r/min　绝缘等级　B		工作方式　连续	
年　月　日　　编号		××电机厂	

三相异步电动机的额定值刻印在每台电动机的铭牌上，一般包括下列几种。

① 型号　为了适应不同用途和不同工作环境的需要，电动机制成不同的系列，每种系列用各种型号表示。例如 Y132M-4。

Y——三相异步电动机（其中三相异步电动机的产品名称代号还有：YR 为绕线型异步电动机；YB 为防爆型异步电动机；YQ 为高启动转矩异步电动机）。

132——机座中心高（mm）。

M——机座长度代号。

4——磁极数。

② 接法　这是指定子三相绕组的接法。连接方法有星形连接和三角形连接两种。一般笼型电动机的接线盒中有六根引出线，标有 U_1、V_1、W_1、U_2、V_2、W_2。其中，U_1U_2 是第一相绕组的两端；V_1V_2 是第二相绕组的两端；W_1W_2 是第三相绕组的两端。如果 U_1、V_1、W_1 分别为三相绕组的始端（头），则 U_2、V_2、W_2 是相应的末端（尾）。这六个引出线端在接电源之前，相互间必须正确连接。

③ 额定功率 P_N　是指电动机在制造厂所规定的额定情况下运行时，其输出端的机械功率，单位一般为 kW。

④ 额定电压 U_N　是指电动机额定运行时，外加于定子绕组上的线电压，单位为 V。一般规定电动机的工作电压不应高于或低于额定值的 5%。

我国生产的 Y 系列中、小型异步电动机，其额定功率在 3kW 以上的，额定电压为

380V，绕组为三角形连接。额定功率在 3kW 及以下的，额定电压为 380/220V，绕组为 Y/△连接（即电源线电压为 380V 时，电动机绕组为星形连接；电源线电压为 220V 时，电动机绕组为三角形连接）。

⑤ 额定电流 I_N 是指电动机在额定电压和额定输出功率时，定子绕组的线电流，单位为 A。当电动机空载时，转子转速接近于旋转磁场的同步转速，两者之间相对转速很小，所以转子电流近似为零，这时定子电流几乎全为建立旋转磁场的励磁电流。当输出功率增大时，转子电流和定子电流都随着相应增大。

⑥ 额定频率 f_N 我国电力网的频率为 50Hz，因此除外销产品外，国内用的异步电动机的额定频率为 50Hz。

⑦ 额定转速 n_N 是指电动机在额定电压、额定频率下，输出端有额定功率输出时，转子的转速，单位为 r/min。

⑧ 额定效率 η_N 是指电动机在额定情况下运行时的效率，是额定输出功率与额定输入功率的比值。在额定功率的 75% 左右时效率最高。

⑨ 额定功率因数 $\cos\varphi_N$ 因为电动机是电感性负载，定子相电流比相电压滞后一个角。三相异步电动机的功率因数较低，在额定负载时约为 0.7～0.9，而在轻载和空载时更低，空载时只有 0.2～0.3。因此，必须正确选择电动机的容量，防止"大马拉小车"，并力求缩短空载的时间。

⑩ 绝缘等级 它是按电动机绕组所用的绝缘材料在使用时容许的极限温度来分级的。

⑪ 工作方式 反映异步电动机的运行情况，可分为三种基本方式：连续运行、短时运行和断续运行。

⑫ 保护等级 保护等级指电动机外壳保护形式的分级，具体情况可查阅有关电工手册。

4.3.5 三相异步电动机的控制

4.3.5.1 异步电动机的启动

（1）启动特性分析

① 启动电流 I_{st} 在刚启动时，由于旋转磁场对静止的转子有着很大的相对转速，磁力线切割转子导体的速度很快，这时转子绕组中感应出的电动势和产生的转子电流均很大，同时，定子电流必然也很大。一般中小型笼型电动机定子的启动电流可达额定电流的 5～7 倍。

过大的启动电流会引起电网电压的明显降低，而且还影响接在同一电网上的其他用电设备的正常运行，严重时连电动机本身也转不起来。如果是频繁启动，不仅使电动机温度升高，还会产生过大的电磁冲击，影响电动机的寿命。

注意：在实际操作时应尽可能不让电动机频繁启动。如在切削加工时，一般只是用摩擦离合器或电磁离合器将主轴与电动机轴脱开，而不将电动机停下来。

② 启动转矩 T_{st} 电动机启动时，转子电流 I_2 虽然很大，但转子的功率因数 $\cos\varphi_2$ 很低，由公式 $T = C_M \Phi I_2 \cos\varphi_2$ 可知，电动机的启动转矩较小，通常 $T_{st}/T_N = 1.1～2.0$。

启动转矩小可造成以下问题。a. 会延长启动时间，既影响生产效率又会使电动机温度升高；如果小于负载转矩，电动机根本不能启动。b. 不能在满载下启动。因此应设法提高。但启动转矩如果过大，会使传动机构受到冲击而损坏，所以一般机床的主电动机都是空载启动（启动后再切削），对启动转矩没有什么要求。

综上所述，异步电机的主要缺点是启动电流大而启动转矩小。因此，必须采取适当的启动方法，以减小启动电流并保证有足够的启动转矩。

（2）笼型异步电动机的启动方法

① 直接启动　直接启动又称为全压启动，就是利用闸刀开关或接触器将电动机的定子绕组直接加到额定电压下启动。这种方法只用于小容量的电动机或电动机容量远小于供电变压器容量的场合，一般用于容量低于 7.5kW 的小型电动机。

② 降压启动　在启动时降低加在定子绕组上的电压，以减小启动电流，待转速上升到接近额定转速时，再恢复到全压运行。

此方法适用于大中型笼型异步电动机的轻载或空载启动。

a. 星形-三角形（Y-△）换接启动。启动时，将三相定子绕组接成星形，待转速上升到接近额定转速时，再换成三角形。这样，在启动时就把定子每相绕组上的电压降到正常工作电压的 $1/\sqrt{3}$。

此方法只能用于正常工作时定子绕组为三角形连接的电动机。

这种换接启动可采用星-三角启动器来实现。星-三角启动器体积小、成本低、寿命长、动作可靠。

b. 自耦降压启动。自耦降压启动是利用三相自耦变压器将电动机在启动过程中的端电压降低。启动时，先把开关扳到"启动"位置，当转速接近额定值时，将开关扳向"工作"位置，切除自耦变压器。

采用自耦降压启动，也同时能使启动电流和启动转矩减小。正常运行作星形连接或容量较大的笼型异步电动机，常用自耦降压启动。

4.3.5.2　三相异步电动机的调速

工业生产中，常要求生产机械在同一负载下能得到不同的转速，以获得最高的生产效率和保证产品的加工质量。

调速的方法如下。

因为

$$s = \frac{n_0 - n}{n_0}$$

所以

$$n = (1-s)n_0 = (1-s)\frac{60f}{p}$$

可见，可通过三个途径进行电气调速：改变电源频率 f，改变磁极对数 p，改变转差率 s。前两者是笼型电动机的调速方法，后者是绕线型电动机的调速方法。

（1）变频调速

此方法可获得平滑且范围较大的调速效果，且具有硬的机械特性；但需有专门的变频装置——由晶闸管整流器和晶闸管逆变器组成，随着变频技术的发展，目前已得到广泛应用。

（2）变极调速

通过对定子绕组引出线的不同连接，得到相应的极对数。变极调速只用于笼型异步电动机，因为定子变极时，笼型转子也能作相应的变极；绕线转子电动机的转子绕组极数是固定不变的，所以不能进行变极调速。

变极调速的优点是所需设备简单；缺点是电动机绕组引出头多，调速只能有级调节，级数少。变极调速通常不单独使用，往往与机械调速配套使用，以达到相互补充、扩大调速范围的目的。在金属切削机床、通风机、升降机等机械中，多速电动机有比较广泛的应用。此方法不能实现无级调速，但它简单方便。

（3）改变转差率 s 的调速

这种调速方法只能用于绕线型电动机。改变转子回路电阻，临界转差率就会变化。这种调速方法设备也比较简单，并且操作方便，可实现平滑调速；缺点是电阻耗能大，机械特性变软。

4.3.5.3 三相异步电动机的反转

任意交换定子绕组两相绕组与电源连接位置，可以改变旋转磁场的旋转方向，从而改变电动机转向。

4.3.5.4 三相异步电动机的制动

制动是给电动机一个与转动方向相反的转矩，促使它在断开电源后很快地减速或停转。对电动机制动，也就是要求它的转矩与转子的转动方向相反，这时的转矩称为制动转矩。

常见的电气制动方法如下。

（1）反接制动

当电动机快速转动而需停转时，改变电源相序，使转子受一个与原转动方向相反的转矩而迅速停转。

注意，当转子转速接近零时，应及时切断电源，以免电动机反转。

为了限制电流，对功率较大的电动机进行制动时必须在定子电路（笼型）或转子电路（绕线型）中接入电阻。

这种方法比较简单，制动力强，效果较好，但制动过程中的冲击也强烈，易损坏传动器件，且能量消耗较大，频繁反接制动会使电动机过热。对有些中型车床和铣床的主轴的制动采用这种方法。

（2）能耗制动

电动机脱离三相电源的同时，给定子绕组接入一直流电源，使直流电流通入定子绕组。于是在电动机中便产生一方向恒定的磁场，使转子受一与转子转动方向相反的力的作用，于是产生制动转矩，实现制动。

直流电流的大小一般为电动机额定电流的 0.5～1 倍。

由于这种方法是用消耗转子的动能（转换为电能）来进行制动的，所以称为能耗制动。

这种制动能量消耗小，制动准确而平稳，无冲击，但需要直流电流。在有些机床中采用这种制动方法。

（3）发电反馈制动

在电动机工作过程中，由于外来因素的影响，当转子的转速 n 超过旋转磁场的转速 n_0 时（一般指势能负荷，如起重机在下放重物时），电动机进入发电机状态，此时电磁转矩的方向与转子的旋转方向相反，变为制动转矩，电动机将机械能转变成电能向电网反馈，故又称为再生制动或回馈制动。常用于起重机、电力机车和多速电动机中。

如当起重机快速下放重物时，重物拖动转子，使其转速 $n > n_0$，重物受到制动而等速下降。

思考题

1. 三相定子绕组通入三相交流电流，为什么能产生三相旋转磁场？

2. 三相异步电动机的笼型转子既无磁性又不通电，为什么在旋转磁场中能产生转矩而转动起来？为什么在转动时达不到同步转速？

📓**工作任务** ....

通过查找资料叙述三相异步电动机拆卸、安装方法及注意事项，并在企业电工的指导下实际拆卸和安装三相异步电动机。

4.4　三相异步电动机的控制电路

探索与发现

JS7-A 系列空气式时间继电器

JS7-A 系列空气式时间继电器适用于交流 50Hz，电压至 380V 的电路中，通常用在自动或半自动控制系统中，按预定的时间使被控制元件动作。

在现代的生产机械中，大部分都是由电动机拖动的，称为电力拖动。应用电力拖动是实现生产过程自动化控制的一个重要前提，为了使电动机按照生产机械的要求运转，必须用一定的控制电器组成控制电路，对电动机进行控制，目前国内外普遍采用由接触器、继电器和按钮等触点电器组成的控制电路，对电动机进行启动、停止、正反转、制动等控制，称为继电接触器控制，这是一种基本的控制方法。如果再配合其他无触点控制电器、控制电机、电子电路及计算机化的可编程控制器（PLC）等，便可构成生产机械的现代化自动控制系统。

学习要点

1. 了解交流接触器的工作原理；
2. 了解热继电器的工作原理；
3. 掌握三相异步电动机 Y-△ 降压启动控制电路的工作原理；
4. 熟悉三相异步电动机基本控制电路的安装方法。

三相异步电动机带动各种生产机械运行时，其启动、停止以及正反转等运行状态是由一定的控制线路进行控制的。本节首先学习一些基本控制电器，然后学习一些常用基本控制线路。

4.4.1　电动机常用低压电器

电器是指对电路起开关、控制、保护和调节等作用的电气设备。在低压供电系统中使用的电器称为低压电器。低压电器的种类很多，根据触点的动力来源分为手动电器和自动电器。

（1）手动电器

手动电器是指通过人力驱动使触点动作的电器，例如刀开关、组合开关、按钮等。

① 刀开关　刀开关又叫闸刀开关。刀开关由动触刀（动触点）、静夹座（静触点）、手柄和绝缘底板等组成。刀开关的外形、结构和电路符号如图 4-21 所示。

刀开关的种类：按极数（刀片数）分为单极、双极和三极。

常用开启式负荷开关的 HK 系列其型号的含义如下。

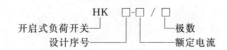

静夹座

动触刀

QS

(a) 刀开关的外形　　　(b) 刀开关的结构　　　(c) 刀开关的电路符号

图 4-21　刀开关

例如，HK2-15/3 型——HK2 系列，额定电流 15A，3 极（3 刀）。

刀开关一般与熔断器串联使用，一般用于不频繁操作的低压电路中，用作接通和切断电源，有时也用来控制小容量电动机的直接启动与停机。刀开关的额定电压通常为 250V 和 500V，额定电流在 1500A 以下。考虑到电动机较大的启动电流，刀闸的额定电流值应如下选择：3～5 倍异步电动机额定电流。

② 组合开关　在机床电气控制线路中，组合开关（又称转换开关）常用来作为电源引入开关，也可以用它来直接启动和停止小容量笼型电动机或使电动机正反转，局部照明电也常用它来控制。

HZ10-10/3 型组合开关外形、内部结构与电路符号如图 4-22 所示。这种转换开关有三对静触点，每一对静触点的一端固定在绝缘垫板上，另一端伸出盒外，并附有接线柱，以便和电源线及用电设备的导线相连接。三对动触点由两个磷铜片或紫铜片和灭弧性能良好的绝缘钢纸板铆接而成，和绝缘垫板一起套在附有手柄的绝缘杆上，手柄能沿任何一个方向每次旋转 90°，带动三对动触点分别与三对静触点接通或断开，顶盖部分由凸轮、弹簧及手柄等构成操作机构，此操作机构由于采用了弹簧储能使开关快速闭合及分断，保证开关在切断负荷电流时所产生的电弧能迅速熄灭，其分断与闭合的速度和手柄旋转速度无关。

组合开关有单极、双极、三极和多极几种，额定电流有 10A、25A、60A 和 100A 等多种。

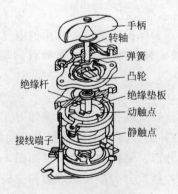
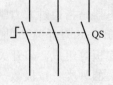

手柄
转轴
弹簧
凸轮
绝缘杆
绝缘垫板
动触点
静触点
接线端子

QS

(a) 组合开关的外形　　　(b) 组合开关的结构　　　(c) 组合开关的电路符号

图 4-22　HZ10-10/3 型组合开关

组合开关型号及含义如下。

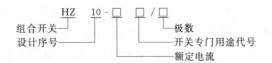

组合开关的系列代号为 HZ，例如，HZ10-60 型（HZ10 系列、额定电流 60A）。

③ 按钮　按钮通常用来接通或断开控制电路，但它触点面积小，不能用来控制大电流的主电路，其额定电流不能超过 5A，只能短时接通和分断小电流的控制电路，以发出指令，所以又称主令电器。其外形、结构及图形符号如图 4-23 所示，其文字符号为 SB。

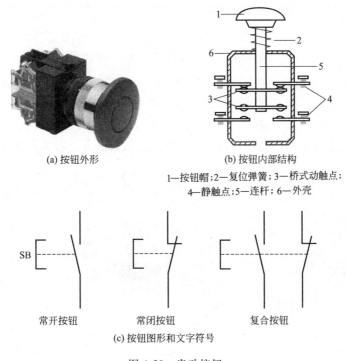

(a) 按钮外形　　　　　　　(b) 按钮内部结构

1—按钮帽；2—复位弹簧；3—桥式动触点；
4—静触点；5—连杆；6—外壳

(c) 按钮图形和文字符号

图 4-23　启动按钮

按钮一般由按钮帽、复位弹簧、桥式动触点、静触点、支柱连杆及外壳等部分组成。

按钮按静态（不受外力作用）时触点的分合状态，可分为常开按钮（启动按钮）、常闭按钮（停止按钮）和复合按钮。

常开按钮在常态下触点是断开的，当按下按钮帽时，触点闭合；松开后，按钮在复位弹簧作用下自动复位。

常闭按钮在常态下触点是闭合的，当按下按钮帽时，触点断开；松开后，在复位弹簧作用下按钮自动复位。

复合按钮是将常开和常闭按钮组合为一体，当按下复合按钮时，常闭触点先断开，常开触点后闭合，当按钮释放后，在复位弹簧作用下按钮复原，复原过程中常开触点先恢复断开，常闭触点后恢复闭合。

按钮的型号及含义如下。

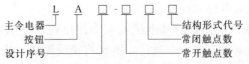

④ 行程开关　许多机械设备需要对其运动部件的行程位置进行控制，较典型的如电梯

行驶到一定位置要停下来，起重机将重物提升到一定高度要停止上升。又如图 4-24 所示的机床工作台，需要控制在行程开关 SQ_1、SQ_2 所限制的区间内自动往复运动，其极限不能超越行程开关 SQ_3、SQ_4 所限制的区间。实现行程位置控制的电器主要是行程开关。行程开关也是主令电器的一种。

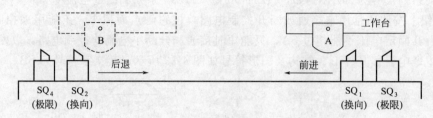

图 4-24　机床工作台往复运动示意图

图 4-25 所示为行程开关的外形、结构和符号。行程开关的原理与按钮开关相同，所不同的是它不是手动操作，而是靠机械的运动部件撞击其推杆或滚轮，杠杆与转轴一起转动，使凸轮推动撞块，当撞块被压到一定位置时，推动微动开关快速动作，使其常闭触点断开，常开触点闭合。当滚轮上的挡铁移开后，复位弹簧就使行程开关各部分恢复原始位置。

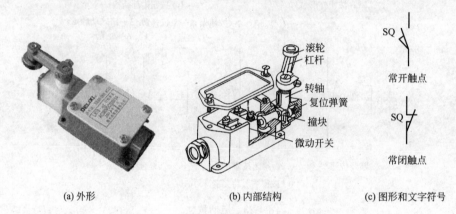

(a) 外形　　　　　　(b) 内部结构　　　　　　(c) 图形和文字符号

图 4-25　行程开关结构示意图和电路符号

行程开关的文字符号为 SQ。行程开关有 LX19 和 JLXK1 系列。型号含义如下。

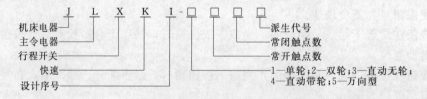

（2）自动电器

① 自动空气断路器（空气开关或自动开关）　低压断路器也被称为自动空气断路器、自动开关等，简称断路器。它相当于刀开关、熔断器、热继电器和欠电压继电器的组合，是一种既有手动开关作用又能自动进行欠压、失压、过载和短路保护的电器。图 4-26 为用断路器控制三相异步电动机单向运行的电路。

由图 4-26 可以了解低压断路器的基本结构和动作原理。由图可见，低压断路器的三对主触点串联在电动机的主电路中，在合闸后，搭钩将锁键钩住，使主触点闭合，电动机通电启动运行。置手柄于"分"的位置（或按下"分"的按钮），搭钩脱开，主触点在复位弹簧的拉力作用下断开，切断电动机电源。除手动分断之外，断路器还可以分别由三个脱扣器自动分断。

a. 过流脱扣器——如图4-26所示，过流脱扣器的线圈与主电路串联，当线路电流正常时，所产生的电磁吸力不足以吸合衔铁；只有当线路过流时，其电磁吸力才能将衔铁吸合，将杠杆往上顶，使搭钩脱开，主触点复位切断电源。

b. 热脱扣器——热脱扣器原理与前述双金属片式热继电器一样，主电路的过流使双金属片向上弯曲，达到一定程度即可推动杠杆动作。

c. 欠压脱扣器——与过流脱扣器相反，欠电压脱扣器的线圈并联在主电路中，当线路电压正

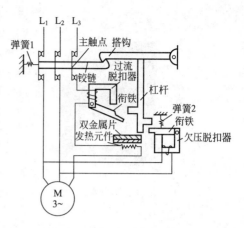

图4-26 低压断路器控制三相异步电动机单向运行的电路

常时，所产生的电磁吸力足以吸合衔铁；当线路电压下降到电磁吸力小于弹簧的反作用力时，衔铁释放将杠杆往上顶而切断主电路。

与刀开关和熔断器相比较，低压断路器具有结构紧凑、功能完善、操作安全且方便等优点，而且其脱扣器可重复使用，不必更换，因而使用广泛。除用在电动机控制电路外，还在各种低压配电线路中使用。各低压断路器的外形、内部结构和文字符号如图4-27所示。

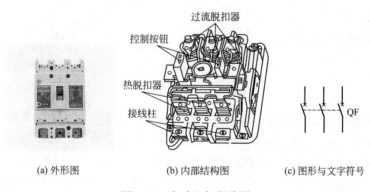

(a) 外形图　　　　　(b) 内部结构图　　　　　(c) 图形与文字符号

图4-27 自动空气断路器

② 接触器　接触器是一种自动控制电器，它可以用作频繁地远距离接通或切断交直流电路及大容量控制电路。接触器的主要控制对象是电动机，也可用作控制其他电力负载，如电焊机、电阻炉等。按照所通断电流的种类，接触器分为交流接触器和直流接触器两大类，使用较多的是交流接触器。交流接触器从结构上可分为电磁系统、触点系统和灭弧装置三大部分。图4-28所示为交流接触器的结构。

当接触器的电磁线圈1两端接交流电源时，电磁线圈中有电流流过，产生磁场，使静铁芯2产生足够大的吸力，克服反作用弹簧3的反作用力，将衔铁4吸合。通过中间传动机构9带动动触点6使常闭触点7先断开，常开触点5后闭合。当加在接触器电磁线圈两端的电压为零或显著低于线圈额定电压时，由于电磁吸力消失或过小，不足以克服反作用弹簧的反作用力，衔铁即会在反作用力下复位，带动常开触点先恢复断开，常闭触点后恢复闭合。

交流接触器在电路图中的符号如图4-29所示。其文字符号是KM。

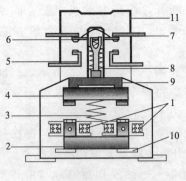

(a) 外形　　　　　　　　　　　　　　　　(b) 结构

1—电磁线圈；2—静铁芯；3—反作用弹簧；4—衔铁；

5—常开触点；6—动触点；7—常闭触点；8—触点压力弹簧；

9—传动机构；10—缓冲垫；11—灭弧罩

图 4-28　交流接触器

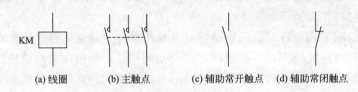

(a) 线圈　　　(b) 主触点　　　(c) 辅助常开触点　　　(d) 辅助常闭触点

图 4-29　交流接触器的符号

交流接触器的型号及含义如下。

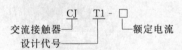

在选用接触器时，应注意它的额定电流、线圈电压及触点数量等。CJ10 系列接触器的主触点额定电流有 5A、10A、20A、40A、75A、120A 等数种。

③ 中间继电器　中间继电器的结构与接触器基本相同，只是体积较小，触点较多，通常用来传递信号和同时控制多个电路，也可以用来控制小容量的电动机或其他执行元件。

常用的中间继电器有 JZ7 系列，触点的额定电流为 5A，选用时应考虑线圈的电压。中间继电器的文字符号是 KA，其线圈、触点的图形符号与接触器相同。

（3）保护电器

为保证三相异步电动机安全可靠运行，需要采取一些保护措施。最常用的是短路和过载保护。熔断器和热继电器可起到这些保护作用。

① 熔断器　熔断器用于配电电路的短路保护，有 RL 系列螺旋式熔断器、RC 系列插入式熔断器、管式熔断器，其文字符号是 FU，如图 4-30 所示。

熔断器主要由熔体、熔管和熔座三部分组成。熔体的材料有两种：一种是由铅、铅锡合金或锌等熔点较低的材料制成，多用于小电流电路；另一种是由银或铜等熔点较高的材料制成，主要用于大电流电路。熔体的形状多制成片状、丝状或栅状。熔体串联于电路中，当电路发生短路事故时，熔体快速熔断，保护电源和电机。

② 热继电器　热继电器是利用电流的热效应而动作的，它的工作原理如图 4-31（b）所示。图中发热元件是一段电阻不大的电阻丝，接在电动机的主电路中的双金属片，由两种具

(a) RL系列螺旋式熔断器　　(b) RC系列插入式熔断器　　(c) 熔断器的符号

图 4-30　熔断器的外形及符号

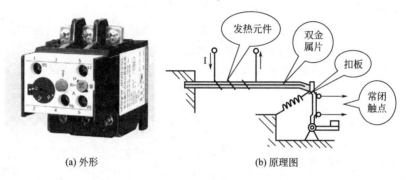

(a) 外形　　　　　　　　　(b) 原理图

图 4-31　热继电器

有不同线胀系数的金属采用热和压力辗压而成，亦可采用冷结合，其中，下层金属的线胀系数大，上层的小。当主电路中电流超过容许值，双金属片受热向上弯曲致使脱扣，扣板在弹簧的拉力下将常闭触点断开。触点接在电动机的控制电路中，控制电路断开使接触器的线圈断电，从而断开电动机的主电路。

由于热惯性，热继电器不能作短路保护，因为发生短路事故时，要求电路立即断开，而热继电器是不能立即动作的。但是这个热惯性又是合乎我们要求的，比如在电动机启动或短时过载时，由于热惯性热继电器不会动作，这可避免电动机的不必要停车。如果要热继电器复位，则按下复位按钮即可。

常用的热继电器有 JR0、JR20 及引进的 JRS 等系列。

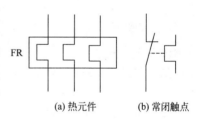

(a) 热元件　　　　(b) 常闭触点

图 4-32　热继电器的符号

热继电器的主要技术数据是整定电流。所谓整定电流，就是热元件通过的电流超过此值的20％时，热继电器应当在 20min 内动作。JR0-40 型的整定电流从 0.6～40A 有 9 种规格。选用热继电器时，应使其整定电流与电动机的额定电流基本上一致。

热继电器在电路图中的图形符号如图 4-32 所示，其文字符号是 FR。

4.4.2　三相笼型异步电动机的启停及控制线路

工业中生产机械动作是各种各样的，因而满足这些生产机械动作要求的继电接触器控制电路也是多种多样的，但各种控制电路一般都由主电路和控制电路这两大部分按照一定要求连接而成。主电路是电机与电源连接的部分电路，其工作电流大，取决于电机容量。控制电路是控制电器组成的部分电路，其工作电流小。

电气控制电路图有以下几个特征。

① 一般主电路画在左侧，控制电路画在右侧。

② 同一电器的各部件（如线圈和触点）一般不画在一起，但文字符号相同。

③ 接触器、继电器的各触点为不通电时状态（常态）；各种刀开关为没有合闸状态；按钮、行程开关的触点为没有操作时状态（常态）。

（1）三相异步电动机全压启动控制电路

三相异步电动机启动有直接启动和降压启动两种方式。在变压器容量允许的情况下，笼型异步电动机应尽可能采用全电压直接启动，这样一方面可以提高控制电路的可靠性，另一方面也可以减小电器的维修工作量。

下面以工业中最常用的笼型异步电动机的控制电路为例，说明继电接触器控制的基本环节及其控制原理。

① 点动控制　点动控制就是按下启动按钮时电动机转动，松开启动按钮电动机就停止，如图 4-33 所示。对于小容量笼型异步电动机可以进行直接启动。

主电路：由转换开关（或三相刀开关）QS、熔断器 FU_1、接触器的主动合触点 KM 和电动机 M 组成。

控制电路：由熔断器 FU_2、按钮 SB 和接触器线圈 KM 组成。

电路的工作原理分析如下。

a. 启动：合上电源开关 QS，引入三相电源，按下常开按钮 SB，交流接触器 KM 的线圈得电，使衔铁吸合，同时带动 KM 的 3 对主触点闭合，电动机 M 接通电源启动运转。

b. 停止：当需要电动机停转时，松开按钮 SB，其常开触点恢复断开，交流接触器 KM 的线圈失电，衔铁恢复断开，同时通过连动支架带动 KM 的三对主触点恢复断开，电动机 M 失电停转。

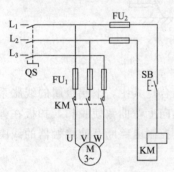

图 4-33　电动机的点动控制

② 连续运行控制线路　在要求电动机启动后能连续运转时，电路在点动控制电路的基础上，在启动按钮两端并联接触器辅助常开触点，串入停止常闭按钮，另外增设热继电器。图 4-34 为三相笼型异步电动机连续运行控制线路。

电路可以实现连续运行的原理如下。

合上组合开关 QS，然后按下启动按钮 SB_2，交流接触器 KM 的线圈得电，接触器 KM 的三对主触点闭合，电动机 M 便接通电源直接启动运转。与此同时，与 SB_2 并联的接触器辅助常开触点 KM 闭合。这样，即使松开按钮 SB_2，接触器 KM 的线圈仍可通过 KM 触点通电，从而保持电动机连续运行。若需停止，按下停止按钮 SB_1，将接触器线圈回路切断，这时接触器 KM 断电释放，KM 的三对常开主触点恢复断开，切断三相电源，电动机 M 失电停止运转。

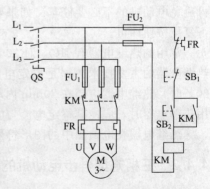

图 4-34　三相笼型异步电动机
连续运行控制线路

图 4-34 电路中采取的保护措施：熔断器 FU 起短路保护作用；热继电器 FR 具有过载保护作用；交流接触器具有失压（或零压）和欠压保护作用。

（2）三相异步电动机降压启动控制电路

在通常情况下，容量超过 15kW 的笼型异步电动机需采用降压启动。下面分析一个 Y-△降压启动电路。Y-△降压启动是指电动机启动时，由电路控制定子绕组先连接成星形，待转速达到一定值后，再由电路控制定子绕组换接成三角形，此后电动机进入全压运行状态。

电动机 Y-△降压启动自动控制线路如图 4-35 所示。主电路采用两个接触器 KM$_Y$ 和 KM$_△$ 主触点，分别控制电动机三相绕组作星形和三角形连接。

控制电路中有 KM$_Y$ 和 KM$_△$ 接触器、KM 接触器，还有时间继电器 KT。先合上电源开关 QS，按下启动按钮 SB$_2$，时间继电器 KT 和接触器 KM$_Y$ 通电吸合，KM$_Y$ 常开触点动作，使接触器 KM 也通电吸合并自锁，电动机 M 接成星形降压启动。当电动机 M 转速上升到一定值时，KT 延时结束，其常闭触点断开，使接触器 KM$_Y$、时间继电器 KT 断电释放，与 KM$_△$ 串联的 KM$_Y$ 常闭触点恢复闭合，KM$_△$ 通电吸合，电动机 M 接成三角形全压运行。

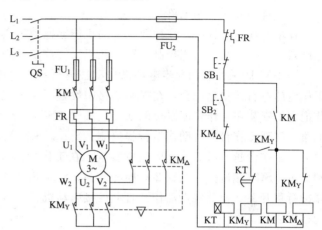

图 4-35 三相异步电动机 Y-△降压启动自动控制线路

（3）三相笼型异步电动机的正反转控制电路

在生产机械中往往需要运动部件向正、反两个方向运动。如机床工作台的前进与后退，主轴的正转与反转，起重机的提升与下降等，都是由电动机的正反转实现的。为了实现正反转，在学习三相异步电动机的工作原理时已经知道，只要将三相电源中的任意两相对调，改变旋转磁场的方向，即可改变电动机的转向。为此，只要用两个交流接触器就能实现这一要求，如图 4-36 所示。

图 4-36 为接触器联锁的正、反转控制电路。电路中采用两个接触器，即正转用的 KM$_1$ 和反转用的 KM$_2$。它们分别由正转按钮 SB$_2$ 和反转按钮 SB$_3$ 控制。

电路的工作原理如下。

① 正转启动：先合上电源开关 QS，按下按钮 SB$_2$，接触器 KM$_1$ 线圈得电，根据接触器触点的动作顺序可知，其辅助常闭触点先断开，切断 KM$_2$ 线圈回路，起到联锁作用，然后 KM$_1$ 自锁触点闭合，KM$_1$ 主触点闭合，电动机 M 启动正转运行。

② 反转启动：先合上电源开关 QS，然后按下停止按钮 SB$_1$，KM$_1$ 线圈失电，KM$_1$ 的常开主触点断开，电动机 M 失电停转；KM$_1$ 的辅

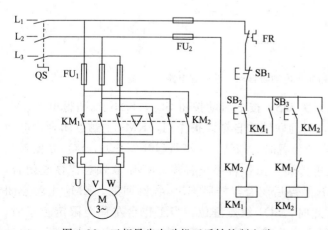

图 4-36 三相异步电动机正反转控制电路

助常开触点断开，解除自锁；KM_1 的辅助常闭触点恢复闭合，解除对 KM_2 的联锁。

再按下启动按钮 SB_3，KM_2 线圈得电，KM_2 的辅助常闭触点断开对 KM_1 联锁，KM_2 的常开主触点闭合，电动机 M 启动反转运行，KM_2 的辅助常开触点闭合自锁，电动机 M 启动反转运行。

需要停止时，按下停止按钮 SB_1，控制电路失电，KM_1（或 KM_2）主触点断开，电动机 M 失电停转。

（4）自动往返控制电路

在生产加工过程中，往往要求电动机能够拖动生产机械在指定范围内作往返运动，提高生产效率。自动往返行程控制电路是在正反转控制电路的基础上产生的。

图 4-37 所示为三相异步电动机自动往返行程控制电路。为了使电动机的正反转控制与工作台的左右运动相配合，在控制电路中设置了 4 个位置开关，即 SQ_1、SQ_2、SQ_3、SQ_4，并把它们安装在工作台需限位的地方。其中，SQ_1、SQ_2 被用来自动换接电动机正反转控制电路，实现工作台的自动往返行程控制；SQ_3、SQ_4 被用来作终端保护，以防止 SQ_1、SQ_2 失灵，工作台越过限定位置而造成事故。在工作台的 T 形槽中装有两块挡铁，挡铁 1 只能和 SQ_1、SQ_3 相碰撞，挡铁 2 只能和 SQ_2、SQ_4 相碰撞。当工作台运动到需要位置时，挡铁碰撞行程开关，使其触点动作，自动换接电动机正反转电路，通过机械传动机构使工作台自动往返运动。

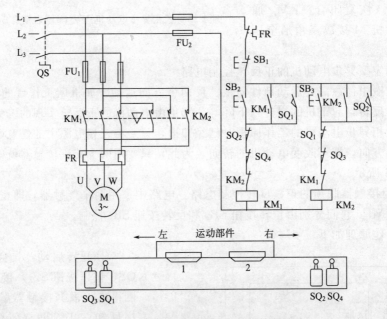

图 4-37　三相异步电动机自动往返控制电路

电路的工作原理如下：合上电源开关 QS，按下启动按钮 SB_2，KM_1 线圈得电，KM_1 联锁触点和自锁触点分别断开和闭合，起到联锁和自锁保护作用，KM_1 主触点闭合，电动机正转，拖动工作台右移，当右移到限定位置时，挡铁 2 碰撞行程开关 SQ_2，SQ_2 常闭触点先断开，KM_1 主触点分断，电动机失电停转，工作台停止右移，KM_1 联锁触点恢复闭合，为 KM_2 线圈得电做好准备，SQ_2 常开触点后闭合，接通 KM_2 线圈回路，KM_2 主触点闭合，电动机反转，拖动工作台左移，此时，SQ_2 触点复位，当工作台左移至限定位置时，挡铁 1 碰撞行程开关 SQ_1，SQ_1 常闭触点先分断，KM_2 线圈失电，KM_2 主触点分断，电动机停止反转，工作台停止左移，SQ_1 常开触点后闭合，KM_1 线圈又得电，电动机又正转，重复上述过程。工作台就在限定的行程内自动往返运动。停止时，按下停止按钮 SB_1，整个控制电路失电，KM_1（或 KM_2）主触点断开，电动机 M 失电停止运转。

思考题

1. 简述自动空气断路器的工作原理。

2. 电动机在什么情况下应采用降压启动？定子绕组为星形接法的笼型异步电动机能否采用 Y-△ 降压启动？为什么？

工作任务

通过查找资料和向企业电工请教学习三相交流感应电动机控制线路的安装测试方法。

4.5　直流电动机

探索与发现

直流电动机使用直流电源，与交流异步电动机相比，直流电动机具有更好的启动和运行性能，因此直流电动机应用在起重、运输机械、传动机构、精密机械、自动控制系统和电子电器、日用电器中。

直流电动机与三相异步电动机相比，结构复杂、价格昂贵、使用和维护要求高。但在启动和调速性能方面却有其独特的优越性。所以在需要较大启动转矩和要求调速性能高的生产机械上仍然获得广泛应用，如电车、龙门刨床、轧钢机等。

学习要点

1. 掌握直流电动机的结构；

2. 掌握直流电动机的工作原理和机械特性；

3. 掌握直流电动机的运行与控制原理。

4.5.1　直流电动机的基本结构及分类

（1）直流电动机的结构

和交流电动机一样，直流电动机的基本结构也是由定子、转子和结构件（端盖、轴承等）三大部分所组成。图 4-38 所示为一台直流电动机的结构示意图。

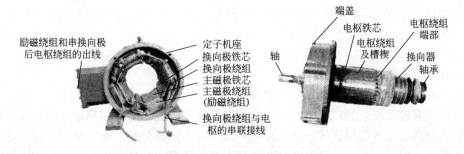

图 4-38　直流电动机的结构图

　　定子的主要作用是产生磁场，包括主磁极、换向磁极、机座和电刷等。主磁极由铁芯和励磁线圈组成，用于产生一个恒定的主磁场。换向磁极安装在两个相邻的主磁极之间，用来减小电枢绕组换向时产生的火花。电刷装置的作用是通过与换向器之间的滑动接触，把直流电压、直流电流引入或引出电枢绕组。

　　转子由电枢铁芯、电枢绕组和换向器等组成。电枢铁芯上冲有槽孔，槽内放电枢绕组，电枢铁芯也是直流电动机磁路的组成部分。电枢绕组的一端装有换向器，换向器由许多铜质换向片组成一个圆柱体，换向片之间用云母绝缘。换向器是直流电动机的重要构造特征，换向器通过与电刷的摩擦接触，将两个电刷之间固定极性的直流电流变换成为绕组内部的交流电流，以便形成固定方向的电磁转矩。

　　（2）直流电动机的分类

　　根据定子磁场的不同，直流电动机主要可分为永磁式和励磁（电磁）式两大类，永磁式可分为有（电）刷和无（电）刷两类，而励磁式根据励磁绕组通电方式的不同，又可分成他励、并励、串励和复励四类，如图4-39所示。

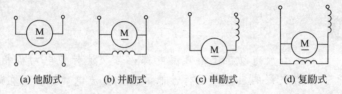

| (a) 他励式 | (b) 并励式 | (c) 串励式 | (d) 复励式 |

图4-39　励磁式直流电机的分类

　　他励式电动机构造比较复杂，一般用于对调速范围要求很宽的重型机床等设备中。

　　并励式电动机在外加电压一定的情况下，励磁电流产生的磁通将保持恒定变。启动转矩大，负载变动时转速比较稳定，转速调节方便，调速范围大。

　　串励式电动机的转速随转矩的增加，呈显著下降的软特性，特别适用于起重设备。

　　积复励电动机的电磁转矩变化速度较快，负载变化时能够有效克服电枢电流的冲击，比并励式电动机的性能优越，主要用于负载力矩有突然变化的场合。差复励电动机具有负载变化时转速几乎不变的特性，常用于要求转速稳定的机械中。

4.5.2　直流电动机的工作原理和机械特性

　　（1）直流电动机的工作原理

　　接通直流电压U时，直流电流为从a边流入，b边流出，由于a边处于N极之下，b边处于S极之下，则线圈受到电磁力而形成一个逆时针方向的电磁转矩T，使电枢绕组绕轴线方向逆时针转动。

　　当电枢转动半周后，a边处于S极之下，而b边处于N极之下。由于采用了电刷和换向器装置，此时电枢中的直流电流方向变为从b边流入，从a边流出。电枢仍受到一个逆时针方向的电磁转矩T的作用，继续绕轴线方向逆时针转动，如图4-40所示。

　　（2）直流电动机的机械特性

　　上述四种励磁方式的直流电动机的机械特性如图4-41所示。由图可见，他励、并励式直流电动机具有较"硬"的机械特性，因而被广泛应用于要求转速较稳定且调速范围较大的场合，如轧钢机、金属切削机床、纺织印染、造纸和印刷机械等。而串励式直流电动机具有软的机械特性，由图可见，电动机空载时转速很高，满载时转速很低。这种机械特性对电动工具很适用。

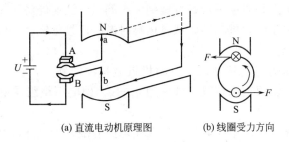

(a) 直流电动机原理图　　　　(b) 线圈受力方向

图 4-40　直流电机原理图

串励式直流电动机适用于负载经常变化而对转速不要求稳定的场合，当负载增加时，转速将自动降低，而其输出功率却变化不大。因串励式直流电动机的电磁转矩与电枢电流的平方成正比，因此当转矩增加很多时，电流却增加不多，所以串励式直流电动机具有较强的过载能力。但是在轻载时转速将很高，空载时将出现"飞车"，因此绝不允许空载或轻载运行，在启动时至少要带上 $20\%\sim30\%$ 的额定负载。此外，还规定这种电动机与负载之间只能是齿轮或联轴器传动，而不能用皮带传动，以防皮带滑脱而造成"飞车"事故。

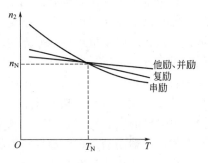

图 4-41　直流电动机的机械特性

至于复励式直流电动机的机械特性，则介于上述两种电动机的机械特性之间，适用于启动转矩较大而转速变化不大的负载。

4.5.3　直流电动机的运行与控制

（1）直流电动机的启动

直流电动机直接启动时的启动电流很大，达到额定电流的 $10\sim20$ 倍，因此必须限制启动电流。限制启动电流的方法就是启动时在电枢电路中串接启动电阻 R_{st}。启动电阻的值：

$$R_{st} = \frac{U}{I_{st}} - R_a$$

一般规定启动电流不应超过额定电流的 $1.5\sim2.5$ 倍。启动时将启动电阻调至最大，待启动后，随着电动机转速的上升将启动电阻逐渐减小。

他励式和并励式直流电动机的启动方式如图 4-42 所示。

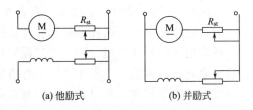

(a) 他励式　　　　　　　(b) 并励式

图 4-42　直流电动机启动方式

（2）直流电动机的调速

根据直流电动机的转速公式 $n = (U - I_a R_a)/(C_e \Phi)$，可知直流电动机的调速方法有三种：改变磁通 Φ 调速、改变电枢电压 U 调速和电枢串联电阻调速。

改变磁通调速的优点是调速平滑，可做到无级调速；调速经济，控制方便；机械特性较硬，稳定性较好。但由于电动机在额定状态运行时磁路已接近饱和，所以通常只是减小磁通将转速往上调，调速范围较小。

改变电枢电压调速的优点是不改变电动机机械特性的硬度，稳定性好；控制灵活、方便，可实现无级调速；调速范围较宽，可达到6~10。但电枢绕组需要一个单独的可调直流电源，设备较复杂。

电枢串联电阻调速方法简单、方便，但调速范围有限，机械特性变软，且电动机的损耗增大太多，因此只适用于调速范围要求不大的中、小容量直流电动机的调速场合。

（3）直流电动机的制动

直流电动机的制动也有能耗制动、反接制动和发电反馈制动三种。

能耗制动是在停机时将电枢绕组接线端从电源上断开后立即与一个制动电阻短接，由于惯性，短接后电动机仍保持原方向旋转，电枢绕组中的感应电动势仍存在并保持原方向，但因为没有外加电压，电枢绕组中的电流和电磁转矩的方向改变了，即电磁转矩的方向与转子的旋转方向相反，起到了制动作用。

反接制动是在停机时将电枢绕组接线端从电源上断开后立即与一个相反极性的电源相接，电动机的电磁转矩立即变为制动转矩，使电动机迅速减速至停转。

发电反馈制动是在电动机转速超过理想空载转速时，电枢绕组内的感应电动势将高于外加电压，使电机变为发电状态运行，电枢电流改变方向，电磁转矩成为制动转矩，限制电机转速过分升高。

思考题

简述直流电动机的工作原理。

工作任务

列表说明哪些在日用和办公等电器中使用的是直流电动机，并找一废弃的家用电器中的直流电动机拆装和检测。

4.6 可编程控制器（PLC）简介

4.6.1 PLC 的基本概念

PLC 是 20 世纪 60 年代末发展起来的一种新型的电气控制装置，它将传统的继电控制技术和计算机控制技术融为一体，被广泛应用于各种生产机械和生产过程的自动控制。传统的继电接触控制具有结构简单、易于掌握、价格便宜等优点，能够在一定范围内适应单机和生产自动线的控制需要，因而在目前仍广泛使用。但是随着生产技术的发展、生产规模的扩大和产品更新换代周期的缩短，继电器-接触器控制系统逐渐暴露出其使用的单一性和控制功能简单（局限于逻辑控制和定时、计数等简单控制）的缺点。因此，迫切需要有一种能够适应产品更新快、生产工艺和流程经常变化的控制要求的工业控制装置来取代它。

早期的可编程控制器称作可编程逻辑控制器（Programmable Logic Controller），简称 PLC，它主要用来代替继电器实现逻辑控制。随着技术的发展，这种装置的功能已经大大超过了逻辑控制的范围，因此，今天这种装置称作可编程控制器，简称 PC。但是为了避免与个人计算机 PC（Personal Computer）的简称混淆，所以将可编程控制器仍简称 PLC。

目前 PLC 已广泛应用于冶金、矿业、机械、轻工等领域，加速了机电一体化的进程。

4.6.2 PLC 的基本结构及各部分的作用

各种 PLC 的具体结构虽然多种多样，但其结构和工作原理大同小异，都是以微处理器为核心的电子电气系统，如图 4-43 所示。PLC 各种功能的实现，不仅基于其硬件的作用，而且要靠其软件的支持。

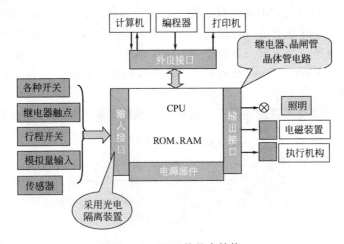

图 4-43 PLC 的基本结构

PLC 内部主要由主机、输入/输出接口、电源、编程器、扩展接口和外部设备接口等几部分组成。

（1）主机

主机部分包括中央处理器（CPU）、系统程序存储器、用户程序存储器和数据存储器。CPU 是 PLC 的核心，一切逻辑运算及判断都是由其完成的，并控制所有其他部件的操作。它就是通常说的电脑芯片，其作用如下。

① 运行用户程序。

② 监控输入/输出接口状态。

③ 作出逻辑判断和进行数据处理。

（2）输入/输出（I/O）接口

输入接口用于接收输入设备（如按钮、行程开关、传感器等）的控制信号。

输出接口用于将经主机处理过的结果通过输出电路去驱动输出设备（如接触器、电磁阀、指示灯等）。

（3）电源

电源指为 CPU、存储器、I/O 接口等内部电子电路工作所配备的直流开关稳压电源。

（4）编程器

编程器是 PLC 很重要的外部设备，它主要由键盘、显示器组成。编程器分简易型和智能型两类。小型 PLC 常用简易编程器，大、中型 PLC 多用智能编程器。编程器的作用是编制用户程序并送入 PLC 程序存储器。利用编程器可检查、修改、调试用户程序和在线监视 PLC 工作状况。现在许多 PLC 采用和计算机连接，并利用专用的工具软件进行编程或监控。

（5）输入/输出扩展接口

输入/输出扩展接口用于将扩充外部输入/输出端子数扩展单元与基本单元（即主机）连接在一起。

（6）外部设备接口

此接口可将编程器、打印机、条形码扫描仪等外部设备与主机相连。

4.6.3　PLC 的工作方式

PLC 是采用"顺序扫描，不断循环"的方式进行工作的。即在 PLC 运行时，CPU 根据用户按控制要求编制好并存于用户存储器中的程序，按指令步序号（或地址号）作周期性循环扫描，如无跳转指令，则从第一条指令开始逐条顺序执行用户程序，直至程序结束。然后重新返回第一条指令，开始下一轮新的扫描。在每次扫描过程中，还要完成对输入信号的采样和对输出状态的刷新等工作。

PLC 的一个扫描周期必经输入采样、程序执行和输出刷新三个阶段，如图 4-44 所示。

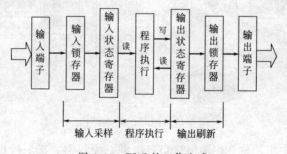

图 4-44　PLC 的工作方式

（1）输入采样阶段

首先以扫描方式按顺序将所有暂存在输入锁存器中的输入端子的通断状态或输入数据读入，并将其写入各对应的输入状态寄存器中，即刷新输入。随即关闭输入端口，进入程序执行阶段。

（2）程序执行阶段

按用户程序指令存放的先后顺序扫描执行每条指令，经相应的运算和处理后，其结果再写入输出状态寄存器中，输出状态寄存器中所有的内容随着程序的执行而改变。

（3）输出刷新阶段

当所有指令执行完毕，输出状态寄存器的通断状态在输出刷新阶段送至输出锁存器中，并通过一定的方式（继电器、晶体管或晶闸管）输出，驱动相应输出设备工作。

4.6.4　可编程控制器的程序编制

同其他电脑装置一样，PLC 的操作是依其程序操作进行的，而程序是用程序语言表达的，PLC 编程语言包括梯形图、指令语句、布尔代数、流程图等。不同的生产厂家，不同的机种，采用的表达方式不同，下面主要介绍梯形图语言。

梯形图是在继电控制系统电气原理图基础上开发出来的一种图形语言。它继承了继电器接点、线圈、串联、并联等术语和类似的图形符号，具有形象、直观、实用的特点，不需学习计算机专业知识，电气技术人员使用最方便。

【例 4-5】 将三相异步电动机连续运行控制线路转换成 PLC 控制系统控制方式。

PLC 控制系统主电路与图 4-34 主电路相同。

如图 4-45 所示，PLC 输入端 SB_1 接编号为 I0.0 的 PLC 继电器，SB_2 接编号为 I0.1 的 PLC 继电器，FR 接编号为 I0.2 的 PLC 继电器，由直流电源供电。

PLC 输出端的 KM 线圈接编号为 Q0.0 的 PLC 继电器，由交流 220V 电源供电。PLC 控制系统梯形图如图 4-46 所示。

PLC 梯形图表达的电路工作原理：PLC 上电，I0.1、I0.2 输入端口为 ON，其常开触点闭合，按下 SB_1，Q0.0 输出继电器通电，接触器 KM 线圈通电，电动机启动，Q0.0 常开触点为 I0.0 常开触点自锁，电动机连续运行。按下 SB_2 或 FR 动作，I0.1 常开输入继电器或 I0.2 常开输入继电器断电，Q0.0 输出继电器断电，KM 线圈断电，电动机停转。

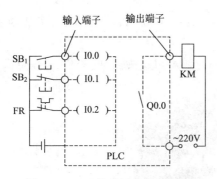

图 4-45 PLC 接线图 (I/O 接口)

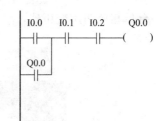

图 4-46 PLC 梯形图

思考题

与传统的继电器-接触器控制系统比较，PLC 控制系统有什么主要的优点？

工作任务

将书中三相异步电动机正反转控制电路转换为 PLC 控制系统控制方式。

本 章 小 结

① 变压器是利用电磁感应原理进行能量传输的一种元器件，它具有变压、变流、变阻抗的作用，常应用于输配电、通信等电路的阻抗匹配。

自耦变压器的初、次级线圈共用一个绕组，其初、次级线圈绕组之间不仅有磁耦合，而且有电的直接联系。多绕组变压器具有一个初级线圈绕组，若干个次级线圈绕组，它可以同时提供若干种不同大小的电压输出。专门用在测量仪器和保护设备上的变压器称为仪用互感器，分为电压互感器和电流互感器两种。

② 三相异步电动机定子绕组通上三相交流电后产生旋转磁场，转子产生感应电流并在旋转磁场作用下与磁场同方向转动。由于转子始终与旋转磁场同向旋转，又总是慢于磁场转速，故称为"异步"电动机。改变电源相序可以改变电动机转向，转子转向与旋转磁场转向

一致，但存在转速差，用转差率 s 表示。

异步电动机启动时，旋转磁场与转子之间相对转速很大，导致转子和定子电流比正常运行时增加很多。为了限制启动电流，常采用 Y-△ 换接降压或自耦变压器降压启动。

③ 直流电动机定子上装有励磁绕组，通直流电后产生恒定不动的磁场，转子上装有电枢绕组和换向器。直流电动机按励磁方式分为他励、并励、串励和复励四种，使用最多的是并励和串励电动机。与交流电动机相比较，直流电动机具有较大的启动转矩和更好的调速性能。

④ 可编程控制器（PLC）是一种应用广泛的工业控制用计算机，它采用计算机的硬件结构和面向用户的梯形图编程语言，因而更易于与工业控制系统连成一个整体，更易于改变和扩充控制功能。可以说，PLC的优点集中体现在它的"可"字上面：对软件而言，其程序可编也易编；对硬件而言，其配置可变也易变。正由于PLC有很强的适应性和很高的可靠性，所以在工业控制中得到广泛的应用。

练习题

1. 有一台变压器额定电压为 220/110V，匝数为 $N_1 = 1000$，$N_2 = 500$。为了节约成本，将匝数改为 $N_1 = 10$，$N_2 = 5$ 是否可行？

2. 有一台单相照明用变压器，容量为 10kV·A，额定电压为 3300/220V。今欲在二次

(a) 外形

(b) 电气控制电路

图 4-47　CA6140 型车床外形及电气控制电路

绕组上接 60W/220V 的白炽灯，如果变压器在额定状况下运行，这种电灯可以接多少个？并求一次、二次绕组的额定电流。

3. 额定容量 $S_N = 2kV \cdot A$ 的单相变压器，一次、二次绕组的额定电压分别为 $U_{1N} = 220V$，$U_{2N} = 110V$，求一次、二次绕组的额定电流各为多少？

4. 有一台变压器额定电压为 220/110V，如不慎将低压侧误接到 220V 的交流电源上，励磁电流将会发生什么变化？为什么？

5. 如果需要电动机连续运行，那么对于三相异步电动机功率的选择要注意什么？

6. 与三相笼型异步电动机相比较，绕线型异步电动机的优点是什么？

7. 怎么表示三相异步电动机的启动能力？三相异步电动机在正常工作时，电源电压所允许的波动范围是多少？

8. 一台三相异步电动机，磁极对数 $p = 2$，工作额定电压为 380V，额定频率为 50Hz，已知额定转速为 1450r/min，求其同步转速和额定转差率是多少？

9. CA6140 型车床是一种常用的普通车床，其外形和结构如图 4-47(a) 所示，电气控制电路如图 4-47(b) 所示。这种车床由三台电动机拖动：M_1 为主轴电动机，拖动车床的主轴旋转，并通过进给机构实现车床的进给运动；M_2 为冷却泵电动机，拖动冷却泵在切削过程中为刀具和工件提供冷却液；M_3 为刀架快速移动电动机。回答下面几个问题：①说出电气控制电路各部分符号代表的意义；②说出控制电路各个部分工作过程和工作原理；③向工厂技术人员请教控制电路的检修方法。

 综合实训

实训 3　设计、安装和测试一个三相异步电动机正反转控制电路，绘制控制线路图

1. 实训目的

① 了解交流接触器、热继电器的结构，并掌握其工作原理。

② 掌握电动机实现正反转控制的原理。

③ 掌握电动机正反转控制线路正确的接线方法和操作方法。

2. 工作原理

不少生产机械，例如吊车、刨床等都需要上下、左右等两个方向的运动，这就要求拖动它的电动机必须能实现正反转控制。

由三相异步电动机工作原理可知，电动机的转动方向与旋转磁场的方向一致，要改变电动机的转向只要改变旋转磁场的方向即可，而旋转磁场的方向由三相电源的相序决定。因此将电动机的三根电源线中的任意两根对调，便可实现电动机的反转。

3. 实训设备

① 控制电路装置一套；

② 三相异步电动机一台。

4. 实训步骤

（1）检测电气元件

① 用万用表检测电气元件线圈、触点直流电阻。手动检查电气动作是否灵活。

② 列出元件明细表，将元件的型号、规格、质量检查结果及有关测量值记入表 4-5 中。

（2）画出电气元件布置图

① 电气元件外形用简单几何图形表示。

表 4-5 接触器联锁电动机正反转控制线路元件明细表

代号	名称	型号	规格	数量	检测结果
QS	电源开关				测量触点电阻——
FU	熔断器				测量熔芯电阻——
KM	交流接触器				测量线圈、触点电阻——
FR	热继电器				测量热元件、触点电阻——
SB	按钮				测量触点电阻——
XT	接线端子				测量连片电阻——
M	三相笼型异步电动机				测量电动机绕组电阻——

② 电气元件安装位置按主电路电流方向从上向下安排。

③ 根据三相异步电动机接触器联锁的正反转控制线路原理图，画出电气元件及线槽布置图。

（3）画出接线图

根据电路原理图及电气元件布置图画出接线图。

（4）安装电气元件

① 按照布置图安装电气元件及线槽，要求横平竖直，间距合理，整齐美观，并便于接线。

② 电气元件安装要牢靠，按钮和电动机安装在网板外。

③ 电动机要安放平稳，防止运行时发生滚动。

（5）安装接线

① 安装配电板上的控制电路。

② 安装配电板上的主电路。

③ 安装按钮上的控制线路。

④ 将配电板上的控制电路与按钮上的控制线路连接。

⑤ 将电动机与配电板连接。

⑥ 连接电源线。

（6）通电试车

① 根据电路原理图检查控制板接线的正确性。

② 检查线路并测量电路的绝缘电阻。

③ 经教师检查后通电试车。

5. 小组讨论，老师给出评价

能力	评 价	分 数
专业能力		
工作方法		
合作能力		
交流能力		

图 4-48 所示为参考接线图。

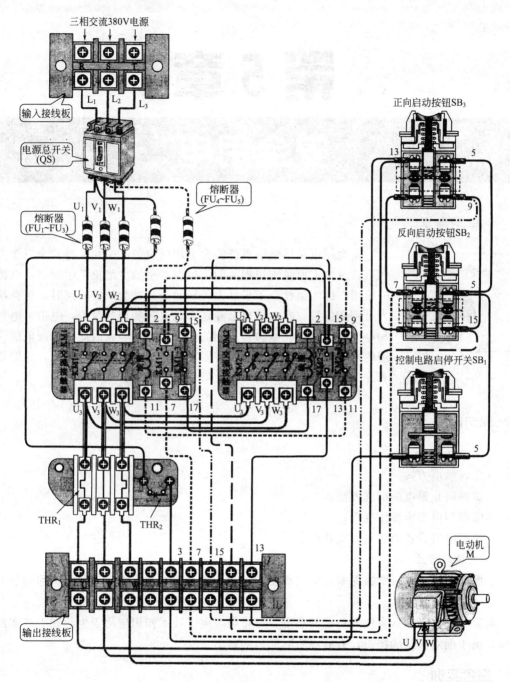

图 4-48　三相交流电动机正反转控制线路中控制电路的接线示意图

第5章

安全用电

✹ 学习意义

安全用电包括供电系统安全、用电设备安全和人身安全三个方面，这三个方面是密切相关的。如在本书的"绪论"中所述，电能的应用在给人类社会带来巨大经济效益与社会效益的同时，也会给人类带来危害，在电器化已经越来越普遍实现的今天，电击、电伤和电气火灾时刻在威胁着人们的生命财产安全。因此在掌握电能应用的知识与技能的同时，也需要掌握安全用电的基本知识，才能驾驭并应用好电能，趋利避害，确保用电安全。

★ 学习目标

1. 知识与技能
- 了解触电方式；
- 掌握防止触电的措施方法；
- 掌握用电安全操作规程；
- 掌握电气设备消防及灭火技能。

2. 思维与方法
了解富兰克林等科学家探索自然界奥秘的过程，培养科学的思维方式和解决问题能力。

3. 态度与价值观
培养学生乐于探索自然界奥秘的态度，有将电工电子技术知识应用于生活和生产实践的意识，勇于面对风险和挫折，有解决实际问题的能力。

综合实训

模拟触电后的救护方法。

💻 学习指导

课前预习，仔细阅读所提供的课文内容，查阅有关资料，写出讨论和提出的问题提纲，完成工作任务，欢迎随时提出问题，并确保在完成本章学习后你的问题得到解答。

5.1 触 电

富兰克林（Benjamin Franklin，1706—1790 年）美国科学家、物理学家、发明家、政治家、社会活动家。历史上关于避雷针的发明，有一段广为人知的故事。1749 年，他的夫人丽达在观看莱顿瓶串联实验时，无意碰到莱顿瓶上的金属杆，被电火花击倒在地，卧病一周，使他坚定了探讨雷电实质的决心。他一方面列举了 12 条静电火花与雷电火花的相同之处，一方面通过岗亭实验和风筝实验给予实验证明。他的一封封书信在英国皇家学会宣读，开始时受到的是嘲笑、怀疑，后来他的论文集《电学实验与研究》出版，特别是风筝实验的报告轰动了欧洲，使人们看到电学是一门有广大前景的科学，如果在高大的建筑物上装一根金属导线，导线下端接地，就可避免建筑物遭到雷击的危险，这就导致了避雷针的发明。由于避雷针的发明，人类生活的世界就多了几分安全，推动了电工学的发展。

学习要点

1. 熟悉可能触电的几种情况；
2. 掌握主要的保护措施；
3. 掌握触电急救的一些基本知识；
4. 能够积极预防电气火灾。

5.1.1 触电

电工作业过程中，触电是最常见的一类事故。它主要是指人体接触或接近带电体时，电流对人体造成的伤害。

电流对人身体的伤害有三种：电击、电伤和电磁场伤害。

（1）电击

电击是指电流通过人体对细胞、神经、骨骼及器官等造成的伤害。

这种伤害通常表现为针刺感、压迫感、打击感、肌肉抽搐、神经麻痹等，伤害主要在人体内部，严重时将引起昏迷、窒息，甚至心脏停止跳动而死亡。

对触电造成死亡的主要原因，目前较一致的看法是电流流过人体引起心室纤维颤动，使心脏功能失调、供血中断、呼吸窒息，从而导致死亡。

电击的危害程度与下列因素有关。

① 通过人身体的电流大小　通过人身体的工频交流电（工频是指交流电的频率为 50Hz）达 1mA 左右就会有感觉，引起人的感觉的最小电流称为感知电流。不同人的感知电流也是不同的，成年男性平均感知电流约为 1.1mA，成年女性约为 0.7mA。超过 10mA 会使人感到麻痹或剧痛，呼吸困难，自己不能摆脱电源，人触电后能自主摆脱电源的最大电流称为摆脱电流。不同人的摆脱电流也不相同，成年男性平均摆脱电流约为 16mA，成年女性约为 10.5mA。超过 50mA 且时间超过 1s，就会有生命危险。能使人丧失生命的电流叫致命电流。

通过人体的电流决定于加在人体上的电压和人体的电阻。人体电阻最大可达 100kΩ，主要是干燥皮肤表皮上的角质层电阻很大，但只要皮肤湿润、有汗、有损伤，沾有导电灰尘或触电后电流使皮肤遭到破坏，人体电阻将急剧下降，最低可降到 800Ω。

在其他条件相同的情况下，电压越高，则通过人体的电流越大。因此，一般来说，电压越高，触电的危险性越大。为了限制通过人体的电流，我国规定 42V、36V、24V、12V、6V 作为安全电压，用于不同程度的有较多触电危险的场合。如机床局部照明灯、理发电推剪、小型手持电动工具、电动自行车、部分工程机械等用 36V 电压；管道维修时用的手持工作灯、汽车电瓶用 12V 电压（有的车用电瓶使用 6V 电压）等。

② 电流通过人体持续的时间　通电时间越长，越容易引起心室颤动，电击危险性越大。通电时间越长，体内积累局外能量越多，心室颤动的危险性越大；人的心脏每收缩、扩张一次，中间有约 0.1s 左右的（间歇）易激期对电流最敏感，此时，即使很小的电流也会引起心脏震颤，如果电流通过时间超过 1s，就肯定会遇上这个间歇，造成很大的危险。时间再一长，可能遇上数次，后果更为严重；电流通过人体持续时间一长，人体触电部位的皮肤将遭到破坏，人体电阻降低，危险性进一步增大。

因此，救助触电人员，首先要做到的就是使他尽快脱离电源。

③ 电流通过人体的途径　电流通过头、脊柱、心脏这些重要器官是最危险的。人触电的部位，手和脚的机会最多，从手到手、从手到脚、从脚到脚这 3 种电流通过的路径对人都很危险，其中尤以从手到脚最危险，因为在这一条路径中，可能通过的重要器官最多。如图 5-1 所示，图中百分数是通过心脏的电流占通过人体电流的百分数。

另外，手、脚肌肉因触电而剧烈痉挛。对于手来说，可能造成抓紧带电部分无法摆脱；对脚来说，可能造成身体失去平衡，出现坠落、摔伤等二次事故。

④ 电流种类　频率 25～300Hz 的交流电，包括工频交流电在内，对人体的伤害最为严重，10Hz 以下和 1000Hz 以上，伤害程度明显减轻；但如电压较高，仍有电击致死的危险。

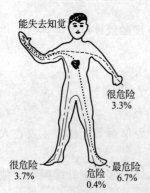

能失去知觉

很危险
3.3%

很危险
3.7%

危险
0.4%

最危险
6.7%

图 5-1　电流通过
人体的途径

10000Hz 高频交流电的感知电流，男性约为 12mA、女性约为 8mA；平均摆脱电流，男性约为 75mA，女性约为 50mA；心室颤动电流，通电时间 0.03s 时约为 1100mA，通电时间 3s 时约为 500mA。

直流电感知电流男性约为 5.2mA，女性约为 3.5mA，平均摆脱电流男性约为 76mA，女性约为 51mA；心室颤动电流通电时间 0.03s 时约为 1300mA，通电时间 3s 时约为 500mA。

冲击电流能引起短暂而强烈的肌肉收缩，给人以冲击的感觉，但电击致死的危险性较小。当人体电阻为 1000Ω 时，可以认为冲击电流引起心室颤动的界限是 27W·s。

⑤ 人身体的健康状况　当接触电压一定时，流过人体的电流决定于人身体电阻。人身体电阻越小，则流过人体的电流越大。人体电阻主要包括人体内部电阻和皮肤电阻。如果不计人体表皮角质层的电阻，人体平均电阻可按 1000～3000Ω 考虑。人体电阻不是固定不变的。接触电压增加、皮肤潮湿程度增加、通电时间延长、接触面积和接触压力增加、环境温度升高以及皮肤破损都会使人体电阻降低。人体的健康状况和精神正常与否是决定触电伤害程度的内在因素。疲劳、体弱或患有心脏、神经系统、呼吸系统疾病或酒醉的人触电，由于自身抵抗能力较差，还有可能诱发其他疾病，后果要比正常情况下更为严重。此外，女性和儿童触电的危险性都比较大。

（2）电伤

电伤是由电流的热效应、化学效应或机械效应对人体外部器官造成的伤害。常见的电伤有灼伤、烙伤、皮肤金属化、机械损伤和电光眼等。

灼伤是最常见的电伤（约占40%）。大部分触电事故都含有灼伤的成分。灼伤分为电流灼伤和电弧烧伤，是由于电流或电弧的热效应造成皮肤红肿、烧焦或皮下组织的损伤。

烙伤是电流通过人体后，在接触部位留下的斑痕。斑痕处皮肤硬变，失去原有的弹性和色泽，甚至皮肤表层坏死、失去知觉。

皮肤金属化是在电伤时由于金属微粒渗入皮肤表层，造成受伤部位变得粗糙、张紧而留下硬块。

机械损伤是由于电流通过人体时肌肉不由自主地强烈收缩而造成的，包括肌腱、皮肤和血管、神经组织断裂，以及关节脱位、骨折等伤害。应注意与触电时引起的坠落、碰撞等二次伤害相区别。

电光眼是指电弧产生强烈的弧光造成眼睛的角膜和结膜发炎。

（3）电磁场生理伤害

在高频磁场的作用下，人会出现头晕、乏力、记忆力减退、失眠、多梦等神经系统的症状，这些都属于电磁场生理伤害。

电流对人体的伤害是个很复杂的问题，但又不可能进行各种试验，只能从大量积累的资料中分析得出结论，因此不排除出现完全没有估计到的情况，必须积极地采取各种防范措施，防止触电事故的发生。

5.1.2 触电方式

对于非电专业人员来讲，所用的电源是低压电源，具体到生产中绝大多数为380/220V，三相四线制，中性点接地（N作接地）的电源。下面重点讨论在供电系统中触电的可能性，以便有针对性地采取防范措施。

（1）直接接触触电

在电气设备完全正常运行的条件下，人体的任何部位触及运行中的带电导体所造成的触电称为直接接触触电。一般分为三种情况。

① 两相触电　两相触电是指人体的两个部位同时触及三相线中的某两根相线所发生的触电现象，如图5-2（a）所示。这时加在人体上的电压是线电压，在380/220V电网中是380V，通过人体的电流只决定于人体的电阻和人体与两相导体接触处的接触电阻之和。这种触电方式是最危险的。

图 5-2　直接接触触电

② 供电系统中性点接地的单相触电　在 380/220V 三相四线制中性点接地的供电系统中，当人体接触到一根相线时，电流从相线经人体，再经大地回到中性点，如图 5-2（b）所示。这时回路电压是相电压，通常为 220V。回路电阻为人体电阻、人与带电导体之间的接触电阻、人与地面之间的接触电阻以及接地极电阻之和，其中最关键的是人与地面之间的接触电阻，它决定于人站立的地面和穿什么鞋子，例如赤脚站在湿地上十分危险，而穿绝缘鞋站在地板上却很安全。

③ 供电系统中性点不接地的单相触电　如果供电系统的中性点不接地，当人体接触到一根相线时，由于输电线与大地之间有分布电容存在，交流电可通过分布电容和绝缘电阻而形成回路，如图 5-2（c）所示。人体与分布电容构成三相不对称负载星形连接，线路越长，绝缘越差，人体承受的电压就越高。

（2）间接接触触电

在电气设备发生故障的情况下，人体的任何部位接触设备的带电外露可导电部分或外界可导电部分，所造成的触电称为间接接触触电。外露可导电部分是指电气设备和装置中能够触及的部分，正常情况下不带电，故障情况下可能带电。外界可导电部分不是电气设备或装置的组成部分，故障情况下也可能带电。

例如电气设备的外壳大多是金属的，正常情况下并不带电，因为外壳与带电部分是有绝缘体隔开的。但电气设备经过长时间运转，内部的绝缘材料会老化，造成带电部件与外壳相连，从而使外壳带电，这时人体一旦与其接触就可能触电，如图 5-3 所示，其触电情况与直接接触的单相触电情况相同。这是工矿企业和日常生活中常见的触电事故。

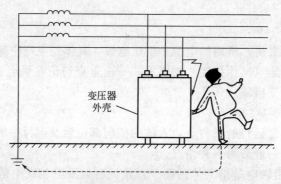

图 5-3　间接接触触电

（3）跨步电压触电

当带电体碰地有电流流入地下时，例如高压线断落地面，电流向四周流散，于是接地点周围的土壤将产生电压降，在其碰地点 10～20m 范围形成若干同心圆的分布电位，离碰地点越近，地面电位越高。跨步电压的大小及变化规律如图 5-4 所示。当人体的两脚处于不同的电位梯度时，承受一定的电压，称为跨步电压。由跨步电压造成的触电事故称为跨步电压触电。

这类事故多发生在故障设备接地体附近。正常情况下，接地体只有很小的电流，甚至没有电流流过。在非正常情况下，接地体电流很大，在地面上产生的跨步电压很大，会使触电者双脚抽筋而倒地，这时有可能使电流流过人体的重要器官，造成严重的触电事故。为了保证人身安全，接地体常采用金属网状结构，以增大接地面积，减小电流密度，从而减小跨步电压。

跨步电压的大小与跨步的距离、接地电流的大小、人与地面的绝缘性能、距接地点的远近及两脚的方位等很多因素有关，因此几个人在同一地带遭到跨步电压的电击，可能受到的伤害会截然不同。如果误入危险区域，应双脚并拢或单脚跳离危险区。

除此之外，还有雷击电击、感应电压电击、静电电击和残余电荷电击等触电方式。

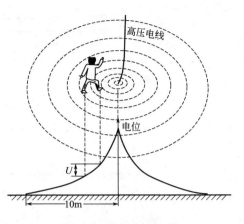

图 5-4　跨步电压触电

5.1.3　防止触电的措施

防止触电保护措施可分为主动安全保护措施和被动安全保护措施。

（1）主动安全保护措施

主动安全保护措施是人在操作工程中可预见性的保护措施。保护措施有使用安全电压、绝缘保护、接零保护、接地保护等。

① 使用安全电压　这是用于小型电气设备或小容量电气线路的安全措施。根据欧姆定律，电压越大，电流也就越大。因此，可以把可能加在人身上的电压限制在某一范围内，使得在这种电压下，通过人体的电流不超过允许范围，这一电压就叫作安全电压。安全电压的工频有效值不超过 50V，直流不超过 120V。我国规定工频有效值的等级为 42V、36V、24V、12V 和 6V。与人频繁接触的小型电器，可以使用安全电压供电，但因电压降低后，同等功率的设备电流将增大，设备要变得笨重，连接导线截面也要增大，因此安全低压不适合广泛采用。

② 绝缘保护　指用绝缘物把带电体封闭起来。瓷、玻璃、云母、橡胶、木材、胶木、塑料、布、纸和矿物油等都是常用的绝缘材料。

一般主要有外壳绝缘、场地绝缘、变压器隔离等。

注意：很多绝缘材料受潮后会丧失绝缘性能或在强电场作用下会遭到破坏，丧失绝缘性能。

③ 接零保护　大多数的用电设备使用 380/220V 电压，既不可能与人隔开，从安全角度看电压又不低，因设备绝缘损坏造成单相触电的可能性也很大。针对这一状况，目前采取的主要措施就是接零保护。

接零保护规定用于 380/220V 三相中性点接地的供电系统。具体做法是把所有电气设备的金属外壳接到零线上。如图 5-5 所示。接零保护的原理是：在正常情况下，因零线是接地的，所以把它接到设备的金属外壳于人无碍。当设备中有一线碰壳时，即使有人正在接触设备外壳，电流也将从设备外壳经接零线流回电源中性点，这条通路的电阻极小，可以构成短路；而经人体入地后再经接地极回到中性点这条通路电阻要大得多，电流几乎为零。因为电线碰壳这一相已构成短路，电路中的熔断器或自动断路器将把电路切断，可以把碰壳漏电的持续时间减至极短，并能根据熔断器的熔断或自动断路器的动作，及时发现和确定事故的位置并进行处理。

应用接零保护必须特别注意以下几个问题。

a. 接零线的最小尺寸：多股绝缘铜线，1.5mm²；裸铜线，4mm²；绝缘铝线，2.5mm²；裸铝线，6mm²；圆钢的直径，室内 5mm、室外 6mm。

b. 接零保护只能用于中性点接地的供电系统。

c. 必须保证零线不断路。

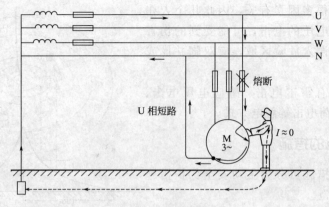

图 5-5　接零保护

为此应使零线有足够的截面，一方面使它有必要的机械强度，同时使电阻尽量小以保证在漏电时能形成短路，使漏电的一相熔断器或自动断路器及时切断电路。零线干线不准安装熔断器和开关，熔断器和开关只能安装在火线上，参见图 5-6。

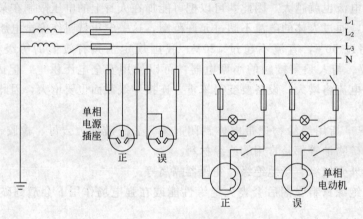

图 5-6　零线干线不准安装熔断器和开关图

三相四线制供电线路中，照明等单相负载用 220V 电压，与之相关的支路必然要引过一条火线和一条零线，并且可能都装有开关和熔断器，这时的接零保护必须有另一条专用的保护接零线，直接接到零线上，不可与这些单相连接电器的电源零线共用。

d. 零线每隔一定距离重复接地一次，以保证它的零电位。通常电源中性点接地，要求接地电阻小于 4Ω，重复接地要求接地电阻小于 10Ω。要达到这一要求必须埋设一定的接地装置，通常用多根钢管或角钢按一定的距离布置并垂直埋设后，再用扁钢带通过焊接把它们连在一起，同时还要对埋设点的土壤状况加以考虑，埋设后要实地测量接地电阻值以保证达到上述要求。

e. 不可用大地作为漏电电流的回路。

④ 接地保护　对于中性点不接地的三相供电系统，可以采用"接地保护"。

具体做法是把设备的金属外壳都接地，如图 5-7 所示。因为这种供电系统的中性点不接地，三相端线与地相隔的是它们的绝缘电阻，阻值很高，假如一相漏电碰壳，电流要通过绝缘电阻成为回路，数值必然很小，而接地线又与人体并联把漏电电流旁路，保证了人的安全。

这种保护方法的问题是，即使漏电，也因电流很小而长期不能被发现，有可能持续到事

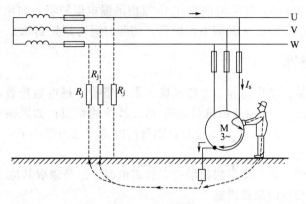

图 5-7　接地保护

故进一步扩大（如又有第二根线碰壳造成了两线短路）才发现。为了避免这一结果，电路中要有绝缘监视装置，以便及时发现问题。

应当特别注意：上述的接地保护方法，只适用于中性点不接地的供电系统。

高压电路的安全保护要求与低压不同，因为非电专业人员在工作中一般不涉及高压电气设备，所以不再讨论。

（2）被动安全保护措施

被动安全保护措施是人不可预见的保护措施，即出现漏电后的保护措施。漏电保护一般由漏电保护开关自动控制，实现保护设备或人身体的安全性，同时还能防止由漏电引起火灾和用于监测或切除各种一相碰地的故障，有的漏电保护器还兼有过载、过压或欠压及缺相等保护功能。

漏电保护器的工作原理如图 5-8 所示。用电设备的所有电源线穿过一个电流互感器 TA 的环形铁芯，正常工作时由于通过互感器环形铁芯内的所有导线中电流的相量和等于零，故互感器的二次绕组没有电流，漏电保护器保持在正常供电状态。

当用电设备的绝缘损坏，有人误碰带电部分或一相碰接地外壳而未使电源切除时，电路中就有漏电流 I_0 分流入地，于是环形铁芯内导线的电流相量和不再等于零，而在电流互感器的二次侧感应出电流。此电流经放大器 A 放大后通过断路器 QF 的电磁线圈，产生脱扣动作将电源切断，从而起到保护作用。

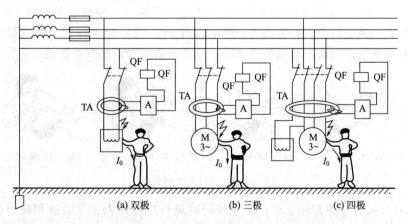

(a) 双极　　　　(b) 三极　　　　(c) 四极

图 5-8　漏电保护器工作原理

漏电保护器的主要性能是动作电流和动作切除时间。如果是用于人身保护，应选用动作电流不超过 15mA 或 30mA，切除时间在 0.1s 以内的漏电保护器；如用于线路保护与防火，可选用动作电流为 50～1000mA 的漏电保护器，切除时间可延长到 0.2～0.4s。

5.1.4　触电急救措施

触电急救的要点是：动作迅速、方法正确、贵在坚持。触电后抢救时间越早效果越好。据统计，如果在触电后 1min 内开始抢救，有 90% 救活的希望；如果在 6min 开始抢救，只有 10% 的希望；如果在 12min 才开始抢救，则救活的希望已经很小了。

（1）脱离电源

当发现有人触电时，首先要尽快使触电者脱离电源，这是采取其他急救措施的前提，然后根据具体情况采取相应的急救措施。

首先是就近断开电源开关或拔下电源插头、保险丝，如果附近没有电源开关、插头或保险丝，也可用绝缘工具（如木棒、干衣服、带绝缘柄的电工钳等）拨开或切断电线。或者设法让触电电源短路，迫使电路跳闸或熔断保险丝。在脱离电源前，营救人员不要用手直接接触触电者身体，以免发生新的触电事故。若电流通过触电者入地，且触电者紧握电线，可用干燥木板等绝缘物垫入触电者身下暂时隔断电流，然后再没法关断电源。如果触电者在高空作业，还需预防触电者在脱离电源时坠落。

（2）急救处理

使触电者脱离电源后，应迅速打 120 电话请急救中心前来救护，并视受伤害程度立即进行急救处理，不要耽搁时间，抢救要分秒必争。

① 触电者神志清醒，但心慌、四肢麻木、全身无力或一度昏迷，又很快恢复知觉，应让其静卧休息，保持空气流通，并注意观察。

② 触电者呼吸停止，但有脉搏，应立即进行人工呼吸法抢救，方法如下。

a. 让触电者仰卧，禁止用枕头。把头侧向一边，掰开嘴，清除口腔中的异物，使呼吸道畅通，必要时可用金属匙柄由口角伸入，使口张开，如果舌根下陷应将其拉出。同时解开衣领、腰带，松开上身的紧身衣服，使胸部可以自由扩张。

b. 抢救者位于触电者一边，用一手捏紧触电者的鼻孔，另一手托在触电者颈后，使触电者颈部上抬，头部后仰，鼻孔朝天。

c. 抢救者深吸一口气，紧贴触电者的口吹气约 1s，使其胸部扩张。

d. 吹气完毕后，立即离开触电者的口，同时放开其鼻孔，使触电者胸部自然恢复排气。

按上述步骤不断进行急救，如图 5-9 所示，每 5s 一次，直至好转。如果掰不开触电者的嘴可用口对鼻吹气。对幼小儿童用此法时，鼻孔不必捏紧，吹气不能过猛。

(a) 清理口腔异物　　　(b) 让头后仰　　　(c) 口对口吹气　　　(d) 放开口鼻换气

图 5-9　口对口人工呼吸法

③ 触电者呼吸、脉搏都停止时，应立即同时进行口对口人工呼吸法和胸外心脏挤压法抢救。

胸外心脏挤压方法如下。

a. 触电者仰卧，清除口腔中异物，解开衣领、松开衣服、腰带，姿势与人工呼吸相同，但后背着地处需结实，为硬地或木板之类，不可躺在沙发或弹簧床上。抢救者跨腰跪在触电者腰部（或跪在触电者一侧肩旁），掌根放在触电者胸骨下 1/3 处（心窝稍上一点，两乳头间略下一点），中指指向颈部凹陷处，这时的手掌根部所在位置即为正确的压区，如图 5-10 所示。

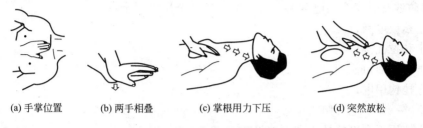

| (a) 手掌位置 | (b) 两手相叠 | (c) 掌根用力下压 | (d) 突然放松 |

图 5-10　胸外心脏挤压法

b. 抢救者两手相叠，两手臂伸直与触电者身体垂直，不可弯曲。

c. 抢救者利用身体的力量，通过肩部和手臂，在找准的压区内自上而下垂直均衡地向下挤压，使其胸部下陷 3～4cm，可以压迫心脏，达到排血的作用。

d. 挤压到位后，掌根突然放松，但手掌不要离开胸部，只是不用力而已。依靠胸部的弹性自动恢复原状，使心脏自然扩张，血液流回心脏。

按上述步骤不断地进行挤压，如图所示。挤压和放松动作要有节奏，挤压和放松的时间间隔相同，每分钟宜挤压 100 次左右，不可中断，直至触电者苏醒为止。挤压时定位要准确，用力要适当，防止用力过猛给触电者造成内伤和用力过小挤压无效。对于儿童用力要小些，可用一只手挤压，每分钟宜挤压 100 次以上。

口对口人工呼吸和胸外心脏挤压应该同时（双人抢救时）或交替（单人抢救时）进行。不管是单人或双人抢救，每挤压 30 次，给予人工呼吸 2 次（美国 2005 年标准）。这种救护工作对抢救者来说，是非常疲劳的，如果有多人在场，应每两分钟换人挤压。值得注意的是应该尽量缩短中断心脏挤压的时间。对触电形成的假死，一定要坚持救护，直至触电者复苏或医务人员前来救治为止。

5.2　用电安全操作规程

触电事故都是在一瞬间发生的，但并不是不可预防。搞好安全用电，要从思想上重视，坚持按规章制度办事，以预防为主，这是很重要的。在具体执行中，安全用电要守住五道防线。

第一道防线是：线路设备要合格是保障安全用电的最根本性的措施。特别是新装用电，要向供电部门或当地管电组织申报，安装时，应由持证的合格电工按照供电部门的装置标准施工。修理也要找合格的电工。在具体安装过程中要求如下。

① 刀开关必须垂直安装，静插座应在上方，可动触刀在下方。电源线应接在静插座的接线桩头，操作柄向上合为接通电源，向下拉为断开电源，不能反装，以保证断开开关后刀片上和熔丝上不带电，避免调换熔丝时触电，并避免因触刀松动落下而误将电源接通。

② 白炽灯开关应接在相线上，以保证断开开关后灯头上不带电。使用螺口式灯头时，不可把相线接在跟螺旋套相连的接线桩头上，以免调换白炽灯时触电。

③ 金属外壳的用电设备要采取必要的接地措施。带电部分要加防护罩或设立屏障，保证人与带电体的安全距离。

④ 在有易燃易爆气体的场所，必须使用防爆电气设备。在容易触电的场所应采用安全电压。在配电屏或启动器等操作设备的周围地面上，应放置干燥木板或绝缘地毯，供操作者站立。

第二道防线是：安全用电常要普及，要牢记安全用电"十禁"。

① 禁止私设电网；

② 禁止私拉乱接；

③ 禁止用电捕鱼；

④ 禁止挂钩用电；

⑤ 禁止"一线一地"照明；

⑥ 禁止使用不合格的导线和用电设备；

⑦ 禁止带电接火线；

⑧ 禁止带电移动、安装、修理电气设备；

⑨ 禁止不约时停、送电；

⑩一般禁止在触电现场急救中注射强心针。

第三道防线是：安装合格的漏电保护开关。所有用电点，都要求安装触电保安器，实行分级保护、总保护、分支线保护、末端保护，家用电器较多的家庭，应安装单相漏电保护开关。

第四道防线是：用电设备的使用不允许超过额定值。

所有用电设备都有额定值，它是制造厂规定的使用限额，不允许超额使用。发现用电设备温升过高时，应及时查明原因，消除故障。用手粗测电动机温度时，应用手背接触电动机外壳，不可用手掌，以免万一外壳有电，使肌肉紧张而握住带电体，造成触电事故。

保护电器的规格一定要合适，不得随意加大或用其他导电材料（铜丝、铅丝等）替代熔丝。

第五道防线是：建立定期安全检查制度。

安全检查应形成制度，定期执行。重点检查电气设备的绝缘和外壳接地情况是否良好，更换绝缘老化的线路，确保所有绝缘部分完好无损。还要注意有无裸露带电部分，各种临时用电线及移动电气用具的插头、插座是否完好，在雷雨季节还要检查避雷器是否正常。对那些不合格的电气设备要及时调换，以保证正常安全工作。

5.3　电气设备消防及灭火

5.3.1　电气设备常用的消防措施

（1）引起电气火灾的原因

引起电气设备发生火灾的原因很多，如设备的绝缘强度降低，设备过载、导线严重超负荷，安装质量不好，电路出现漏电、接线松动或短路，以及设备及安装不符合防火要求、机械损伤、使用不当等原因，都可能酿成电气火灾。

（2）消防措施

① 选用的电气装置应具有合格的绝缘强度。

② 经常监视实际用电负荷的情况，不使设备长时间过载、过热。

③ 按照安装标准装设各类电气设施，严格保证安装质量。

④ 合理使用电气设备，防止出现机械损伤、绝缘损伤等造成短路故障。

⑤ 电线和其他导体的接触点必须牢固，接触要良好，以防止过热氧化。在铜、铝导线连接处，还应防止电化腐蚀。

⑥ 在生产工艺过程中产生有害静电时，要采取相应的措施予以消除。

5.3.2 电气火灾的扑救方法

对电气火灾除了做好预防工作外，还应做好灭火的准备工作，在万一发生火灾时，能够及时有效地扑灭火灾。电气火灾的扑救方法如下。

（1）断电灭火

在发生电气火灾时，应首先切断电源，然后立即救火和报警。在切断电源时，应注意安全操作，防止造成触电和短路事故，并考虑到切断电源是否会影响灭火工作的进行（如照明问题）。

（2）带电灭火

如果没有机会断电灭火，为争取时间及时控制火势，就需要在保证救火人员安全的前提下进行带电灭火。带电灭火应注意以下问题。

① 不能直接使用导电的灭火剂（如水、泡沫灭火剂等）进行喷射，应使用不导电的灭火剂（如二氧化碳、1211 灭火器、干粉灭火剂等）。

② 如果是有油的电气设备的油发生燃烧，则应使用干砂灭火。但应注意对旋转的电动机不能使用干砂和干粉灭火。

③ 在灭火时注意不要发生触电事故。

思考题

1. 人为什么会触电？

2. 若有人触电，你作为现场人员，如何实施急救？

工作任务

设计一张关于人触电后，你作为现场人员采取救助措施的图表（表 5-1）。

表 5-1 采取救助措施

序号	救助措施步骤	所需设备及其他资源

本 章 小 结

掌握安全用电知识是学习电工技术一个很重要的方面，本章介绍了下面基本知识。

① 电流对人身体的伤害有三种：电击、电伤和电磁场伤害。

② 触电方式：直接接触触电；间接接触触电；跨步电压触电。

③ 防止触电的措施：防止触电保护措施可分为主动安全保护措施和被动安全保护措施。

④ 触电急救措施：脱离电源；急救处理。

⑤ 用电安全操作规程。

⑥ 电气设备消防及灭火。

 练习题

查阅企业、行业法规或标准，企业用电安全相关资料或请教企业电工师傅，为某机械加工企业制定一份安全用电规章制度，并作出惩罚标准（表5-2）。

表 5-2　安全用电规章制度及惩罚标准

序号	安全用电规章制度	惩罚标准细则
1		
2		
3		
4		
5		
6		

综合实训

承德市××建筑公司施工的××小区工地发生一起触电死亡事故，事故经过如下。

×××在所建工程三楼居住，工地安排其值班。×××决定自三楼搬到一楼居住，便搬运行李。约5时40分，当×××把单人铁床整体从三楼搬到一楼房间入口处，因铁床没拆卸搬运，不方便进入房间，×××在调整铁床方位时，铁床接触到一楼楼梯侧房间入口旁的临时照明刀闸（刀闸无胶盖），致使铁床带电，×××触电倒地。约6时送至医院抢救无效死亡。

❀	导向	1.	查出造成×××触电死亡事故的原因？
ⓘ	信息	2.	×××的死亡是电对人体伤害的哪种类型？
			×××触电类型是哪种？
		3.	将班级学生划分小组,对事故原因进行分析。
✏	计划	4.	根据×××触电死亡原因,作一份事故责任承担计划。

序号	承担责任及相应责任情况说明	事故责任承担比例

		5.	事故出现后,根据事故原因对承德市××建筑公司施工安全用电进行整改,作出整改计划,报相应部门审批。	
	实施	6.	根据事故责任,对×××实施赔偿。	
			序号	工作步骤	赔偿方式(精神、物质等)
			……		
	检查	7.	对承德市××建筑公司施工安全用电整改情况核查。	
		8.	各小组选派代表对自己制定的计划及实施方案进行说明,其他各小组进行点评,最后根据实际情况确定最佳补偿方案。	

第2篇 电子技术

信号是信息的载体。在电子技术中，按照电信号不同特点分为两大类，即模拟信号和数字信号。传递和处理模拟信号和数字信号的电路分别称为模拟电路和数字电路。通常电子技术也被人们分为模拟电子技术和数字电子技术。本篇具体内容包括：常用的半导体器件，整流、滤波及稳压电路，放大电路与集成运算放大器，组合逻辑和时序逻辑电路以及数字电路的应用等。

第6章 模拟电子技术

第7章 数字电子技术

第6章

模拟电子技术

学习意义

通常电子技术被人们分为模拟电子技术和数字电子技术。模拟电子技术主要研究的是信号在处理过程中的波形变化以及器件和电路对信号波形的影响，主要采用电路分析的方法。电子技术的蓬勃发展，其背景与电子线路元件由电子管—晶体管—集成电路的不断发展有着密切关系。电子管问世不久，由于其本身固有的弱点和战争的迫切需要，促使人们努力寻找替代电子管的新型电子器件。在肖克莱的理论指导下，巴丁、布拉顿于1947年12月研制出世界上第一只点接触晶体管。晶体管的发明奠定了现代电子技术基础，1958年9月杰克·基尔比（Jack S. Kilby）成功地实现了把电子器件集成在一块半导体材料上的构想，揭开了微电子技术和信息化的序幕，开创了人类的硅文明时代，由它引起的技术革命对社会产生的巨大推动作用和深远的影响在历史上是屈指可数的。作为一名工程技术人员必须掌握这些基本知识。

学习目标

1. 知识与技能
- 了解半导体特性，掌握二极管、三极管结构和主要参数；
- 掌握三相桥式整流电路的结构和工作原理；
- 掌握三极管的放大作用；
- 了解集成运算放大器的结构；
- 了解集成运算放大器的应用电路。

2. 思维与方法

经历科学探究的过程，认识科学探究的意义，尝试应用科学探究的方法研究电工电子问题，验证规律。

3. 态度与价值观

培养学生创新能力。

综合实训

制作1　应用本章所学知识，采用 QT3353 大功率高速开关集成电路制作自动淋浴节水控制器。

- 万用表；
- 电子实验通用底板和附件；
- 半导体器件手册和维修检测资料。

6.1　半导体二极管及整流电路

探索与发现

约翰·安布鲁斯·弗莱明（John Ambrose Fleming，1849—1945 年）于 1904 年根据爱迪生效应发明了真空检波二极管，取代了原来用于无线电报机中的金属粉末检波器。这是最早出现的真空电子管。自 20 世纪 50 年代开始了半导体材料的应用后，固体电子学几乎已成为电子学的主流。由半导体材料制成的电子元件是构成各种模拟电路和数字电路的基础，已是人们生活电器产品的最基本元件，为现代电子技术的发展起到了决定性的作用。

学习要点

1. 掌握半导体的特性；
2. 掌握 PN 结及其单向导电性；
3. 掌握二极管及特性；
4. 掌握二极管整流电路。

6.1.1　半导体及 PN 结

（1）固体的导电性

各种材料的导电性决定于所包含的自由载流子数及其迁移率。在室温下各种固体的电导率是不同的，根据电导率的数值及其与温度的依赖关系，大致把固体分为三类：导体、半导体和绝缘体。如表 6-1 所示。

表 6-1　固体分类

导　　体	半　导　体	绝　缘　体
银、铜、铝	锗、硅、砷化镓	石英玻璃、氧化铝

（2）半导体

半导体是导电能力介于导体与绝缘体之间的物质。半导体是一种稳定的元素，它的分子结构正好是四价电子，常用的两种半导体材料是硅（Si）和锗（Ge），其中硅最常用。为了增加半导体的导电性，在纯净的半导体材料中掺入微量的其他元素（称为杂质），其导电能力会急剧增强。根据掺入杂质的不同，半导体分成两种类型：N 型半导体和 P 型半导体。

① N 型半导体　在纯净半导体（硅或锗）中掺入少量的五价元素（如磷、砷等）所制成的半导体称为 N 型半导体，如图 6-1 所示。

特点：有大量的自由电子，其导电主要靠自由电子。

② P 型半导体　在纯净半导体（硅或锗）中掺入少量的三价元素（如硼、铟、铝等）所制成的半导体称为 P 型半导体，如图 6-2 所示。

特点：有大量空穴，其导电主要靠空穴。

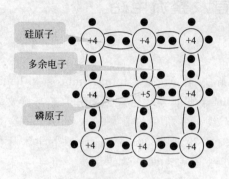

图 6-1　N 型半导体

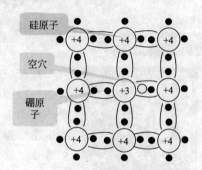

图 6-2　P 型半导体

（3）PN 结及其单向导电性

半导体掺杂后形成的 P 型半导体和 N 型半导体，虽然导电能力大大增强，但一般并不能直接用来制造半导体器件，各种半导体器件的核心结构是将 P 型半导体和 N 型半导体通过一定的制作工艺形成的 PN 结，因此掌握 PN 结的基本原理十分重要。

① PN 结的形成　用特殊工艺把 P 型半导体和 N 型半导体结合在一起时，由于两种半导体中多数载流子的浓度相差很大，多数载流子将向对方发生扩散运动并复合，使交界面处电子、空穴成对消失。结果使交界面两侧留下了不能移动的正负离子，如图 6-3 所示。通常把这个区域称为空间电荷区，即 PN 结。

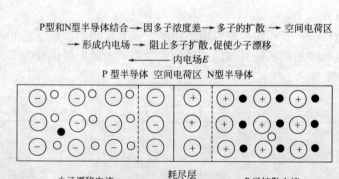

图 6-3　　PN 结的形成

② PN 结的单向导电性　PN 结在没有外加电压的情况下，当扩散运动和漂移运动达到动态平衡时，PN 结的宽度相对确定，如果在 PN 结两端加上电压，会出现什么情况呢？

a. PN 结的正向偏置。

加正向电压（正偏）——电源正极接 P 区，负极接 N 区，外电场的方向与内电场方向相反（见图6-4）。

外电场削弱内电场→耗尽层变窄→扩散运动＞漂移运动→多子扩散形成正向电流 I_F

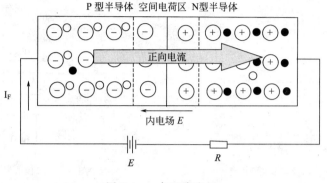

图 6-4 加正向电压

b. PN 结的正向偏置。

加反向电压（反偏）——电源正极接 N 区，负极接 P 区（见图 6-5），外电场的方向与内电场方向相同，空间电荷区将变宽。在此情况下，除了少数载流子形成的很小的残余电流外，电流被截断。

外电场加强内电场→耗尽层变宽→漂移运动＞扩散运动→少子漂移形成反向电流 I_R

在一定的温度下，由本征激发产生的少子浓度是一定的，故 I_R 基本上与外加反压的大小无关，所以称为反向饱和电流。但 I_R 与温度有关。

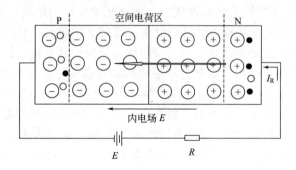

图 6-5 加反向电压

PN 结加正向电压时，具有较大的正向扩散电流，呈现低电阻，PN 结导通；PN 结加反向电压时，具有很小的反向漂移电流，呈现高电阻，PN 结截止。

由此可以得出结论：PN 结具有单向导电性。

6.1.2 二极管及特性

二极管是最简单的半导体元件。它是单向的电子阀，电流只能从一个方向通过。它是由 P 型半导体材料和 N 型半导体材料组合成的，如图 6-6 所示。P 型半导体一侧引出的线叫作阳极，N 型半导体一侧引出的线叫作阴极。二极管是含有单一 PN 结的半导体器件。

（1）二极管的电流、电压关系

二极管的特性是单向导电，可以用加在二极管两端的电压和通过二极管的电流之间的关系，即二极管的伏安特性表示，如图 6-7 所示。

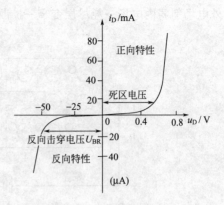

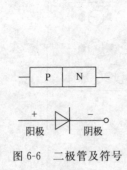

图 6-6　二极管及符号　　　　　　　　　图 6-7　二极管特性曲线

① 正向特性　当二极管所加正向电压较小时，由于外加电压不足以克服 PN 结内电场对载流子运动的阻挡作用，二极管呈现的电阻较大，因此正向电流几乎为零。与这一部分相对应的电压叫死区电压（也称门坎电压或阈值电压），死区电压的大小与二极管材料及温度等因素有关。一般硅二极管约为 0.5V，锗二极管约为 0.1V。

当正向电压大于死区电压时，二极管正向导通。导通后，随着正向电压的升高，正向电流急剧增大，电压与电流的关系基本上为一指数曲线。导通后二极管两端的正向电压称为正向压降，一般硅二极管约为 0.7V，锗二极管约为 0.2V。由图 6-7 可见，这个电压比较稳定，几乎不随流过二极管电流的大小而变化。

② 反向特性　当二极管加上反向电压时，加强了 PN 结内电场，只有少数载流子在反向电压作用下通过 PN 结，形成很小的反向电流。反向电压增加，但不超过某一数值时，反向电流很小且基本不变，此处的反向电流通常也称为反向饱和电流，特性曲线图中此段区域称为反向截止区。反向电流是由少数载流子形成的，它会随温度升高而增大，实际应用中，此值越小越好。

当反向电压增大到超过某一个值时（特性曲线图中的对应电压称为反向击穿电压，不同二极管的反向击穿电压不同），反向电流急剧增大，此时二极管失去了单向导电性，这种现象叫反向击穿（属于电击穿）。反向击穿后电流很大，电压又很高，因而消耗在二极管上的功率很大，容易使 PN 结发热而超过它的耗散功率，产生热击穿。

产生反向击穿的原因是，当外加反向电压太高时，在强电场作用下，空穴和电子数量大大增多，使反向电流急剧增大，此时二极管失去单向导电性。反向击穿可分为雪崩击穿和齐纳击穿，二者的物理过程不同。齐纳击穿常发生在掺杂浓度高、空间电荷区较薄的 PN 结；雪崩击穿常发生在掺杂浓度低、空间电荷区较厚的 PN 结。一般二极管中的电击穿大多属于雪崩击穿；齐纳击穿常出现在稳压管（齐纳二极管）中。

（2）二极管的主要参数

二极管的参数是反映二极管电性能的质量指标，是正确选择和使用二极管的依据。在半导体器件手册或生产厂家的产品目录中，对各种型号的二极管均用表格列出其参数。二极管的参数主要有以下几种。

① 最大整流电流 I_{FM}　指二极管长期工作时，允许通过二极管的最大正向电流的平均值。它与 PN 结的面积、材料及散热条件有关系。当实际电流超过该值时，二极管会因过热而损坏。

② 最高反向工作电压 U_{RM}　指保证二极管不被击穿所允许施加的最大反向电压。实际使用中二极管反向电压不应超过此电压值，以防止反向击穿而损坏。一般元器件手册给出的最高反向电压约为反向击穿电压 U_{BR} 的一半。

③ 反向电流 I_R　指二极管加反向电压而未击穿的反向电流。如果该值较大，是不能正常使用的。反向电流愈小，二极管单向导电性愈好。

（3）常见二极管及其应用

二极管按所用的半导体材料可分为硅二极管和锗二极管。根据用途不同，可分为检波二极管、整流二极管、稳压二极管、发光二极管等，下面简要介绍常见二极管及其应用情况。

① 检波二极管　检波二极管也称解调二极管，它利用单向导电性将高频或中频无线电信号中的低频信号或音频信号检出来。其工作频率较高，处理信号幅度较弱，被广泛应用于半导体收音机、电视机及通信设备等的小信号电路中。目前，常见的国产检波二极管有2AP 系列锗玻璃封装二极管，如图 6-8 所示。

② 整流二极管　整流二极管利用单向导电性将交流电变成直流电。它有金属封装、塑料封装、玻璃封装等多种形式，广泛应用于电动机自控电路、变压器及各种低频整流电路中。

整流二极管除有硅管和锗管之分外，还可分为高频整流二极管、低频整流二极管、大功率整流二极管和中小功率整流二极管。目前，国产低频整流二极管有 2CP 系列、2DP 系列和 2ZP 系列；高频整流二极管有 2CZ 系列、2CP 系列、2CG 系列和2DG 系列等。

图 6-8　检波二极管

③ 稳压二极管　这种二极管一旦达到反向电压的特定初始值时，再增加就引起电流的陡增。这一现象是齐纳或雪崩击穿结果，这种二极管被设计成能在击穿范围内连续工作。当稳压二极管工作在反向击穿状态下，工作电流 I_z 在 I_{zmax} 和 I_{zmin} 之间变化时，其两端电压近似为常数，见图 6-9。

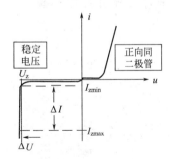

图 6-9　稳压二极管及特性曲线

特点：普通二极管反向击穿后便损坏不能使用，而稳压管却要求工作在反向击穿状态下，以实现稳压目的，只要反向电流限制在一定范围内，反向击穿并不会造成稳压管损坏，即稳压管的反向击穿是可逆的。

稳压二极管根据其封装形式可分为金属封装、玻璃封装和塑料封装；按其电流容量可分为大功率（2A 以上）和小功率稳压二极管（1.5A 以下）；按内部结构可分为单稳压二极管和双稳压二极管。常见的国产稳压二极管有 2CW 系列和 2DW 系列。

④ 发光二极管（LED）　发光二极管是包含具有 PN 结的主动显示元件，发光二极管的实质是由 P 型半导体和 N 型半导体组成的一个 PN 结，其简单工作原理是：PN 结的 N 侧和 P 侧的电荷载流子分别为电子和空穴，如果加一正向偏压，复合区中的空穴就越过结进入 N 型区，复合区中的电子也会越过结进入 P 型区，在结的附近，多余的载流子会发生复合，在复合过程中会发光。不同的半导体材料，发出的光的颜色是不一样的，用砷化镓（GaAs）时，复合区发出的光是红色的；用磷化镓（GaP）时则发出绿色的光。发光二极管在使用时必须正向偏置，还应串接限流电阻，不能超过极限工作电流 I_{FM}。在使用时，工作温度一般为 $-20 \sim 75\,^{\circ}\!C$，不要安装在发热元件附近。

特点：发光二极管里面装有一个小透镜，当正向电压为 1.5～2.5V 时发光，如图 6-10 所示。

用途：汽车仪器、仪表的数字显示。

在汽车电路中，发光二极管应用非常广泛。主要用在仪表板上作为指示信号灯或报警信号灯。例如，液体液面过低，制动蹄片过薄，制动灯、尾灯、前照灯等灯泡烧坏，这时相应的发光二极管就会被接通发光，发出报警指示。

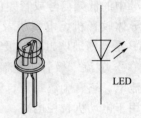

LED

图 6-10　发光二极管及符号

6.1.3　二极管整流电路

6.1.3.1　单相桥式整流电路

（1）半波整流

① 电路组成　半波整流电路如图 6-11 所示。它由电源变压器、整流二极管 VD 和负载电阻 R_L 组成。

② 工作原理　在电路中，如果交流电压通过一个正相偏置二极管，二极管就会滤掉正弦波的负电压部分，得到脉冲直流电流，这称为半波整流。电路的工作过程如下：

设整流变压器二次绕组电压为　$u_2(t) = \sqrt{2}U_2\sin\omega t\,(V)$。

在 u_2 的正半周（$\omega t = 0 \sim \pi$），二极管 VD 因加正向偏压而导通，有电流 i_L 流过负载电阻 R_L。由于将二极管看作理想器件，故 R_L 上的电压 u_0 与 u_2 的正半周电压基本相同。

在 u_2 的负半周（$\omega t = \pi \sim 2\pi$），二极管 VD 因加反向电压而截止，R_L 上无电流流过，R_L 上的电压 $u_0 = 0$。可画出整流波形如图 6-12 所示。

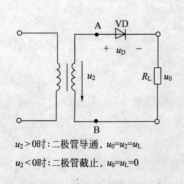

$u_2 > 0$时：二极管导通，$u_0 = u_2 = u_L$

$u_2 < 0$时：二极管截止，$u_0 = u_L = 0$

图 6-11　单相半波整流电路

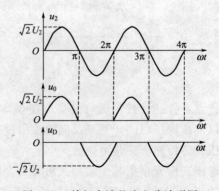

图 6-12　单相半波整流电路波形图

可见，由于二极管的单向导电作用，使流过负载电阻的电流为脉动电流，电压也为一单向脉动电压，其电压的平均值（输出直流分量）为

$$U_0 = \frac{1}{2\pi}\int_0^\pi \sqrt{2}U_2 \sin\omega t\, \mathrm{d}(\omega t) = \frac{\sqrt{2}}{\pi}U_2$$

即
$$U_0 \approx 0.45U_2$$

流过负载的平均电流为

$$I_0 = \frac{U_0}{R_L} = 0.45\frac{U_2}{R_L}$$

流过二极管的平均电流（即正向电流）为

$$I_D = I_0 = \frac{U_0}{R_L} = 0.45\frac{U_2}{R_L}$$

③ 参数估算　对二极管要求的最大整流电流为

$$I_{FM} \geqslant I_0 = \frac{U_0}{R_L} = 0.45\frac{U_2}{R_L}$$

二极管两端最高反向工作电压为

$$U_{RM} \geqslant \sqrt{2}U_2$$

选择整流二极管时，应以这两个参数为极限参数。

半波整流电路简单，元件少，但输出电压直流成分小（只有半个波），脉动程度大，整流效率低，仅适用于输出电流小、允许脉动程度大、要求较低的场合。

（2）单相桥式整流电路

① 电路组成　图 6-13 为二极管单相桥式整流电路原理图，它由电源变压器 T 和四只接成电桥形式的整流二极管 VD$_1$、VD$_2$、VD$_3$、VD$_4$ 及负载电阻 R_L 组成，故有桥式整流电路之称。

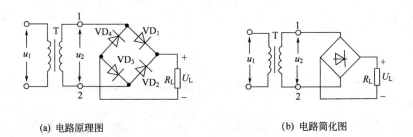

(a) 电路原理图　　　　　　　　　　(b) 电路简化图

图 6-13　二极管单相桥式整流电路原理图

② 工作原理　设整流变压器二次绕组电压为　$u_2(t) = \sqrt{2}U_2\sin\omega t (\mathrm{V})$。

当在正半周时，因为二极管 VD$_1$、VD$_3$ 承受正向电压而导通，VD$_2$、VD$_4$ 承受反向电压而截止。电流从变压器副边线圈的上端流出，电流的通路是 VD$_1 \rightarrow R_L \rightarrow$ VD$_3$，形成回路如图 6-14（a）所示，在负载上得到一个极性为上正下负的半波输出电压。

当在负半周时，因二极管 VD$_1$、VD$_3$ 承受反向电压而截止，VD$_2$、VD$_4$ 承受正向电压而导通。电流从变压器副边线圈的下端流出，电流的通路是 VD$_2 \rightarrow R_L \rightarrow$ VD$_4$，形成回路如图 6-14（b）所示。这样，在负载 R_L 上同样得到一个极性为上正下负的半波输出电压。

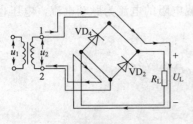 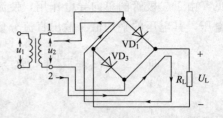

(a) VD_1、VD_3导通时的电流方向   (b) VD_2、VD_4导通时的电流方向

图 6-14 桥式整流电路电流路径

由此可见，在交变电压 u_2 的整个周期内，四个二极管分为两组，轮流导通，使负载上均有电流流过。流过负载的电流是单一方向的全波脉动电流，因而负载电压也是单一方向的全波脉动电压，如图 6-15 所示。

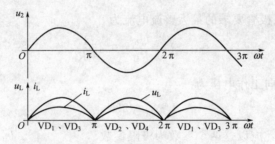

图 6-15 单相桥式整流电路的输出波形

由于全波工作，桥式整流电路输出电压的平均值 U_0 比半波整流时增加了一倍，即

$$U_0 = \frac{1}{2\pi}\int_0^\pi \sqrt{2}U_2 \sin\omega t \quad \mathrm{d}(\omega t) = \frac{2\sqrt{2}}{\pi}U_2 \approx 0.9U_2$$

流经负载的直流电流 I_L 也比半波整流时增加了一倍，即

$$I_L = \frac{U_L}{R_L} = \frac{U_0}{R_L} = \frac{0.9U_2}{R_L}$$

流过二极管的平均电流

$$I_D = \frac{I_L}{2}$$

这是因为每只二极管只在半个周期内导通，所以流过每只二极管的电流为输出电流平均值 I_L 的一半。

③ 主要参数估算 在单相桥式整流电路中，对二极管的要求是最大整流电流为

$$I_{FM} \geqslant \frac{1}{2}I_L$$

最高反向工作电压为

$$U_{RM} \geqslant \sqrt{2}U_2$$

考虑到电网电压波动范围为 $\pm 10\%$，在实际选用二极管时，应至少有 10% 的余量，选择最大整流电流 $I_{FM} > \frac{1.1I_L}{2}$ 和最高反向电压 $U_{RM} > 1.1\sqrt{2}U_2$。

6.1.3.2 三相桥式整流电路

单相桥式整流电路一般只适用于小功率整流，当负载功率较大，要求输出电压脉动幅度

较小时，为了避免三相电网负载不平衡而影响供电质量，通常采用三相整流。三相桥式整流电路用途较广，汽车硅整流交流发电机中的整流器采用的就是三相桥式整流，它可增大输出功率和减少输出电压的脉动程度。

（1）电路组成

三相桥式整流电路如图 6-16（a）所示，它由三相绕组，六个二极管和负载组成。其中三相绕组可以是三相变压器的二次绕组，也可以是交流发电机的三组定子绕组；六个二极管分为两组，VD_1、VD_3、VD_5 三个二极管的负极连在一起，称为共负极组；VD_2、VD_4、VD_6 三个二极管的正极连在一起，称为共正极组。

（2）工作原理

电源变压器二次侧绕组输出的三相电压 u_a、u_b、u_c 为

$$u_a = \sqrt{2}U_U \sin\omega t$$

$$u_b = \sqrt{2}U_V \sin(\omega t - 120°)$$

$$u_c = \sqrt{2}U_W \sin(\omega t - 240°)$$

由图可知，整流过程如下。

在 $t_1 \sim t_2$ 时间内，三相电压中 u_a 相电位最高，u_b 相电位最低，于是 VD_1 和 VD_4 承受正向电压而导通。负载电流电路为 a→VD_1→R_L→VD_4→b，负载电压等于线电压 u_{ab}。

在 $t_2 \sim t_3$ 时间内，u_a 相电位仍最高，u_c 最低，此时 VD_1 和 VD_6 承受正向电压而导通。负载电流电路为 a→VD_1→R_L→VD_6→c，负载电压等于线电压 u_{ac}。

在 $t_3 \sim t_4$ 时间内，u_b 最高，u_c 最低，VD_3 和 VD_6 承受正向电压而导通。负载电流电路为 b→VD_3→R_L→VD_6→c。负载电压等于线电压 u_{bc}。

依此类推，便可列出二极管的导通顺序，各组二极管的导通情况是每隔 1/6 周期交换一次，每只二极管持续导通 1/3 周期。负载 R_L 两端电压 u_L 的波形如图 6-16（b）所示。

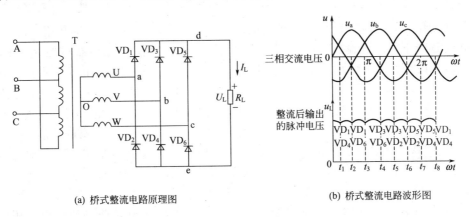

(a) 桥式整流电路原理图　　　　(b) 桥式整流电路波形图

图 6-16　桥式整流电路

综上所述，可得以下结论。

① 在任何一个 1/6 周期内，共正极组和共负极组中各有一个二极管导通。在共负极组中，哪个二极管正极电位最高，哪个二极管就导通，其余两个截止；在共正极组中，哪个二极管的负极电位最低，哪个二极管就导通，其余两个截止。

② 三相交流电压经过三相桥式整流电路的整流，在负载上得到的是一个单向脉动的直流电压。

三相桥式整流电路输出电压的脉动小，而且在直流电压相等的情况下，整流管承受的最

大反向电压比三相半波时小一倍。目前国内外汽车交流发电机都采用三相桥式整流电路将交流电变为直流电。

6.1.4　滤波及稳压电路

经过整流以后得到的直流电虽然方向不变，但脉动程度较大，含有较大的交流成分，为了获得平稳的直流电，必须把脉动直流电中的交流分量去掉，这就需要采用滤波电路。常用的滤波电路有电容滤波电路和电感滤波电路。

（1）电容滤波电路

① 电容滤波电路　电容滤波电路是在整流电路输出端并联电容器 C，利用其充、放电特性使电压趋于平滑的原理组成的电路，单相桥式整流电容滤波电路如图 6-17（a）所示。

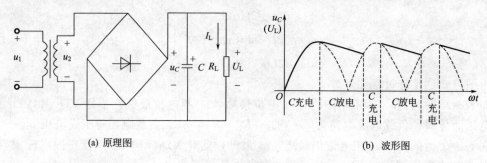

(a) 原理图　　　　　　　　　　(b) 波形图

图 6-17　电容滤波电路

为了获得较好的滤波效果，电容器的容量要选择得较大，一般选用电解电容器作滤波电容。使用电解电容器时要注意它的极性，不可接错，否则，电容器易被击穿。电容滤波电路适用于负载较小且基本不变的电路。

当变压器的二次电压 $u_2(t)$ 在正半周并大于电容器端电压 $u_C(t)$ 时，桥式整流输出的电压在向负载供电的同时，也给电容器充电。$u_2(t)$ 达到最大值 $\sqrt{2}U_2$ 后开始下降，$u_C(t)$ 由于放电也逐渐下降。当 $u_2(t) < u_C(t)$ 时，电桥中二极管截止，电容器 C 经 R_L 放电，这个回路的放电时间常数 $\tau_2 = R_L C$ 较大，所以 $u_C(t)$ 下降比较缓慢，维持负载两端电压缓慢下降。τ_2 越大，$u_C(t)$ 下降越趋缓慢，填补相邻两峰值电压之间的空白，输出电压波形就越平滑。当下一个正弦半波来到并大于 $u_C(t)$ 时，电容器 C 又开始充电，充至最大值后再次经 R_L 放电。如此周而复始地进行下去，就得到图 6-17(b) 所示比较平滑的波形。

② 参数估算　根据以上分析，一般来说，单相桥式整流电容滤波电路的输出直流电压为

$$U_L = (1 \sim 1.4)U_2$$

这表明在电容滤波电路中，不但输出电压的波形变得平滑，而且使输出电压的平均值增大。

滤波电容器的电容量通常取 $R_L C \gg \dfrac{T}{2}$，一般取

$$C \geqslant (3 \sim 5)\frac{T}{2R_L}$$

式中，T 为电网交流电压的周期。

滤波电容器的额定工作电压（又称耐压）应大于 $u_2(t)$ 的峰值，通常取

$$U_C \geqslant (1.5 \sim 2)U_2$$

（2）电感滤波电路

电感滤波电路是在整流电路输出端与负载电阻 R_L 之间串联电感线圈 L 而构成的电路，利用电感线圈电流变化时，产生的自感电动势阻碍电流的变化特性设计的。单相桥式整流电感滤波电路如图 6-18 所示，电感滤波输出的波形如图 6-19 所示。电感滤波电路适用于负载电流较大的电路。

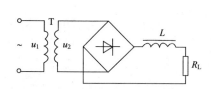

图 6-18　单相桥式整流电感滤波电路

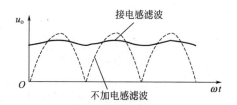

图 6-19　电感滤波电路的输出波形

（3）并联型稳压电路

经过整流和滤波后的直流电压是很不稳定的，当电网电压波动或负载变化时，输出的电压也随着变化，而电子设备工作时，要求电源电压非常稳定，因此，整流和滤波之后还需稳压，以获得一个基本上不受外界影响的直流稳定电压。

利用稳压二极管组成的并联型稳压电路如图 6-20 所示，稳压二极管作为调整元件与负载并联，电阻 R 为限流电阻，用来限制流过稳压管的电流。硅稳压管稳压电路工作原理：当电源电压波动或负载变化引起输出电压 U_L 变化时，稳压过程如下。

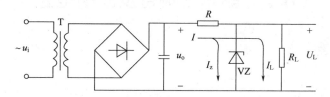

图 6-20　并联型稳压电路

u_o 为整流滤波电路的输出电压，也是稳压电路的输入电压。

当交流电网波动时，如电网电压上升，则

$$u_o \uparrow \rightarrow U_L \uparrow \rightarrow U_z \uparrow \rightarrow I_z \uparrow \rightarrow I \uparrow \rightarrow U_R \uparrow \rightarrow U_L \downarrow$$

当电网未波动 u_i 不变，而负载 R_L 变动时，如 R_L 减小，则

$$I_L \uparrow \rightarrow I \uparrow \rightarrow U_R \uparrow \rightarrow U_L \downarrow \rightarrow U_z \downarrow \rightarrow I_z \downarrow \rightarrow I \downarrow \rightarrow U_R \downarrow \rightarrow U_L \uparrow$$

总之，无论是电网波动还是负载变动，负载两端电压经稳压二极管自动调整后（与限流电阻 R 配合）都能基本上维持稳定。

并联型稳压电路结构简单，但受稳压二极管最大电流限制，又不能任意调节输出电压，所以只适用于输出电压不需调节，负载电流小，要求不高的场合。

思考题

1. 什么是二极管的死区电压？为什么会出现死区电压？硅管和锗管的死区电压值约为多少？

2. 何谓 PN 结的单向导电特性和击穿特性？

3. 半波整流电路与桥式整流电路有何不同？

📁 **工作任务** ....

利用二极管的单向导电性制作一个简单的收音机

1. 工作描述

利用二极管的单向导电性制作一个简单的收音机，掌握收音机的工作原理和二极管的检波作用。

2. 设计方案

利用元件：天线，频率可变的电容，检波二极管 2AP9（进口型号为 1N60），3000pF 滤波电容，10kΩ 高阻抗电磁式耳机，按图 6-21 制作。

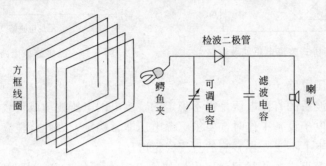

图 6-21 简单收音机的电路图

6.2 晶体三极管及应用电路

探索与发现

美国贝尔实验室的研究人员巴丁、肖克莱、布拉顿（John Bardeen，William Shockley 和 Walter Brattain）合作研究晶体管的理论和制作。在一次实验中，他们在锗晶体上放置了一枚固定针和一枚探针，利用加上负电压的探针来检查固定针附近的电位分布。当巴丁将探针向固定针靠近到 0.05mm 处时，发现改变流过探针的电流能极大地影响流过固定针的电流。这一意外的发现，使他们意识到这个装置可以起放大作用。于是三人通力合作，经过反复研制，终于在 1947 年发明了用锗半导体晶体制成了具有电流、电压放大功能的第一只点接触型晶体三极管。这一成果轰动了电子学界，巴丁等被称为电子技术革命的杰出代表。这是电子科学技术发展史上又一个划时代的重大发明，从此拉开了电子技术革命的帷幕，为电子电路集成化和数字化提供了重要的物质基础。由于这一贡献，巴丁和肖克莱、布拉顿一起获得了 1956 年度诺贝尔物理学奖。

学习要点

1. 掌握三极管的工作特性；

2. 理解三极管放大电路的工作原理及特点；

3. 掌握晶体三极管的开关作用；

4. 掌握三极管功率放大器；

1947 年发明的
世界上第一只点
接触型晶体管

5. 理解晶体管串联稳压电路的原理。

三极管是另一个在工业中广泛应用的半导体元件，是组成电子装置中的核心元件。利用三极管的开关特性，可代替机械开关和继电器以控制电路的接通和断开。

6.2.1 晶体三极管

晶体三极管（简称晶体管、三极管）也称作双极型三极管（Bipolar Junction Transistor，缩写为 BJT），它是电子电路中的主要放大器件。

（1）三极管的结构

通过一定的制作工艺使三层半导体形成两个 PN 结，自三层半导体各引出一个电极，然后用管壳封装，就构成了组成各种电子电路的核心半导体器件——三极管，三个电极分别称为发射极 e、基极 b、集电极 c。三个电极对应的每层半导体分别称为发射区、基区、集电区。发射区与基区交界处的 PN 结叫发射结，集电区与基区交界处的 PN 结叫集电结。根据三极管的结构，都可分为 NPN 和 PNP 两种类型。如图 6-22 所示，NPN 型三极管，它由两块 N 型材料和一块 P 型材料组成。PNP 型三极管，它由两块 P 型材料和一块 N 型材料组成。符号中的箭头表示发射结加正向电压时的内部电流方向。

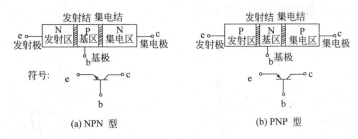

图 6-22　三极管的类型及符号

（2）三极管的类型

除了按照结构分类，还经常按照以下方法分类：按制造材料，可分为硅管与锗管（两种管子的特性大致相同，硅管受温度影响较小，工作稳定）；按照功率的大小分为小功率管、中功率管和大功率管；按照工作频率的高低分为高频管和低频管；按照用途的不同，分为放大管和开关管等。

（3）三极管的结构特点

① 发射区的掺杂浓度远远大于集电区掺杂浓度。

② 基区要制造得很薄且浓度很低。

6.2.2 三极管的特性曲线

用来描述三极管各电极电流与电压之间的关系的曲线称为三极管的特性曲线，又称为伏安特性曲线。三极管的特性曲线，实际上是三极管内部特性的外部表现，是分析和设计电子电路的重要依据之一。下面以 NPN 管为例，分析常用的三极管共射极（发射极是输入回路和输出回路的公共端）电路输入和输出的特性曲线。

（1）输入特性曲线

产生基极电流 I_B 的回路称作三极管的输入电路。如图 6-23（a）中虚线所示的回路，输入电路的电压-电流关系曲线称作晶体管的输入特性，函数表达式为

$$I_B = f(U_{BE})U_{CE} = 常数$$

在基极电路中串联电流表，测量基极电流 I_B；在基极、发射极间并联电压表，测量基极、发射极间电压 U_{BE}。保持 U_{CE} 不变，改变基极电阻 R_b（即改变基极电流 I_B），可以测得与之对应的 U_{BE} 的值，它们可以在输入特性曲线上确定一个点；获得一系列这样的点，绘成曲线，即得到输入特性曲线，如图 6-23(b) 所示。

从曲线中可看出以下几点。

① 当 $U_{CE}=0$ 时，相当于集电极和发射极短路，此时三极管的集电结和发射结相当于两个正向并联的二极管，因此，I_B、U_{BE} 关系曲线的形状和二极管正向曲线开关相似。

② 当 $U_{CE}=1V$ 时，曲线右移。可见 U_{CE} 对 I_B 有一定的影响。

③ 当 $U_{CE}>1V$ 以后，其曲线与 $U_{CE}=1V$ 时的曲线很接近，因此，一般用 $U_{CE}=1V$ 输入特性曲线代替 $U_{CE}>1V$ 时的特性曲线。

三极管输入特性曲线与二极管伏安特性曲线一样，也有死区电压（硅管约为 0.5V，锗管约为 0.2V），只有 U_{BE} 大于死区电压时，三极管才会出现 I_B。当硅管的 U_{BE} 接近 0.7V，锗管接近 0.3V 时，电压稍有增高，电流就会增大很多。为避免 U_{BE} 过大导致 I_B 剧增而损坏三极管，常在输入回路串接限流电阻 R_b。

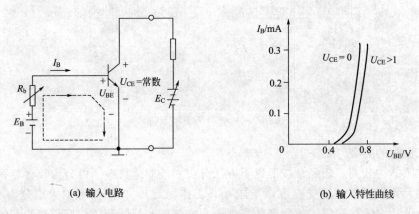

(a) 输入电路　　　　　　　　　　　　(b) 输入特性曲线

图 6-23　晶体管的输入电路与输入特性曲线

（2）输出特性曲线

产生集电极电流 I_C 的电路称为称为晶体管的输出电路，如图 6-24（a）中虚线所示的回路，输出特性曲线是指三极管基极电流 I_B 为常数时，输出电路中集电极电流 I_C 与集电极与发射极之间电压 U_{CE} 的关系曲线，函数表达式为

$$I_C = f(U_{CE}) \big| I_B = 常数$$

调整 R_b 的值，使 I_B 保持某一确定的值不变。此时改变 E_C 的值，可以获得一系列与 U_{CE} 对应的 I_C 的值。绘成线，即得一条输出特性曲线。再调节 R_b，重复上述过程，可以获得一系列曲线构成的曲线族，如图 6-24（b）所示，特性曲线的起始部分很陡，超过某一数值后变得平坦。由三极管的输出特性曲线族可见，三极管有三个不同的工作区，即放大区、截止区和饱和区，也就是说三极管具有放大、截止和饱和三种不同的工作状态，下面分别介绍。

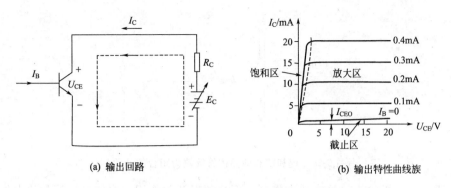

(a) 输出回路　　　　　　　　　　　　　(b) 输出特性曲线族

图 6-24　三极管的输出回路和特性曲线

① 放大区　在输出特性曲线上，特性曲线比较平坦的区域称为放大区。放大区是 $I_B=0$ 的那条曲线以上与 I_C 曲线拐点连接线右侧的区域。三极管工作在放大区的条件是：发射极为正向偏置，集电极为反向偏置。对 NPN 型管子来说，硅管 $U_{BE}>0.6V$，锗管 $U_{BE}>0.2V$，且 $U_{CE}>1V$，三极管工作于放大区。曲线基本平行等距，集电极电流在放大区内具有恒流特性，基极电流 I_B 一定时，集电极电流 I_C 基本上不随 U_{CE} 变化。并且，I_C 的变化只受基极电流的控制，I_B 的微小变化将引起 I_C 较大的变化。如图 6-24（b）所示，当 I_B 由 0.1mA 增大到 0.2mA 时，I_C 由 5mA 增大到 10mA，二者的变化量成正比，这一点体现了晶体管的电流放大作用，也即一个小电流对大电流的控制作用。集电极的电流变化与基极电流的变化的比值称为电流放大倍数，用 β 表示，则

$$\beta=\frac{\Delta I_C}{\Delta I_B}$$

② 截止区　$I_B=0$ 的曲线与横轴之间的区域称为截止区。三极管工作在截止状态的条件是：发射结与集电结均为反向偏置。该区的主要特点是：$I_B=0$ 时，$I_C=I_{CEO}$（称作穿透电流）。对 NPN 型硅管而言，当 $U_{BE}=0$ 时即已开始截止，但是为了截止可靠，常使 $U_{BE}<0$。处在截止状态的晶体管 c、e 极间呈现高阻状态。若 I_{CEO} 忽略不计时，三极管如同工作在断开状态，三极管可以近似地等效为一只断开的开关，如图 6-25 所示，其集电极电流几乎为 0，没有放大作用。

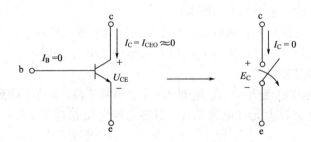

图 6-25　截止状态的晶体管等效为断开的开关

③ 饱和区　三极管 I_C 曲线上近似于直线上升的部分与纵轴之间的区域称为饱和区。三极管工作在饱和区的条件是：发射极和集电极都为正向偏置。该区的主要特点是：I_C 不随 I_B 的增大而增大。饱和时，集电极和发射极之间的电压称为饱和压降 U_{CES}，其值很小，一般硅管约为 0.3V，锗管约为 0.1V。若 $U_{CE}<U_{BE}$，则三极管处于饱和状态。三极管饱和时，U_{CE} 很小，但电流很大，呈低阻状态，三极管如同工作在短路状态。忽略 U_{CES} 不计时，饱和的晶体管 c、e 极间近似地等效为一只闭合的开关，如图 6-26 所示。

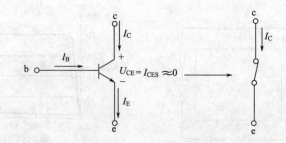

图 6-26　饱和状态的晶体管等效为闭合的开关

综上所述，三极管不仅具有放大作用，而且还有开关作用。要使三极管起放大作用，必须使其工作在放大区，三极管截止相当于开关断开，三极管饱和相当于开关接通。

6.2.3　晶体三极管的主要参数

晶体管的参数是判断管子质量的标准，同时又是正确安全使用的依据。一般可分为性能参数和极限参数两大类。由于制造工艺的离散性，同一型号的管子，参数也会有差异，这一点在使用时要特别注意。

（1）晶体管的主要性能参数

① 共发射极电流放大倍数 β　通过前述分析可知：电流放大倍数 β 表征共发射极电流的放大作用。由于晶体管输出特性的非线性，只有在输出特性的近似水平部分，β 值的大小才可以认为基本恒定。由于制造工艺的分散性，常用的小功率三极管的 β 值一般为 $20\sim100$。β 过小，管子的电流放大作用小，β 过大，管子工作的稳定性差，一般选用 β 在 $40\sim80$ 之间的管子较为合适。

② 极间反向饱和电流 I_{CBO} 和 I_{CEO}

a. 集电极-基极之间的反向饱和电流 I_{CBO}。是指发射极开路，集电结加反向电压时测得的集电极电流。该值受温度的影响很大。I_{CBO} 越小意味着管子的温度稳定性越高。硅管的 I_{CBO} 小于锗管的。

b. 集电极-发射极反向电流 I_{CEO}。是指基极开路时，集电极与发射极之间的反向电流即穿透电流。穿透电流的大小受温度的影响较大。

I_{CBO} 和 I_{CEO} 都是表征晶体管热稳定性的参数，这两个参数值越小，工作越稳定，质量越好。使用三极管时应加以注意，挑选 I_{CBO} 和 I_{CEO} 尽可能小的三极管。

（2）晶体管的极限参数

① 集电极最大允许电流 I_{CM}　当 I_C 过大时，β 值将下降。β 值下降到正常值 2/3 的集电极电流，即称为集电极最大允许电流 I_{CM}。当集电极电流超过 I_{CM} 时，管子性能将显著下降，不能正常工作。

② 集电极-发射极间反向击穿电压 $U_{CE(BR)}$　$U_{CE(BR)}$ 为基极开路时、集电极-发射极间的反向击穿电压。三极管使用时 U_{CE} 不允许大于 $U_{CE(BR)}$，否则将可能使集电结反向击穿而损坏三极管。三极管电路的电源电压 E_C 应小于 $1/2U_{CE(BR)}$。

③ 集电极最大允许管耗 P_{CM}　集电结上消耗的功率称耗散功率，用 P_C 表示。P_C 将使集电结发热，结温升高。当结温超过允许值时，管子性能下降，甚至烧坏，所以 P_C 有一个最大值 P_{CM}，也即 P_{CM} 为集电结上允许的耗散功率的最大值。P_{CM} 值与允许的最高结温、环境温度和管子的散热方式有关，为了提高 P_{CM} 可给三极管加散热装置。

根据公式 $P_C = I_C U_{CE}$，可以在三极管的输出特性曲线上画出 P_{CM} 曲线，称为管耗线，如图 6-27 所示。I_{CM}、$U_{CE(BR)}$、P_{CM} 共同确定三极管的安全工作区。

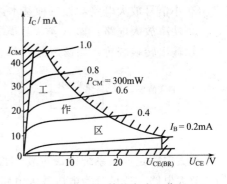

图 6-27　三极管的安全工作区

6.2.4　三极管开关特性应用

三极管具有饱和、放大、截止三种工作状态。当三极管在饱和和截止状态下交替工作时，三极管具有开关作用。

（1）开关作用原理

① 截止状态　对硅管而言，当发射结电压 $U_{BE} < 0.5V$ 时，已处于截止状态，为了保证可靠截止，三极管的截止状态是指发射结加 0V 输入电压时的工作状态，相当于开关断开。

② 饱和状态　当三极管的发射结和集电结均处于正向偏置时，三极管处于饱和状态。三极管饱和后，再增大 I_B，集电极电流 I_C 也不再增大，这相当于开关闭合。

基极电流 I_B 越大，三极管的饱和程度越深，抗干扰能力就越强。

（2）三极管开关作用的特点

应当注意的是：三极管也不是理想的开关，从截止到饱和，从饱和到截止，均需要时间来完成，但时间很短，一般为几纳秒到几十纳秒。这在一般脉冲电路中可忽略，但在高速脉冲电路中要加以考虑。另外，三极管饱和时，发射结正向电压一般约为 0.7V（硅管）和 0.3V（锗管），集电极与发射极之间的电压降约为 0.3V（硅管）和 0.1V（锗管）。

（3）晶体三极管电子开关作用的实例

晶体三极管组成的开关电路如图 6-28 所示，其控制信号一般为正脉冲波。

当脉冲出现时，输入端处于高电平 U_H，使基极有很大的注入电流，它引起很大的集电极电流，电源电压 E_C 的大部分都降在负载电阻 R_L 上，晶体管集电极和发射极间的电压降 U_{CE} 变得很小。此时晶体管的集电极和发射极之间如同接通了的开关，此状态称为导通或开态。反之，当输入端控制电压处于低电平时，则基极没有电流注入，集电极电流很小，此时负载电阻 R_L 上的电压降很小，电源电压如几乎全部降在晶体管上，集电极和发射极之间如同断开了的开关，此状态称为截止或关态。

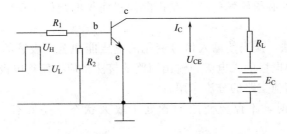

图 6-28　三极管开关电路的组成

6.2.5　共发射极基本放大电路的组成

在实际工作中，人们需要用一个放大系统对微弱的信号进行放大后，进行观测或驱动后续设备。由图 6-29 可以清楚地看出一个完整的放大器系统包含四个部分。

① 输入信号转换器：如 CD 唱盘的激光头、汽车用各类传感器。

② 小信号放大电路：如三种基本放大电路。

③ 功率放大电路：如 A 类、B 类、AB 类放大器等。

④ 输出转换装置：如扬声器、车上各种动作器（喷油嘴、电机等）。

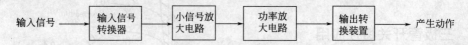

图 6-29　放大器系统的组成

放大电路是放大系统中最重要的部分，就是利用三极管的电流控制作用实现信号放大的。放大电路一般可分为电压放大电路和功率放大电路。由于电子技术中常用的电子放大器器件大都是非线性的，电路结构有时非常复杂，难以进行精确的分析计算，在一定的前提条件下，常常采用一些工程近似，以简化问题。此外晶体管还经常应用在稳压电路上。

下面就用一些常用的方法分析晶体管放大电路和稳压电路。

（1）共发射极放大电路的基本特征

① 一个微弱的电信号通过放大器后，输出电压或电流的幅度得到放大，但它随时间变化的规律不能变，即不能失真。

② 输出信号的能量得到加强，这个能量是由直流电源提供的，是经过晶体管的控制，使之转换成信号能量，提供给负载，见图 6-30。

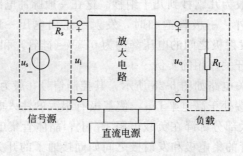

图 6-30　放大电路结构示意图

（2）共发射极放大电路组成的原则

放大电路的组成必须遵循以下几个原则，才能实现放大。

① 直流电源的极性必须使发射结处在正向偏置而集电结处于反向偏置，以保证晶体管处于放大状态。

② 输入回路的接法，应当使输入信号变化的电压能加至三极管的发射结，以产生变化的基极小电流，控制集电极的大电流。输出回路的接法，应当使集电极的大电流尽可能多地流到负载上去，减少其他支路的分流作用。

③ 在无外加信号时，不仅要使放大管处于放大状态，还要有一个合适的工作电压和电流。

即合理地设置静态工作点，以使信号的失真不超过允许的范围。

（3）共发射极放大电路的基本组成

电路中的三极管是放大电路的核心器件，用来实现放大。电容 C_1 和 C_2 称为隔直电容或耦合电容（其数值为几微法到几十微法），它们在电路中的作用是使输入信号和输出信号中的交流成分基本无衰减地通过，而直流成分则被隔离；E_C 是集电极直流电源（其数值为几伏到几十伏），作用是使集电结反向偏置，并为输出信号提供能量；R_c 是集电极电阻（其数值为几千欧至几十千欧），作用是将 VT 的集电极电流 I_C 的变化转变为集电极电压 u_o 的变化；R_b 为基极电阻（其数值为几十千欧至几百千欧），与基极直流电源共同作用，向发射结提供正向偏置，并为基极提供一个合适的基极电流 I_B（常称为偏流）。

为便于学习和记忆，将放大电路各基本组成部分的作用简单归纳如下：三极管起放大作用；集电极电阻 R_c 将变化的集电极电流转换为电压输出；偏置电路 E_B 和 R_b 使三极管工作在线性区；耦合电容 C_1、C_2 将输入的交变信号加到发射结，并将交变的信号进行输出，如图 6-31（a）所示。

为了简化电路，实际使用中常常省去电路原理图中的基极电源 E_B，将基极电阻 R_b 改接至集电极电源 E_C 的正端，如图 6-31（b）所示。

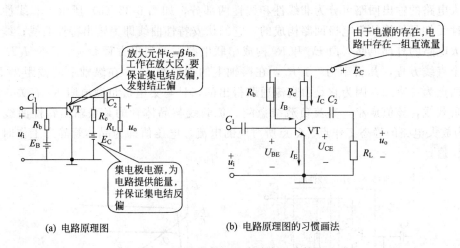

(a) 电路原理图　　　　　(b) 电路原理图的习惯画法

图 6-31　共发射极基本放大电路简图

6.2.6　电压放大电路的基本分析方法

放大电路的基本分析包括静态分析和动态分析。静态分析常采用近似估算法和图解法；动态分析常采用图解法和微变等效电路法。下面以共发射极放大电路为例，介绍放大电路常见的分析方法。

（1）放大电路的静态分析

无信号输入时，放大电路的工作状态称为静态。静态时，电路中各处的电压、电流均为直流量。由于电路中的电容、电感等电抗元件对直流没有影响，因此，对直流而言，放大电路中的电容可视为开路（电感可视为短路），据此可以把图 6-31（b）所示电路图简化成如图 6-32 所示的等效电路图，称为放大电路的直流通路。

静态时，晶体管各极的直流电流和电压分别用 I_B、I_C 和 U_{CE} 表示。由于这组数值分别与晶体管输入、输出特性曲线上一点的坐标值相对应，故常称这组数值为静态工作点，用 Q 表示。显然，静态工作点是由直流通路决定的，是为了使三极管工作在线性区，以保证信号不失真。

① 用近似计算法估算静态工作点　根据直流通道电路图，放大器的静态参数 I_B、I_C、U_{CE} 可分别计算如下（R_b 称为偏置电阻，I_B 称为偏置电流）：

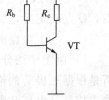

图 6-32　直流通路

$$I_B = \frac{E_C - U_{BE}}{R_b} = \frac{E_C - 0.7V}{R_b}$$

$$I_C = \beta I_B$$
$$U_{CE} = E_C - I_C R_c$$

② 用图解法分析放大器的静态工作点　所谓图解法是根据放大电路的输入、输出特性曲线，采用直接作图的方法来分析放大电路的工作状况。静态值也可用图解法来确定，并能直观地分析和了解静态值的变化对放大电路工作的影响，即电路的工作情况由直流负载线和非线性元件的伏安特性曲线的交点来确定，这些交点就是静态工作点，它既符合非线性元件上的电压与电流的关系，同时也要符合线性电路中电压与电流的关系。对静态分析，需要使用放大电路的直流通路，估算出 I_B，然后在输出特性曲线上获得 I_C 和 U_{CE}，具体分析如下。

放大电路的输出回路可分为非线性和线性两部分，如图 6-33（a）所示。非线性部分是由非线性元件晶体管的集电极回路构成的，它的伏安特性曲线即为输出特性曲线；线性部分包括放大电路的外部电路，由 E_C 和 R_c 构成串联电路，可列出方程 $U_{CE} = E_C - I_C R_c$，显然这是一个直线方程，其斜率为 $-1/R_c$，在横轴上的截距为 E_C。在纵轴上的截距为 E_C/R_c。连接此两点为一直线，因为它是由直流通路得出的，且与集电极负载电阻 R_c 有关，故称其为直流负载线，该值愈小，直流负载线愈陡。负载线与晶体管的某条输出特性曲线的交点 Q，即为放大电路的静态工作点。Q 点所对应的电流、电压值即为晶体管静态工作时的电流值和电压值。

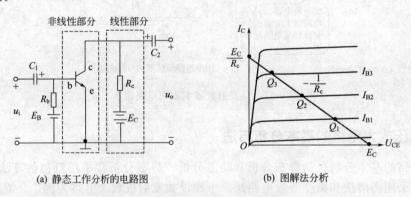

(a) 静态工作分析的电路图　　　(b) 图解法分析

图 6-33　静态工作的图解分析

如图 6-33（b）所示分别画出了三种情况下 I_{B1}、I_{B2}、I_{B3} 直流负载线所对应的静态工作点 Q_1、Q_2、Q_3。直流负载线及 Q 点的确定方法可归纳如下。

a. 由直流负载特性列出方程式：$U_{CE} = E_C - I_C R_c$。

b. 在输出特性曲线横轴及纵轴上确定两个特殊点 $(E_C, 0)$ 和 $(0, E_C/R_c)$，即可画出直流负载线。

c. 由输入回路列方程式：$I_B = (E_C - U_{BE})/R_b$，确定 I_B。

d. 在输入特性曲线上，找出直流负载线与 I_B 对应的那条输出特性曲线的交点即是 Q 点，Q 点确定后，就可以在此基础上进行动态分析了。

（2）放大电路的动态分析

1）用图解法分析放大器的动态工作情况（设输出空载）　放大电路动态情况的图解分析是根据三极管的输入、输出特性曲线，用作图的方法来研究放大电路在一定输入信号下，输出信号（电压和电流）的动态变化，从而确定输出电压和电流，得出输入信号与输出信号的相位关系和动态范围，确定放大电路的电压增益。

图解的步骤是先根据输入信号电压 u_i 在输入特性上画出 i_B 的波形，然后根据 i_B 的变化在输出特性曲线上画出对应的 i_C 和 u_{CE} 的波形。

假设放大电路接入正弦信号，输入电压为 $u_i = A\sin\omega t$（A 为输入信号振幅），此时三极管的基极和发射极之间的电压 u_{BE} 就是在原有直流电压 U_{BE} 的基础上叠加了一个交流量 $u_i(u_{be})$。根据 u_{BE} 的变化规律，在输入特性曲线上画出对应的 i_B 的波形图，如图 6-34（a）所示。这样，再根据 i_B 的变化就可以在输出特性曲线上得到对应的 i_C 和 u_{CE} 的波形图，u_{CE} 中的交流量 u_{ce} 的波形就是输出电压 u_o 的波形。

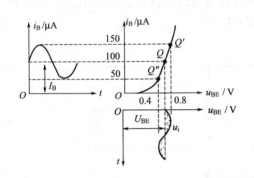

(a) 输入图形的变化

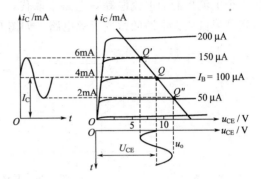

(b) 输出图形的变化

图 6-34　放大电路波形变化图

2）用微变等效电路法分析放大电路　动态分析中，一般采用微变等效的方法来求得电路的相关参数。所谓微变等效电路分析法，是一种线性化的分析方法。它的基本思想是：把晶体管用一个与之等效的线性电路模型来代替，从而把非线性电路转化为线性电路，再利用线性电路的分析方法进行分析。这种转化的条件是信号的变化是"微变"的，即变化范围很小，小到晶体管的特性曲线在工作点 Q 附近的切线与原特性曲线重合，可以用直线代替曲线，如图 6-35 所示。这里的"等效"是指对晶体管的外电路而言，用线性电路代替晶体管之后，端口电压、电流的关系并不改变。由于这种方法要求变化范围很小，因此，输入信号只能是小信号，只适用于小信号电路的分析，且只能分析放大电路的动态，不能用来求静态工作点。

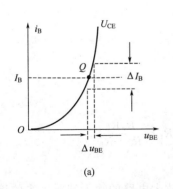

(a)

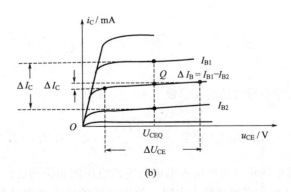

(b)

图 6-35　三极管输入、输出特性曲线

① 三极管的微变等效电路　三极管的输入特性是非线性的。但当输入信号很小时，在静态工作点 Q 附近的工作段可认为是直线，三极管输入电路可以用 r_{be} 等效代替，如图 6-35（a）所示。

对于低频小功率管，r_{be} 由半导体的基区体电阻及 PN 结的结电阻所形成。工程中常用下式估算：

$$r_{be} = 300(\Omega) + (1+\beta)\frac{26(mV)}{I_E(mA)}$$

式中，I_E 是发射极静态电流，单位为 mA。

图 6-35（b）是晶体管的输出特性曲线簇。在放大区是一组近似等距的水平线，它反映了集电极电流只受基极电流控制而与管子两端电压 u_{ce} 无关，因而晶体管的输出回路，可以用一个电流控制的电流源等效电路来取代，三极管的微变等效电路如图 6-36 所示，由此即可得共射极放大电路的微变等效电路，如图 6-37 所示。

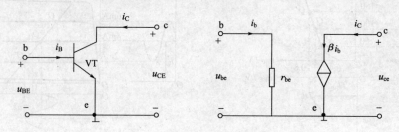

图 6-36 晶体管微变等效电路

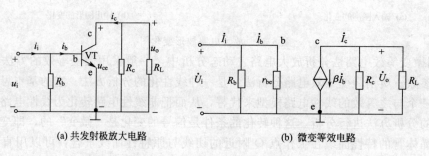

(a) 共发射极放大电路   (b) 微变等效电路

图 6-37 共发射极微变等效电路

交流通路上电压、电流都是交变量，用相量表示，图中箭标表示它们的参考方向。

② 微变等效电路分析放大电路

a. 电压放大倍数的计算。放大电路的电压放大倍数定义为输出电压与输入电压之比，即

$$A_U = \frac{\dot{U}_o}{\dot{U}_i}$$

不带负载时的放大倍数 $A_U = -\beta\dfrac{R_c}{r_{be}}$

带负载时的放大倍数 $A_U = \dfrac{\dot{U}_o}{\dot{U}_i} = -\beta\dfrac{R'_L}{r_{be}}$，$R'_L = R_c//R_L = \dfrac{R_c R_L}{R_c + R_L}$

式中的负号表示输入电压与输出电压的相位相反。

b. 放大电路的输入电阻。放大电路的输入电阻是从放大电路的输入端看进去的等效电阻，定义为输入电压与输入电流的比值：

$$r_i = \frac{\dot{U}_i}{\dot{I}_i} = R_b//r_{be}$$

放大电路由信号源提供输入信号，当放大电路与信号源相连时，就要从信号源索取电流。索取电流的大小表明了放大电路对信号源的影响程度。所以定义输入电阻来衡量放大电路对信号源的影响。对输入电阻的要求视具体情况而不同。进行电压放大时，希望输入电阻要高，进行电流放大时，又希望输入电阻要低；有的时候又要求阻抗匹配，希望输入电阻为某一特定的数值。

c. 输出电阻。当放大电路将信号放大后输出给负载时，对负载 R_L 而言，放大电路可视为具有内阻的信号源，该信号源的内阻即称为放大电路的输出电阻。它也相当于从放大电路输出端看进去的等效电阻。

$$r_o = \frac{\dot{U}_o}{\dot{I}_o}$$

放大电路的输出电阻的大小，反映了它带负载能力的强弱。r_o 越小，带负载能力越强。若输出电阻过高，则负载变化时，电路的输出电压变化过大，这就意味着放大电路带负载的能力较差。

6.2.7 共基极放大电路与共集电极放大电路

把三极管接入电路中，由于三极管的连接方式不同，可组成共发射极电路、共基极电路、共集电极电路三种基本电路形式。

在晶体管电路中，以发射极为公共点，发射极和基极组成输入端，集电极和发射极组成输出端，这样连接成的电路叫晶体管共发射极电路，既具有很大的电流放大倍数，又具有很大的电压放大倍数，功率增益也是三种接法中最大的。因此，它是三种电路中应用最广泛的一种基本电路。

前面讨论的都是以三极管共发射极电路为对象。下面简单介绍另外两种电路。

（1）共基极电路

在晶体管电路中，以基极为公共点，发射极和基极为输入端，集电极和基极为输出端，这样连接成的电路叫晶体三极管共基极电路，如图 6-38 所示。

这种电路的特点是无电流放大作用，但有电压放大作用，同时也具有功率放大作用。稳定性高、输入阻抗小（几到几十欧），输出阻抗高（几十到几百千欧）。输入和输出的电流反向，且工作在较高频率时性能好。所以在高频放大和恒流源等电路中采用。

（2）共集电极电路

在晶体管电路中，若集电极是输入电路和输出电路的公共端，这样的电路叫三极管共集电极电路，如图 6-39 所示。

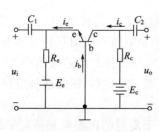

图 6-38　共基极电路

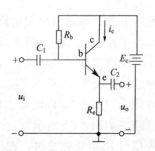

图 6-39　共集电极放大电路

三极管共集电极电路的特点是：它具有电流放大和小功率放大作用，输出和输入电流反向，输出和输入电压同向，且输入电阻大（几千千欧以上），输出电阻小（几十欧）。因此，该电路常作为阻抗变换器。这种电路又常叫作射极输出器或射极跟随器。

6.2.8　功率放大器

功率放大电路是一种以输出较大功率为目的的放大电路。它一般直接驱动负载，带负载能力较强。

（1）功率放大电路的工作状态

下面介绍晶体管功率放大电路的三种工作状态：甲类、乙类、甲乙类的情况，如图 6-40 所示。

其中图 6-40（a）的静态工作点 Q 大致在交流负载线的中点，这种工作状态称甲类放大。在甲类工作状态，不论有无输入信号，电源供给的功率 $P_E = U_{cc} I_c$ 总是不变的。当无输入信号时，电源功率全部消耗在管子和电阻上，以管子的集电极损耗为主。当有输入信号时，其中一部分转换为有用的输出功率，另一部分转换为管耗，信号越大，输出功率也越大。可以证明，在理想的情况下，甲类功率放大电路的最高效率也只能达到 50%。

功率放大电路必须考虑效率问题。所谓效率就是负载上的有用功率与电源提供的直流功率之比。效率与晶体管的静态管耗有关，静态管耗越小，则效率越高。而静态管耗是由静态集电极电流决定的，因此为了提高效率，必须降低静态时的工作电流。这样三极管的工作状态就由甲类工作状态改为乙类〔见图 6-40(b)〕或甲乙类工作状态〔见图 6-40(c)〕。此时虽降低了静态工作电流，但又产生了失真问题。如果不能解决乙类状态下的失真问题，乙类工作状态在功率放大电路中就不能采用。推挽互补对称电路较好地解决了乙类工作状态下的失真问题。

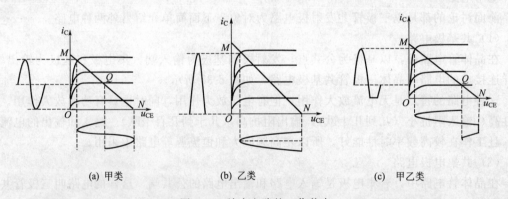

(a) 甲类　　　　　　　　　(b) 乙类　　　　　　　　　(c) 甲乙类

图 6-40　放大电路的工作状态

（2）推挽互补对称功率放大电路

所谓推挽电路，就是电路所采用的两只输出三极管输入信号的极性相反，一管导通时，另一管截止，交替工作，采用这种方式工作的电路称为推挽电路。所谓互补对称电路，就是采用的功率输出管分别是 NPN 型和 PNP 型三极管（或 N 沟道和 P 沟道场效应管），导电极性相反，称之为"互补"，同时要求特性参数一致，即所谓"对称"，因此这种电路形式称为互补对称电路。如图 6-41 所示。

当输入信号 u_i 为正弦波时，在正半周期，VT_1 管由于发射结正偏而导通，VT_2 管发射结反偏而截止，VT_1 管以射极输出器方式将正半周信号传送给负载 R_L，形成输出信号 u_o。

的正半波。在负半周期，VT$_1$ 管由于反偏而截止，VT$_2$ 管由于正偏而导通，把负半周信号传送给负载 R_L，形成输出电压 u_o 的负半波。于是，在整个周期内，在负载 R_L 上获得了完整的输出电压 u_o 波形，当它工作在乙类状态时，其效率可达到约78%。

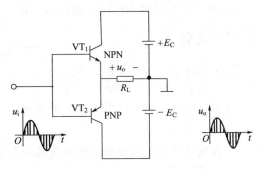

图 6-41　推挽互补功率放大电路

6.2.9　晶体管串联稳压电路

用硅稳压管组成的稳压电路具有体积小、电路简单的优点，但稳压值不能随意调节，而且输出电流很小。为了加大输出电流，使输出电压可以调节，常选用串联型晶体管稳压电路。

（1）电路组成

串联型稳压电路的典型电路如图 6-42 所示。其中，VT$_1$ 为调整管；VT$_2$ 构成直流放大器；R_3 是 VT$_2$ 的集电极负载电阻，兼作 VT$_1$ 的基极偏置电阻；VZ 和 R_4 组成稳压电路，向 VT$_2$ 射极提供基准电压 U_z；R_1、R_w 和 R_2 组成采样分压器，取出输出电压 U_o 的一部分作为反馈电压，加到 VT$_2$ 的基极，电位器 R_w 还可用来调节输出电压。

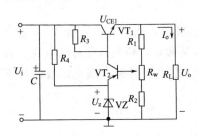

图 6-42　串联型稳压电路

（2）工作原理

串联型稳压电路的工作原理是：当由于某种原因使输出电压 U_o 升高时，采样电路就将这一变化趋势送到放大器的输入端与基准电压进行比较放大，使放大器的输出电压，即调整管基极电压降低，因电路采用射极输出形式，故输出电压 U_o 必然随之降低，从而使 U_o 得到稳定。由于电路稳压是通过控制串接在输入电压与负载之间的调整管实现的，故称为串联型稳压电路。其具体稳压过程如下。

如果电网电压或负载变化引起输出电压 U_o 上升，则将发生如下的调节过程：

$U_o \uparrow \rightarrow U_{B2} \uparrow \rightarrow U_{BE2} \uparrow \rightarrow I_{C2} \rightarrow U_{C2}(=U_{B1}) \downarrow \rightarrow U_{BE1} \downarrow \rightarrow I_{B1} \downarrow \rightarrow U_{CE1} \uparrow \rightarrow U_o \downarrow$ 最后使 U_o 基本保持不变。若由任何原因引起 U_o 下降时，则进行相反的调节过程。

（3）输出电压计算

图 6-42 所示稳压电路中有一个电位器 R_w 串接在 R_1 和 R_2 之间，可以通过调节 R_w 来改变输出电压 U_o。

$$U_o = \frac{R_1 + R_w + R_2}{R_2 + R''_w}(U_z + U_{BE2}) \approx \frac{R_1 + R_w + R_2}{R_2 + R''_w} U_z$$

式中，U_z 为稳压管的稳压值；U_{BE2} 为 VT$_2$ 发射极电压；R''_w 为图中电位器滑动触点下半部分的电阻值。

思考题

1. 三极管的主要特性是什么？放大作用的实质是什么？

2. 某三极管的 1 脚流出的电流为 3mA，2 脚流出的电流为 2.95mA，3 脚流出的电流为 0.05mA，判断各脚的名称，并指出该管的类型。

3. 基本放大电路由哪些必不可少的部分组成？各元件有什么作用？

4. 对于共射极放大电路，为什么通常希望输入电阻较高为好？

📋工作任务

实际电路工作原理分析

1. 工作描述

分析晶体管无触点闪光器的工作原理。

2. 工作目标

掌握晶体管在电路中的工作过程及会分析电路故障产生的原因。

3. 工作原理

如图 6-43 所示，当转向开关 ZK 接通某侧转向信号灯时，电容 C 开始充电。其路径为电源正极→点火开关 K→保险丝 FU→三极管 VT_2 发射极→基极→电阻 R_3→电容 C→转向开关 ZK→转向信号灯→搭铁。此时三极管 VT_2 因获基极电流而处于饱和导通状态，而三极管 VT_1 由于 VT_2 的导通无基极电流处于截止状态。因此，转向信号灯无电流，处于熄灭状态。

随着电容的不断充电，其充电电流逐渐减小，当此电流小于某一数值时，三极管 VT_2 开始截止。于是三极管 VT_1 因获基极电流开始导通，其集电极电流通过转向信号灯，使其发亮。与此同时，电容 C 开始放电。其放电路径为电容 C 正极→二极管 VD→电阻 R_4→三极管 VT_1 发射极→集电极→电容 C 负极。

随着电容的放电，其两端电压逐渐下降，放电电流逐渐减小。然后，三极管 VT_2 通过电阻 R_2 获基极电流又处于饱和导通状态。于是三极管 VT_1 又截止，转向信号灯的电流又被切断，又处于熄灭状态。电容 C 如此重复上述充放电过程，使 VT_1 导通、截止，转向灯不断闪烁。

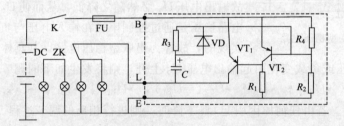

图 6-43　三极管无触点闪光器工作原理图

4. 讨论分析可能出现的故障现象

序　号	故障原因	可能出现的故障现象	注　释
1	保险丝 FU 开路		
2	三极管 VT_1 断路		
3	三极管 VT_1 发射极与集电极短路		
4	三极管 VT_2 断路		
5	三极管 VT_2 短路		
6	电容 C 短路		

5. 工作评价

小组讨论，老师给出工作评价表。

序　号	工作目标评价	自　评	互　评	师　评
1	是否能清楚地分析三极管在电路的工作过程			
2	是否能用三极管的饱和、截止状态理论解释故障原因			
3	是否与工作小组成员有良好的沟通和协作能力			
4	是否有独特的分析			

6.3　晶闸管、单结晶体管及其应用电路

探索与发现

大功率晶闸管

晶闸管是近几十年发展起来的一种理想的大功率变流电子器件，它能以较小的电流控制上千安的电流和数千伏的电压，主要用于大功率的交流电能和直流电能的相互转换，晶闸管整流电路可以在交流电压不变的情况下，方便地改变直流输出电压的大小，即实现交流到可变直流的转换。晶闸管整流电路用作直流调速装置，因具有体积小、重量轻、效率高以及控制灵敏等优点，广泛应用于机床、轧钢、造纸、电解、电镀、光电、励磁等领域。

学习要点

1. 掌握晶闸管导通和关闭的条件；
2. 理解晶闸管可控整流的工作原理、输出电压、电流平均值；
3. 掌握单结晶体管触发电路的工作原理。

6.3.1　晶闸管及其整流电路

（1）晶闸管

晶闸管的全称为硅晶体闸流管，原来称为可控硅，常用 SCR（Silicon Controlled Rectifier）表示，国际通用名称为 Thyristor，常简写成 T。晶闸管是一种大功率的变流电子器件，主要用于大功率的交流电能和直流电能的相互转换：将交流电转换成直流电，并使输出电压可调，即可控整流；将直流电转换成交流电，即逆变。晶闸管有单向晶闸管和双向晶闸管两种类型，在这里主要介绍单向晶闸管。

① 结构　单向晶闸管是由四层 PNPN 半导体、三个 PN 结和三端（A、G、K）引线构成，如图 6-44 所示。

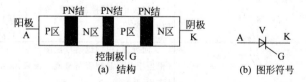

图 6-44　晶闸管的结构

② 符号　从相关的区分别引出导线，依次为阳极 A、阴极 K 和控制极 G，如图 6-44(a) 所示。单向晶闸管的图形符号如图 6-44(b) 所示，文字符号用"V"表示。

③ 特点

a. 单向晶闸管导通必须具备两个条件：阳极（A）与阴极（K）之间必须加正向电压（正向偏压），控制极（G）与阴极（K）之间也必须加正向电压（正向偏压），即 $U_{AK} > 0$，$U_{GK} > 0$。

b. 单向晶闸管导通后，降低或去掉控制极与阴极之间的正向电压，单向晶闸管仍然导通。

c. 单向晶闸管要关断时，必须满足：使其导通电流小于晶闸管的维持电流或在阳极与阴极之间加上反向电压（反向偏压）。

综上所述，单向晶闸管比二极管多了一个控制极 G；它与二极管的区别在于其正向导通是有条件的，即是可控的；并具有用微弱的电触发信号去控制较强的电信号输出的作用；所以晶闸管为控制开关元件。

④ 主要参数

a. 额定正向平均电流 I_T：是指在规定的环境温度和散热条件下，允许通过阳极和阴极之间的电流平均值。

b. 维持电流 I_H：是指在规定的环境温度和控制极 G 断开的条件下，保持晶闸管处于导通状态所需要的最小正向电流。

c. 控制极触发电压和电流：是指在规定的环境温度和一定的正向电压条件下，使晶闸管从关断到导通时，控制极 G 所需要的最小正向电压和电流。

d. 反向阻断峰值电压：是指在规定的环境温度和控制极 G 断开的条件下，可以允许重复加到晶闸管的反向峰值电压。

通常，晶闸管的正、反峰值电压是相等，所以统称为峰值电压；它也是指晶闸管的额定电压。

⑤ 极性判别与检测

在实际中，常使用万用表电阻挡（$R\times100$ 挡）对单向晶闸管进行极性判别与检测。

a. 用万用表的电阻 $R\times100$ 挡；用黑表棒固定接一引脚，红表棒分别接其余两个引脚，测读其出一组电阻值；不断变换；若只有一组测得的电阻值均为较小，则黑表棒所接的引脚为 G 极，红表棒所接的引脚为 K 极，剩余一引脚为 A 极。

b. 将黑表棒接 A 极，红表棒接 K 极；再将 G 极与黑表棒（或 A 极）相碰触一下，单向晶闸管出现导通状态并应能够维持。

⑥ 特殊晶闸管 晶闸管的家族除了普通晶闸管外，还有几种特殊晶闸管，它们的作用与用途如表 6-2 所示。

表 6-2 几种特殊晶闸管的比较

名称	型号	符号	工作特点	主要用途
快速晶闸管	KK		反向阻断，由门极信号控制导通，关断时间短，导通速度快	用于中频电源、超声波电源等
可关断晶闸管	KG		由门极正信号控制导通，负信号控制关断	用于步进电机电源、彩色电视扫描电路、汽车点火系统、直流开关等
逆导晶闸管	KN		反向导通，由门极信号控制导通（相当于普通晶闸管与整流二极管反向并联）	用于逆变器、斩波器
双向晶闸管	KS		双向均可由门极控制导通（相当于两只普通晶闸管反向并联）	用于电子开关、调光器、调温器等
光控晶闸管			由光信号代替电信号触发管子	用于电子开关、直流电源、自动化生产监控等

（2）晶闸管整流电路

由于晶闸管具有可控单向导电性，晶闸管整流可以使输出的直流电压可调，这是晶闸管整流的优点。晶闸管目前已广泛应用于电解、电镀、励磁、机床等领域。晶闸管整流分单相整流和三相整流。本书只介绍单相半控桥式整流电路整流。

为了更好地满足负载的要求，小容量晶闸管整流多采用单相桥式可控整流电路，一般采用单相半控桥式整流电路。

① 电路组成及工作原理　电路如图 6-45（a）所示，变压器副边电压为正半波时，V_1 和 V_4 承受正向电压，当 V_1 管门极触发电压加入时，V_1、V_4 导通。变压器副边电压为负半波时，V_2、V_3 承受正向电压，当 V_2 门极触发电压加入时，V_2、V_3 导通。负载上的电压波形，如图 6-45（b）所示。

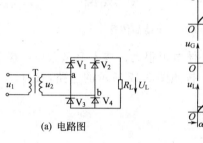

(a) 电路图

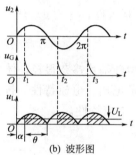

(b) 波形图

图 6-45　单相半控桥式整流电路

② 主要参数计算

a. 输出电压的平均值

$$U_L = 0.9U_2 \frac{1+\cos\alpha}{2}$$

b. 输出电流的平均值

$$I_L = \frac{U_L}{R_L} = 0.9U_2 \frac{1+\cos\alpha}{2R_L}$$

c. 晶闸管可承受的最高正、反向电压

$$U_{FM} = U_{RM} = \sqrt{2}U_2$$

d. 每只整流管的电流平均值

$$I_F = \frac{1}{2}I_L$$

6.3.2　单结晶体管及触发电路

在晶闸管正向导通时，除了要在阳极与阴极间加正向电压外，还要在门极加触发信号。晶闸管的触发电路是指能对晶闸管提供触发信号的电路。对触发信号的要求是：触发脉冲必须和晶闸管主电路的阳极电压同步；有一定的移相范围；有一定的幅度、宽度和功率。

触发电路有单结晶体管触发电路、专用集成触发电路和微机控制触发电路。这里主要介绍简单的单结晶体管触发电路。

（1）单结晶体管

① 单结晶体管的结构、符号　单结晶体管在 N 型硅基片一侧引出两个电极，称为第一基极 B_1、第二基极 B_2，在 N 型硅基片另一侧靠近 B 处掺入 P 型杂质，形成一个 PN 结。从

P 型杂质处引出一个极称为发射极 E。单结晶体管的结构、符号如图 6-46（a）、（b）所示，等效电路如图 6-46（c）所示。R_{B1}、R_{B2} 是两个基极之间的等效电阻，R_{B1} 是第一基极 B_1 与 PN 结之间的电阻，其数值随发射极电流 I_E 而变化；R_{B2} 是第二基极 B_2 与 PN 结之间的电阻，其数值与发射极电流无关。发射极与两个基极之间的 PN 结可用一个等效二极管 VD 表示。单结晶体管的外形如图 6-46（d）所示。

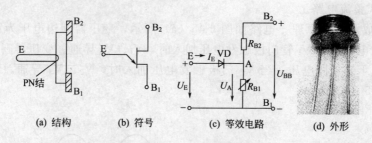

(a) 结构　　　(b) 符号　　　(c) 等效电路　　　(d) 外形

图 6-46　单结晶体管

单结晶体管 N 型硅基片掺杂很轻，体电阻很大；掺入 P 型杂质，掺杂很重。

② 单结晶体管的电压、电流特性　按照图 6-47 所示的电路，进行单结晶体管特性的试验，再分析其电压、电流特性。

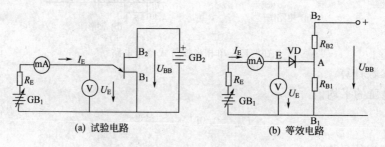

(a) 试验电路　　　　　　　　　(b) 等效电路

图 6-47　单结晶体管特性的试验电路

当发射极电流为零时，两基极之间的电压 U_{BB} 由 R_{B1} 和 R_{B2} 按一定的比例分压，管子内部 A 点对 B_1 点的电位为

$$U_A = \frac{R_{B1}}{R_{B1}+R_{B2}} U_{BB} = \eta U_{BB}$$

式中，η 为单结晶体管的分压比，它是一个与管子内部结构有关的参数，通常在 $0.3\sim0.9$ 之间。

发射极接通后，当 $U_E < (\eta U_{BB}+U_{VD})$ 时（$U_P = \eta U_{BB}+U_{VD}$，称为峰点电压），PN 结不导通（等效二极管 VD 截止），只有很小的漏电流流过。

当 $U_E = (\eta U_{BB}+U_{VD})$ 时，单结晶体管的 PN 结导通，I_E 迅速增大，同时发射极 P 区中的大量空穴注入到 N 区，使 N 区中 R_{B1} 段导电能力增强，R_{B1} 减小，即动态电阻为负值，称为负阻特性。R_{B1} 减小使分压比 η 下降，致使 U_A 降低，U_E 降低，随着 I_E 的增大，注入到 N 区的空穴达到极限值，R_{B1} 不再随之减小，U_E 不再减小，PN 结反向截止。此时发射极的电压称为谷点电压，用 U_V 表示。

在此期间，由于第二基极电位高于发射极电位，从 P 区注入到 N 区的空穴不会流向第二基极，所以 R_{B2} 基本不变。

（2）单结晶体管自激振荡电路

单结晶体管自激振荡电路如图 6-48（a）所示，该电路由单结晶体管和 RC 充放电电路组成，它能产生频率可变的一系列脉冲电压，用来触发晶闸管，所以又称为单结晶体管脉冲发生器。

电源电压经 R_2、R_1 加在单结晶体管两个基极上，同时通过电位器 R_e 向电容 C 充电，随着充电的进行，电容 C 两端的电压 u_C 按指数规律渐渐上升（$u_C = \mu_E$），当 u_C 小于 U_P 时，管子处于截止状态，输出电压近似为 0。当 u_C 增大到峰点电压 U_P 时，管

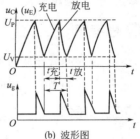

图 6-48 单结晶体管自激振荡电路

子导通，基区电阻 R_{B1} 急剧减小，电容 C 通过 PN 结向电阻 R_1 迅速放电，放电电流在 R_1 上形成陡峭的脉冲电压前沿。由于放电回路电阻很小，放电时间很短，所以尖脉冲很窄。

随着电容 C 的放电，u_C 按指数规律下降，当 u_C 低于谷点电压 U_V 时，单结晶体管又从导通变为截止，在电源电压的作用下，电容又开始充电，进入第二个充放电过程。这样周而复始，在电阻 R_1 上形成周期性的脉冲电压。

改变 R_e 的大小，就能改变电容的充电速度，从而改变第一个输出脉冲出现的时刻。

（3）单结晶体管同步振荡触发电路

单结晶体管同步振荡触发电路如图 6-49（a）所示，右下方为主电路，上面为触发电路。

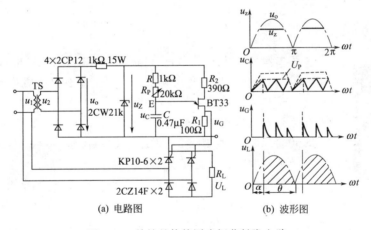

图 6-49 单结晶体管同步振荡触发电路

触发电路和主电路接在同一个电源上，变压器二次侧电压经单相桥式整流后得到脉动直流电压，又经稳压管削波后变成梯形波电压 u_z，该梯形波电压就是触发电路的电源电压 U_{BB}。当梯形电压由 0 开始上升时，梯形电压经 R 和 R_P 给电容充电，电容电压按指数规律上升，当达到单结晶体管峰点电压 R_P 时，单结晶体管导通，电容经 R_1 迅速放电，在 R_1 上产生脉冲信号。当 u_C 下降到谷点电压时，单结晶体管关断，电容又被充电，在一个梯形波电压内产生一系列的脉冲信号。当晶闸管被第一个脉冲触发导通后，后面的触发脉冲便不起作用，所以后面的触发脉冲为无效脉冲。

由于梯形波电压与电源电压同步，使梯形波电压内的第一个脉冲总与电源电压同步，保证了触发电压和交流电源电压同步。

改变 R_P 的阻值可以改变电容充电的快慢，即改变第一个触发脉冲到来的时刻，也即改变控制角的大小，从而改变主电路输出电压的大小。当电位器电阻 R_P 增大时，电容 C 充电

时间延长，第一个脉冲出现时刻后移，α 增大，整流输出电压减小；反之，当 R_P 减小时，α 减小，输出电压增大。

🗒 思考题

1. 使晶闸管导通的条件是什么？
2. 维持晶闸管导通的条件是什么？怎样才能使晶闸管由导通变为关断？

📋 工作任务

晶闸管整流电路设计

1. 工作描述

选择合适的晶闸管和触发电路，设计一个负载为纯电阻性的单相半控桥式整流电路，使得负载上输出的直流电压为 $U_L = 0 \sim 60 V$，直流电流为 $I_L = 0 \sim 10 A$。

2. 工作目标

① 能根据一定的技术指标设计一个单相半控桥式整流电路，掌握单相半控桥式整流电路的工作原理。

② 掌握晶闸管的特性，能够根据相关参数选取合适的晶闸管。

6.4　集成运算放大器

探索与发现

美国工程师杰克·基尔比（Jack S. Kilby，1923-2005 年）1958 年 9 月 12 日，在得克萨斯州达拉斯市，德州仪器公司的实验室里，成功地实现了把电子器件集成在一块半导体材料上的构想。这一天被视为集成电路的诞生日，而这枚小小的芯片，开创了电子技术历史的新纪元。

2000 年 10 月 10 日，77 岁的杰克·基尔比获得诺贝尔物理学奖。诺贝尔评审委员会曾经这样评价基尔比："为现代信息技术奠定了基础"。这个奖距离他的发明已经 42 年，但时间足以让深远影响充分显现——如果没有基尔比，不会有你早就习以为常的现代数字生活。

1958 年发明的
世界上第一台
基于锗的集成电路

学习要点

1. 掌握运算放大器的组成，了解其主要技术参数；
2. 掌握理想运算放大器的理想模型及其"虚短"和"虚断"的特点；
3. 理解反馈放大电路的工作原理，了解负反馈对放大电路的影响；
4. 掌握比例、加法、积分和微分运算电路的工作原理，了解其相关应用领域；
5. 能够正确地选择和使用集成运算放大器。

在本书的前几章介绍过一些基本的电子元件，如电阻、二极管和晶体管等，它们在电路中都是独立连接在一起，即称为分立元件（discrete devices），用这样的电路要完成复杂的工作，需要占用很大的空间。如果把一个电子单元电路或某种功能，甚至某一整机的功能电路集中制作在一个晶片或瓷片上，然后封装在一个便于安装焊接的外壳中，这便是集成电路。集成电路也称集成块，常用英文字母 Integrated Circuit 表示，缩写为 IC。集成电路具有体积小、重量轻、可靠性高、耐振动、耐潮湿以及成本低廉等一系列优点。

通常可将集成电路分为模拟集成电路和数字集成电路两大类。发展最早、应用最广的模拟集成电路就是集成运算放大器，集成运算放大器简称集成运放。

6.4.1 集成运放的组成

集成运算放大器是一种具有高放大倍数、高输入阻抗、低输出阻抗的多级直接耦合放大电路。它早期主要用作模拟计算机的各种数学运算，故称为运算放大器。

在该集成电路的输入与输出之间接入不同的反馈网络，可以组成某种功能模块。例如利用集成运算放大器可非常方便地完成信号放大、信号运算（加、减、乘、除、对数、反对数、平方、开方等）、信号的处理（滤波、调制）以及波形的产生和变换。

集成运算放大器是一个高增益直接耦合多级放大电路，由输入级、中间级、输出级和偏置电路四个部分组成，如图 6-50 所示。

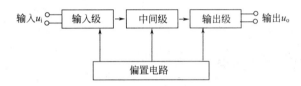

图 6-50 集成运算放大器的组成

① 输入级 一般由差动放大电路构成多级直接耦合放大电路的第一级，是提高整个电路质量标准的关键环节。

要求：应具有较高的输入电阻和良好的稳定性。直接耦合放大电路存在的零点漂移问题对整个电路的工作稳定性影响最大，所以要求输入级的零点漂移尽可能小。目前，多采用差动放大电路作为集成运算放大器的输入级，以解决零点漂移问题。

② 中间级 由一级或多级放大电路组成，主要承担放大作用，为整个电路提供足够的增益。

要求：放大管多采用复合管，目的是提高输入阻抗，以减小对前级放大倍数的影响。

③ 输出级 向负载提供足够大的功率。

要求：要求其输出电阻小，以提高带动负载的能力；输出级常采用互补对称功率放大电路，减小交越失真，提高输出效率；还常含有保护电路。

④ 偏置电路 由电流源电路组成，为各级放大器设置合适的静态工作点，为各级电路提供静态偏置电流。

要求：为了使各晶体管的静态工作电流稳定，多采用恒流源电路。

6.4.2 集成运放的符号

从分析应用电路的角度来讲，一般没有必要研究运算放大器本身的具体电路结构，因此常用如图 6-51（a）所示符号图形代表集成运放。

集成运放通常有多个引脚与外部电路相连接，它们分别接正、负直流电源、输入信号源、负载和调零电位器等。符号中左侧引脚是信号输入端，右侧引脚是信号输出端；信号输入端中标注"u_-"，表示信号从这一端输入，输出信号 u_o 与输入信号 u_- 相位相反，称为反相输入端；信号输入端中标注"u_+"，表示信号从这一端输入，输出信号 u_o 与输入信号 u_+ 相位相同，称为同相输入端；"▷"表示信号的传输方向。

输出电压 u_o 与输入电压之差（$u_+ - u_-$）成正比，即

$$u_o = A_{od}(u_+ - u_-)$$

式中，u_+、u_-、u_o 均指相对于"地"间的电压。图 6-51（b）所示是实际常用的集成运放的引脚图：1，5—调零端；2—反相输入端；3—同相输入端；4—电源电压负端；6—输出端；7—电源电压正端；8—空脚。

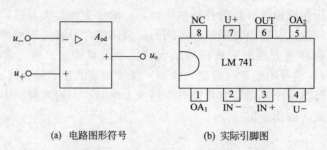

(a) 电路图形符号　　　　(b) 实际引脚图

图 6-51　集成运算放大器图形符号及引脚图

6.4.3　集成运放的主要技术指标

（1）开环差模电压放大倍数 A_{od}

开环差模电压放大倍数是指集成运放无外加反馈回路情况下，输出电压与差模输入电压之比（开环是指不加反馈回路）。它是决定运放运算精度的重要因素，常用分贝（dB）表示。

$$A_{od} = \frac{u_o}{u_i} = \frac{u_o}{u_+ - u_-}$$

其值越大，运放组成电路的精度越高，性能越稳定。

（2）开环差模输入电阻 r_{id}

开环差模输入电阻是指集成运放两个输入端加差模信号时的等效电阻，反映了输入级从信号源取用电流的大小。r_{id} 越大，取用的电流越小，一般 r_{id} 的单位为 MΩ 级。

（3）开环输出电阻 r_{od}

开环输出电阻是指集成运放没有接反馈电路时输出端所呈现的电阻。r_{od} 越小，带动负载能力越强，一般为 500Ω 以下，性能较好的集成运放的 r_{od} 值在 100Ω 以下。

（4）共模抑制比 K_{CMR}

共模抑制比是差模电压放大倍数 A_{od} 与共模电压放大倍数 A_{oc} 之比的绝对值，通常用分贝表示：

$$K_{CMR} = 20\lg\left|\frac{A_{od}}{A_{oc}}\right|$$

性能良好的集成运放的 K_{CMR} 在 100dB 以上。

（5）最大输出电压 U_{OM}

最大输出电压是指在额定电源电压下，集成运放所输出的最大不失真电压。一个集成运放在额定电源电压条件下工作，当输入信号超出给定的差模输入信号的峰-峰值后，输出电压将不随着输入信号的变化而变化，而是恒定在最大输出电压上，此时集成运放进入非线性工作状态。最大输出电压有正负两个值，即 $+U_{OM}$ 和 $-U_{OM}$。

6.4.4 集成运放的理想模型

（1）集成运放的理想模型概述

所谓集成运放的理想模型就是将集成运放的各项技术指标理想化，即认为集成运放的各项技术指标为：开环差模电压放大倍数 $A_{od}=\infty$；差模输入电阻 $r_{id}=\infty$；输出阻抗 $r_{od}=0$；共模抑制比 $K_{CMR}=\infty$；带宽 $f_H=\infty$。

实际的集成运放当然不可能达到上述理想化的技术指标，但随着集成运放制造工艺水平的提高，集成运放产品的各项性能指标日益完善。一般情况下，在分析集成运放电路时，将实际运放视为理想运放，有利于抓住事物的本质，忽略次要因素，简化分析过程，它所带来的误差，在工程上是允许的。故本章及后续章节中涉及的集成运放均作为理想运放来考虑。

（2）集成运放理想模型的工作特点

集成运放的电压传输特性如图 6-52 所示。传输特性分为线性区和非线性区。

① 集成运放工作在线性区时的两个重要特征

a. 虚短。

$$u_o = A_{od}(u_+ - u_-)$$

又因为其理想模型的 $A_{od}=\infty$，则

$$u_+ - u_- = \frac{u_o}{A_{od}} = 0$$

即 $u_+ = u_-$，故可知运放的同相输入端和反相输入端两点的电压相等，如同将两点短路一样。但是，该两点实际上并未真正被短路，因而是虚假的短路，所以将这种现象称为"虚短"。

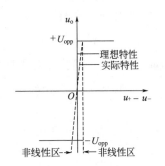

图 6-52　集成运放的电压传输特性

b. 虚断。

由于运放的差模输入电阻很大，一般通用型运算放大器的输入电阻都在 $1M\Omega$ 以上，因此，流入运放输入端的电流往往远小于输入端外电路的电流，故通常可把运放的两个输入端视为开路。在分析处于线性状态的运放时，可以把两个输入端视为开路。这一特性称为虚假开路，简称"虚断"。

输入电阻越大，两输入端越接近于开路。这样，集成运放两个输入端几乎没有电流，即 $i_+ \approx i_- \approx 0$。将其理想化，则有 $i_+ = i_- = 0$。

"虚短"与"虚断"是分析运算放大器线性应用的重要依据。

② 集成运放工作在非线性区时

当运放的工作信号在非线性放大区时，输出电压不再随着输入电压线性增加。此时运放的差模输入电压 $u_{od} = u_+ - u_-$ 可能很大，即 $u_+ \neq u_-$，"虚短"现象不再存在，其传输特性如下。

当 $u_+ > u_-$ 时，$u_o = +u_{opp}$

当 $u_+ < u_-$ 时，$u_o = -u_{opp}$

其中，u_{opp} 为输出电压的峰-峰值。

因为理想运放的差模输入电阻 $r_{id}=\infty$，故此时的输入电流仍等于零，即 $i_+ = i_- = 0$，"虚断"现象仍然存在。

6.4.5 放大器中的负反馈

（1）反馈的概念

本章中所讨论的反馈是指将放大电路输出量的一部分或全部通过一定方式回送到放大电路的输入端，来影响输入量。带有反馈的放大电路称为闭环放大电路，其逻辑框图如图6-53所示。

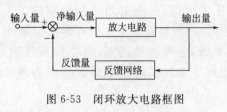

图6-53 闭环放大电路框图

$\otimes$符号代表信号比较环节，输出量通过反馈网络回送到输入回路的信号称为反馈量，放大电路所获得的信号称为净输入量，它是输入量与反馈量比较的结果。不存在反馈的放大电路称为开环放大电路。开环放大电路性能不够完善，需要改进，实际应用中很少采用。

（2）反馈放大电路的工作原理

由以上分析可知，反馈放大器由基本放大电路和反馈网络两部分组成。如果用 $\dot{A}$ 表示基本放大电路，$\dot{F}$ 表示反馈网络，$\dot{X}_i$、$\dot{X}'_i$、$\dot{X}_o$ 和 $\dot{X}_f$ 分别表示放大电路的输入信号、净输入信号、输出信号和反馈信号，则反馈放大器的组成框图如图6-54所示。假设信号频率都处在中频段，同时为了表达式的简明，$\dot{X}_i$、$\dot{X}'_i$、$\dot{X}_o$ 和 $\dot{X}_f$ 均用有效值表示，$\dot{A}$ 和 $\dot{F}$ 用实数表示。

由图6-54所示框图可得出一组反馈电路的基本关系式：

开环放大倍数

$$A = \frac{X_o}{X'_i}$$

反馈系数

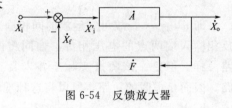

图6-54 反馈放大器

$$F = \frac{X_f}{X_o}$$

闭环放大倍数

$$A_f = \frac{X_o}{X_i} = \frac{X_o}{X'_i + X_f} = \frac{AX'_i}{X'_i + X_o F} = \frac{AX'_i}{X'_i + X'_i AF} = \frac{A}{1 + AF}$$

式中，$1+AF$ 称为反馈深度，当 $1+AF \gg 1$ 时，称深度负反馈。此时有

$$A_f = \frac{A}{1+AF} \approx \frac{A}{AF} = \frac{1}{F}$$

可见，在深度负反馈情况下，闭环放大倍数 A_f 仅取决于反馈系数 F 的值。一般来说，反馈系数 F 的值比较稳定，因此闭环放大倍数 A_f 也比较稳定。另外，在深度负反馈情况下，由于净输入量很小，因而有 $X_i \approx X_f$。

（3）反馈的类型

① 正反馈和负反馈　净输入信号 $\dot{X}'_i$ 是输入信号 $\dot{X}_i$ 与反馈信号 $\dot{X}_f$ 的合成或叠加。

若合成或叠加的结果是增强，为正反馈，即有 $\dot{X}'_i = \dot{X}_i + \dot{X}_f \geqslant \dot{X}_i$；

若合成或叠加的结果是减弱，为负反馈，即有 $\dot{X}'_i = \dot{X}_i - \dot{X}_f \leqslant \dot{X}_i$。

正反馈能使输出信号增大，但却使放大器的性能变差，工作不稳定等。因此，一般用于振荡电路。

负反馈虽然使输出信号减弱，但却使放大器的性能得到改善。因此，常用于放大电路。

② 直流反馈和交流反馈　若反馈信号 $\dot{X}_f$ 为直流量，则为直流反馈；若反馈信号 $\dot{X}_f$ 为交流量，则为交流反馈。

③ 电压反馈和电流反馈　若反馈信号 $\dot{X}_f$ 直接取自负载两端的输出电压，则称为电压反馈；若反馈信号 $\dot{X}_f$ 取自输出电流，则称为电流反馈。

④ 串联反馈和并联反馈　若反馈信号 $\dot{X}_f$ 在输入端是电压的形式，且与输入电压成串联关系，以电压方式叠加，称为串联反馈；若在输入端是电流的形式，且与输入电流成并联关系，以电流方式叠加，称为并联反馈。

（4）负反馈形式

在实际应用中，综合各种反馈的类型，组合了四种电路反馈的形式，其方框图如图 6-55 所示。

① 电压串联负反馈　基本特点是：输出电压稳定，输入电阻增大，输出电阻减小，如图 6-55（a）所示。

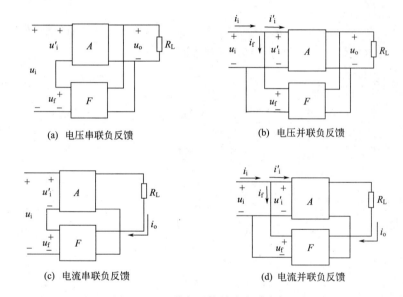

图 6-55　四种负反馈放大电路方框图

② 电压并联负反馈　基本特点是：输出电压稳定，输入电阻和输出电阻都减小，如图 6-55（b）所示。

③ 电流串联负反馈　基本特点是：输出电流稳定，输入电阻和输出电阻都增大，如图 6-55（c）所示。

④ 电流并联负反馈　基本特点是：输出电流稳定，输入电阻减小，输出电阻增大，如图 6-55（d）所示。

（5）负反馈对放大器性能的影响

① 提高了放大倍数的稳定性；

② 减少非线性失真；

③ 改变了输入电阻和输出电阻；

④ 扩展了通频带。

放大器引入负反馈后，可以改善放大电路的性能。因此，负反馈被广泛使用。

6.4.6　集成运放的应用

信号的运算是集成运放的一个重要而最基本的应用领域。在各种运算电路中，集成运放必须工作在线性区，这样电路的输出与输入信号之间才能实现一定的数学运算关系。集成运放要想工作在线性区，一定要加入负反馈网络。

下面介绍几种常见的实用运放电路。

（1）比例运算电路

将输入信号按一定比例放大的电路，称为比例运算电路。按信号的输入端不同，又分为反相比例运算电路和同相比例运算电路。

① 反相比例运算电路　电路如图 6-56 所示。输入信号 u_i 通过输入电阻 R_1 加到运放的反相端。R_f 是反馈电阻，将输出电压 u_o 的一部分或全部反馈至反相输入端，形成深度电压并联负反馈。同相端经平衡电阻接地，平衡电阻 R_P 是用来保持运放电路静态平衡，即使差动输入级的两侧对称，从而有效地抑制零漂。

$$R_P = R_1 // R_f$$

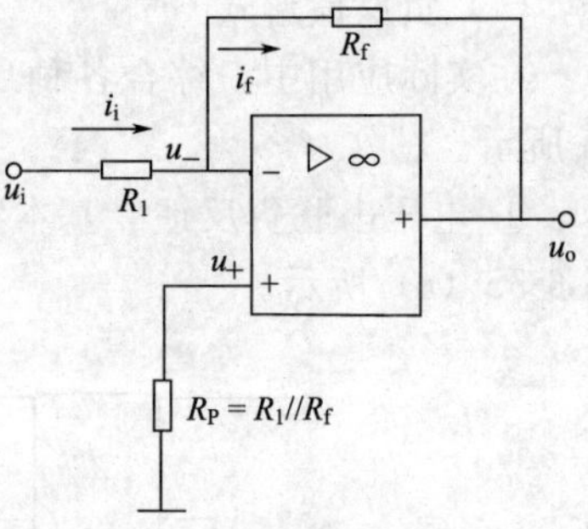

利用运放工作在线性区的两个特点（虚短和虚断）可得

$$i_+ = i_- = 0, \ u_+ = u_- = 0$$

图 6-56　反相比例运算放大器

则

$$i_i = i_f$$

而

$$i_i = \frac{u_i - u_-}{R_1} = \frac{u_i}{R_1}, \ i_f = \frac{u_- - u_o}{R_f} = -\frac{u_o}{R_f}$$

则

$$\frac{u_i}{R_1} = -\frac{u_o}{R_f}$$

故

$$u_o = -\frac{R_f}{R_1} u_i$$

电压放大倍数为

$$A_o = \frac{u_o}{u_i} = -\frac{R_f}{R_1}$$

上式表明，输出电压与输入电压相位相反，且成比例关系，因此把这种电路称为反相比例运算放大器。若取 $R_1 = R_f$，则电路 u_o 与 u_i 大小相等，相位相反，称此时的电路为反相器。电压放大倍数取决于电阻 R_f 和 R_1 的比值，而与集成运放内部的各项参数无关，故只要 R_f 和 R_1 的阻值准确且稳定，就可得到准确的比例运算关系。电压放大倍数可以大于 1 或等于 1，也可以小于 1。

② 同相比例运算电路　电路如图 6-57 所示。输入信号 u_i 通过 R_2 加到运放的同相端，反相端经 R_1 接地，R_f 是反馈电阻，输出电压 u_o 经 R_1 和 R_f 组成的分压电路，取 R_1 上的分压作为反馈信号加到运放的反相输入端形成深度电压串联负反馈。R_2 是平衡电阻，作用同上。利用运放工作在线性区的两个特点（虚短和虚断）来分析电路。

$$u_- = u_+ = u_i$$

$$i_i = \frac{u_i}{R_1}$$

$$i_f = \frac{u_o - u_i}{R_f}$$

$$i_i = i_f$$

$$\frac{u_i}{R_1} = \frac{u_o - u_i}{R_f}$$

故

$$u_o = \left(1 + \frac{R_f}{R_1}\right) u_i$$

电压放大倍数为

$$A_o = \frac{u_o}{u_i} = 1 + \frac{R_f}{R_1}$$

输出电压与输入电压同相，且成比例，故称为同相比例运算。当 $R_f = 0$ 或 $R_1 = \infty$ 时，则有 $u_o = u_i$，此时电路的输出电压与输入电压不仅幅值相等，而且相位相同，两者之间具有一种跟随关系，所以此时的同相比例电路又称电压跟随器，如图 6-58 所示。

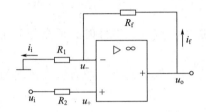

图 6-57 同相比例运算放大器

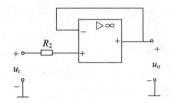

图 6-58 电压跟随器

（2）其他几种运算电路

集成运放其他几种运算电路的应用如表 6-3 所示，由"虚短"、"虚断"的概念可以分析得出表中的结论。

表 6-3 集成运放其他几种运算电路的应用

运算名称	电路	运算关系
反响加法运算		$u_o = -\left(\dfrac{R_f}{R_1} u_{i1} + \dfrac{R_f}{R_2} u_{i2} + \dfrac{R_f}{R_3} u_{i3}\right)$ 当 $R_1 = R_2 = R_3 = R$ 时，$u_o = -\dfrac{R_f}{R}(u_{i1} + u_{i2} + u_{i3})$ 当 $R_1 = R_2 = R_3 = R_f = R$ 时，$u_o = -(u_{i1} + u_{i2} + u_{i3})$ 平衡电阻 $R = R_1 /\!/ R_2 /\!/ R_f$
减法运算		$u_o = \left(1 + \dfrac{R_f}{R_1}\right)\left(\dfrac{R_3}{R_2 + R_3}\right) u_{i2} - \dfrac{R_f}{R_1} u_{i1}$ 当 $R_1 = R_2$ 且 $R_3 = R_f$ 时，$u_o = \dfrac{R_f}{R_t}(u_{i2} - u_{i1})$ 平衡电阻 $R_1 /\!/ R_f = R_2 /\!/ R_3$
积分运算		$u_o = -\dfrac{1}{R_1 C_f} \int u_i \mathrm{d}t$ 若输入电压恒定，$u_i = U_i$，则 $u_o = -\dfrac{1}{R_1 C_f} U_i t$ 若电容初始电压为 U_{C0} 时，则 $u_o = -\dfrac{1}{R_1 C_f} \int U_i \mathrm{d}t + U_{C0}$
微分运算		$u_o = -R_f C \dfrac{\mathrm{d}u_i}{\mathrm{d}t}$

6.4.7　使用运放的注意事项

集成运算放大器按其技术指标可分为通用型和专用型两大类。通用型的技术指标比较均衡、全面，适用于一般电路；而专用型的技术指标在某一项非常突出，如高速型、高阻型、大功率型和高精度型等，以满足某些特殊电路的要求。

（1）集成运放的选用

① 通用性　一般情况下，应首先选用通用型运放，由于其价格低廉、易购，且可满足大部分常规应用的需要。在低频且信号幅度不是很小、信号源和负载阻抗适中时，一般选用通用型运放为宜。

② 特殊性　当通用型运放不能满足要求时，应根据使用条件的特殊性，选用专用型运放。比如，运放的温漂特性、带宽和转换速率等。

③ 可靠性　在某些重要的应用场合，可靠性是选用集成运放组件时必须充分关注的问题，重要参数或容量要留有充分的余地。

④ 性价比　选择集成运放时，还应综合考虑电路的性能价格比，即力争以较低的成本达到最佳的应用技术要求。

（2）在实际应用中还必须注意的问题

① 调零　实际运放的失调电压、失调电流都不为零，因此，当输入信号为零时，输出信号不为零。有些运放没有调零端子，需接上调零电位器进行调零。调零的具体方法就是将运放电路的输入端短路，调节调零电位器，使运放的输出电压等于零。在运放良好的情况下，只要调零电路及施加的电压没有问题，一般都不难调好零点。

② 消除自激　运放内部是一个多级放大电路，而运算放大电路又引入了深度负反馈，在工作时容易产生自激振荡。大多数集成运放在内部都设置了消除自激的补偿网络，有些运放引出了消振端子，用外接 RC 消除自激现象。实际使用时在电源端、反馈支路及输入端连接电容或阻容支路来消除自激。

③ 保护措施　在使用集成运放时由于输入、输出电压过大，输出短路及电源极性接反等原因会造成集成运放损坏，因此需要采取保护措施。为防止输入差模或共模电压过高损坏集成运放的输入级，可在集成运放的输入端并接极性相反的两只二极管，从而使输入电压的幅度限制在二极管的正向导通电压之内。集成运放在使用时通常具有正、负电源，为了防止电源极性接反，可采用电源极性保护电路。为了防止运放输出端因接到外部电压引起击穿或过流，可在输出端接上稳压管，当因意外原因外部较高电压接到运放的输出端时，稳压管击穿，运放的输出端电压将受稳压管的稳压值限制，从而避免了损坏。

（3）集成电路的检测和故障诊断方法

一般来说，集成电路的检测和故障诊断的方法有以下四种：

电阻法：用万用表测集成电路各脚对地之间的电阻，与标准值进行比较，从中发现问题。

电压法：用万用表电压挡测各脚对地电压，与标准电压比较，应符合规定，如有不符标准电压值的引脚，再查其外围元件，若外围元件没有失效和损坏，则可认为是集成电路的问题。

波形法：用示波器看其波形，与标准波形进行对比，从中发现问题。

替代法：用型号完全相同的集成块进行替换试验，在拆焊时应注意外围电路不得有短路现象。

思考题

1. 理想运算放大器的主要条件有哪些？
2. 简述集成运放的理想模型"虚短"和"虚断"的概念。

工作任务

方波信号发生器的设计

1. 工作描述

设计一个用集成运放构成的方波信号发生器。其指标为：方波幅值为 6V，频率为 500 Hz，相对误差＜±5％。

2. 工作目标

① 掌握方波信号发生器电路的设计方法及工作原理。

② 熟悉集成运放的线性应用及非线性应用。

③ 初步了解利用集成运放的基本应用电路设计和分析复杂组合电路的方法。

本 章 小 结

半导体二极管、三极管、晶闸管和集成运算放大器是电子电路中的重要元件，本章讨论了它们的结构、工作原理、特性、主要参数、检测方法及应用，为以后分析各种电路打下基础。

① 二极管由一个 PN 结构成，其最主要的特性是具有单向导电性，该特性可由伏安特性曲线准确描述。选用或更换二极管必须考虑最大整流电流、最高反向工作电压两个主要参数，高频工作时还应考虑最高工作频率。

② 三极管是由两个 PN 结构成的半导体器件，在发射结正偏、集电结反偏的条件下，具有电流放大作用；在发射结与集电结均正偏时，处于饱和状态，相当于开关的闭合；在发射结与集电结均反偏时，处于截止状态，相当于开关的断开。在实际电路中，三极管的放大功能和开关功能得到广泛应用。

③本章以共射极的基本放大电路为基础，分析放大电路的原理和实质，讲述了电压偏置电路的意义。通过图解法和微变等效电路两种方法，讨论如何设置工作点，计算输入电阻、输出电阻和电压放大倍数，了解多级放大电路的级间耦合方式及场效应管放大电路。

④ 晶闸管是一种大功率的变流电子器件，主要用于大功率的交流电能和直流电能的相互转换；将交流电转换成直流电，并使输出电压可调，即可控整流。并介绍了单结晶体管触发电路。

⑤ 集成运算放大器是一种集成化的半导体器件，它实际上是一个高增益的直接耦合放大器。集成运放在线性应用时，可组成比例、加法、减法、积分和微分运算电路，要求掌握这些运算电路的工作原理和传输关系，并会分析和设计一些简单的信号运算电路。

练习题

1. 电路如图 6-59 所示，设二极管 VD_1、VD_2 为理想元件，试计算电路中电流 I_1、I_2 的值。

2. 电路如图图 6-60（a）所示，设 VD_1、VD_2 均为理想元件，已知输入电压 $u_i =$ $150\sin\omega t$ V，如图 6-60（b）所示，试画出电压 u_o 的波形。

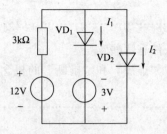

图 6-59　练习题 1 图

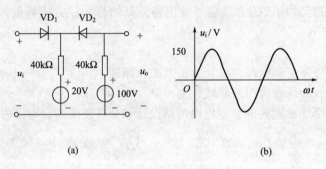

(a)　　　　　　　　　　(b)

图 6-60　练习题 2 图

3. 电路如图 6-61（a）所示，设输入信号 u_{i1}、u_{i2} 的波形如图 6-61（b）所示，若忽略二极管的正向压降，试画出输出电压 u_o 的波形，并说明 t_1、t_2 时间内二极管 VD$_1$、VD$_2$ 的工作状态。

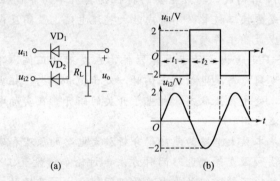

(a)　　　　　　　　　　(b)

图 6-61　练习题 3 图

4. 放大电路及晶体管输出特性曲线如图 6-62(a) 和图 6-62(b) 所示，U_{BE} 忽略不计，要求：

① 欲使 $I_C = 2mA$，则 R_B 应调至多大阻值？

② 若 $i_b = 0.02\sin\omega t$ mA，试画出 i_C、U_{CE} 和 u_o 随时间 t 变化的波形图。

5. 放大电路如图 6-63 所示，求：① 标出电源 U_{CC} 的极性以及电解电容 C_1、C_2 的极性；② 设 $|U_{CC}| = 12V$，$R_C = 3k\Omega$，$R_B = 300k\Omega$，$\beta = 50$，$U_{BE} = 0.6V$，求静态工作点 I_B、I_C、U_{CE}；③ 画出微变等效电路；④ 当 $R_B = 600k\Omega$，输入信号电流 $i_b = 6\sin\omega t$ μA 时输出电压是否会产生非线性失真？为什么？

6. 在图 6-64 所示电路中，设晶体管的 $\beta = 100$，$r_{be} = 1k\Omega$，静态时 $U_{CE} = 5.5V$。求：① 输入电阻 r_i；②若 $R_s = 3k\Omega$，$A_{us} = \dfrac{U_o}{E_s} = ?$ $r_o = ?$ ③若 $R_s = 30k\Omega$，$A_{us} = ?$ $r_o = ?$ ④说明射

极输出器有什么特点？

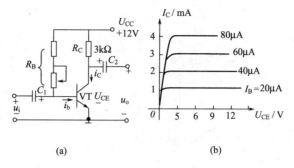

图 6-62 练习题 4 图

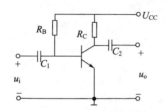

图 6-63 练习题 5 图

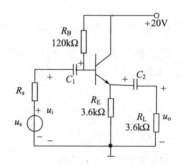

图 6-64 练习题 6 图

7. 电路如图 6-65 所示，试求输出电压 u_o 与输入电压 u_i 之间的关系表达式。

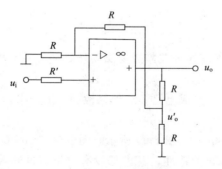

图 6-65 练习题 7 图

8. 电路如图 6-66 所示，$R_1 = 10k\Omega$，$R_F = 20k\Omega$，$u_i = 3V$，求输出电压 u_o。

9. 电路如图 6-67 所示，$R_1 = R_2 = R_F = R_3 = 10k\Omega$，$u_i = 1V$，求输出电压 u_o。

10. 电子调速电路如图 6-68 所示，电路由桥式整流电路 V_1、过零检测电路 V_3、多谐振

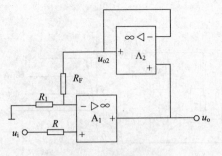

图 6-66　练习题 8 图

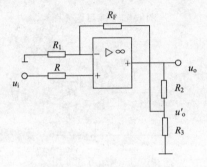

图 6-67　练习题 9 图

荡器 NE555、触发脉冲形成电路（G、V_6）和主控电路（双向晶闸管 VT、电动机 M）几部分组成，根据本章所学知识和查找资料分析各部分电路作用及其原理。

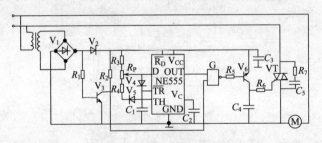

图 6-68　电子调速电路图

 综合实训

制作 1　采用 QT3353 大功率高速开关集成电路制作自动淋浴节水控制器

1. 工作描述

利用一种大功率高速开关集成电路、红外线检测与电磁水阀实现自动淋浴节水控制。

2. 设计方案

淋浴热水器自控水龙头电路如图 6-69 所示。图 6-69 中 IC QT3353 是一种大功率高速开关集成电路，它具有良好的开关特性，其内部设有过压、过热等多种保护电路，只要在 IC 控制端第 5 脚加上 1.5～6V 的高低电平信号，就能快速地控制外接负载通断。当 IC 第 5 脚为高电平时，QT3353 导通，其第 2、3 脚亦为高电平。人体不在电磁水阀 DCF 出水口下方时，红外线接收管 VT_1 受到红外线发射管 VD_5 红外光作用，使 VT_1 内阻变小，VT_2 截止，QT3353 关断，DCF 断电关闭；当人体处于 DCF 出水口下方时，就会挡住 VD_5 与 VT_1 之间红外线光路，使 VT_2 导通，QT3353 第 5 脚为高电平而导通，从而使 DCF 通电而开启水阀。

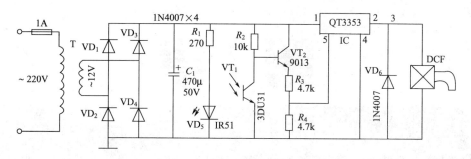

图 6-69　淋浴热水器自控水龙头电路图

3. 元器件选择

表 6-4

序号	符号	名称	型号和规格	件数
1	IC	大功率高速开关集成电路	QT3353	1
2	$VD_1 \sim VD_4$	硅整流二极管	1N4007	4
3	VD_5	红外发光二极管	正向压降 1.6V，最大输出功率 100mW 的 IR51 型	1
4	VT_1	光敏三极管	3DU31 型或 3DU5 型	1
5	VT_2	硅 NPN 型中功率三极管	9013 或 3DG12、3DK4 型	1
6	DCF	电磁水阀	12V、D-12 型	1
7	T	电源变压器	优质 220V/12V、5W 成品	1

4. 制作与调试

红外发光二极管 VD_5、光敏三极管 VT_1 安装在卫生间两侧 1m 高的墙壁上，使其光路正好穿过电磁水阀出水口的下方位置。必要时可在 VD_5、VT_1 的受光面装上凸透镜，以提高其接收灵敏度。制作成的自控水龙头只要元器件质量有保证，焊接无误，一般不需调试便可投入使用。

5. 工作评价

小组讨论，老师给出评价表

能　　力	评　　价	分　　数
专业能力		
工作方法		
合作能力		
交流能力		

6. 学习体会

序　　号	问　　题	备　　注
1	为什么说集成电路改变了我们的生活？	
2	活动中哪个技能最有用？	
3	你还有哪些要求与设想？	请同学们大胆创新，共同研讨，不断提高操作能力

第7章

数字电子技术

数字化的生活

数字机床

　　随着电子技术的不断发展，数字电路的应用愈来愈广泛，在很多领域取代了模拟电路。其主要原因是：①数字电路更易采用各种算法进行编程，使其应用更加灵活；②数字电路可以提供更高的工作速度；③采用数字电路，数字信息的范围可以更宽，表示精度可以更高；④数字电路可以采用嵌入式纠错系统；⑤数字电路比模拟电路更易做到微型化等。

　　完成本章的学习后，你将能够掌握门电路、组合电路、触发器和时序电路等各种数字电路的基本原理及其在生产中的应用。为今后学习各种专业技能打下坚实的基础。

学习目标

　　1. 知识与技能
- 掌握逻辑代数的基础知识；
- 掌握门电路的基本概念；
- 掌握常用组合电路的原理和应用；
- 掌握触发器的原理和应用；
- 掌握时序电路的原理和应用；
- 掌握模拟量和数字量的转换。

　　2. 思维与方法
　　学习科学探究过程，培养科学的思维方式，认识电路研究方法，培养分析、解决问题能力。

　　3. 态度与价值观
　　培养用科学知识服务于人类的意识。

综合实训

　　制作 2　电子晨鸣鸟的制作。

学习准备

查阅相关资料，了解数字电子技术的发展历史及应用。

7.1　数字电路与逻辑代数

探索与发现

布尔（George Boole，1815—1864 年）是皮匠的儿子，1815 年 11 月生于英格兰的林肯。由于家境贫寒，布尔不得不在协助养家的同时为自己能受教育而奋斗。通过自学掌握数学知识。1849 年受聘为爱尔兰科克皇后学院教授，并被选为英国皇家学会成员。布尔用数学方法研究逻辑问题，成功地建立了逻辑演算。他用等式表示判断，把推理看作等式的变换。这种变换的有效性不依赖人们对符号的解释，只依赖于符号的组合规律。这一逻辑理论人们常称它为布尔代数。今天，布尔代数已成为数学和计算机学中主要的设计工具。

学习要点

1. 掌握数字电路的特点；
2. 熟悉数制与 BCD 码；
3. 理解逻辑函数及其简化。

随着电子、计算机等技术的发展，生活在 E（Electrical）电子时代的人们对机械设备的智能化控制已步入数字（Digital）时代，传统的电器控制、集成化的模拟控制越来越不适应社会发展的需求，现在许多机床设备的控制都实现了数字化，以数字方式处理信号具有速率快、精确度高以及能处理大量数据等优点，其应用会给人们带来一个全新的电子时代。

7.1.1　数字电路

（1）模拟信号与数字信号

在数控机床电子电路中，电信号主要在传感器、控制及信息处理单元及执行器件之间进行传递。在控制及信息处理单元中的信号大体上可以分两大类：模拟信号与数字信号。

① 模拟信号　"模拟"是由相似这一含义延伸而来，用来表示随着时间连续变化的物理量。如果信号是随着时间连续变化的信号，这类信号被称为模拟信号。

如热敏电阻式水温传感器，输出的信号是随着冷却水温度变化而连续变化的信号。

② 数字信号　"数字"用来表述另一类随着时间不连续的、跳跃式的物理量。如果电压和电流信号在时间上和幅度上都是不连续变化的脉冲信号，这类信号被称为数字信号。常用抽象出来的二值信息 0 和 1 表示。

数字信号与模拟信号不同，如图 7-1 所示，它的电压值本身没有什么意义，一般关心的只是有无电压（脉冲）、间隔电压出现的次数（脉冲数量）、高电压或低电压维持的时间（脉冲宽度）等。

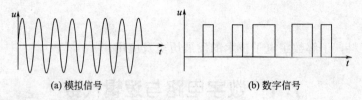

(a) 模拟信号　　　　　　　　　　　(b) 数字信号

图 7-1　数字信号与模拟信号

（2）模拟电路与数字电路

1）数字电路的概念

① 模拟电路　模拟电路是指所传递和处理的信号是连续变化的模拟信号的电路。前面所讲述的各种放大器（电路）就是以传递和放大模拟信号为主的模拟电路。

② 数字电路　数字电路是指所传递和处理的信号是间断的、不连续的、突变的数字信号的电路。

数字电路由于具有抗干扰能力强、可靠性高、能耗低、便于集成等优点，在计算机、通信系统、工业自动控制、音像系统、家庭电器等多个领域中已经并逐步取代模拟电路。

2）数字电路的特点　由于数字电路处理的是状态变换，只要具有两个稳定状态或能区分出两个相反状态的电路都可称为数字电路。在机床设备控制中，数字集成电路随处可见，控制及信息处理单元就是一个典型的数字系统。

① 根据输入脉冲信号只有高电平（高电位）、低电平（低电位）两种表示状态，若用"1"代表高电平或高电位，"0"代表低电平或低电位，则数字电路的基本工作信号只有两个数字信号，即用"1"和"0"两个基本数字。

② 由于高、低电平所代表的数字量，可以很方便地用开关的通断工作来实现。因此数字电路实际是一系列开关电路。通过电子元件的开关特性，使电路简单和易实现。

③ 电路主要是研究输出信号与输入信号之间的状态关系，即逻辑关系。因此，数字电路又称逻辑电路。研究逻辑关系，是比较容易理解和掌握的。

④ 由于构成数字电路的基本单元电路结构简单，所以对元件精度要求不高，允许有一定的误差，这使得数字电路易于集成化，成本低廉，使用方便，抗干扰能力强、开关电路功耗低、可靠性高，在各个领域应用很广。

（3）数字电路的分类

数字电路可分为组合电路和时序电路两大类。

① 组合电路的基本单元是逻辑门电路，其特点是某时刻的输出信号完全取决于即时的输入信号，即没有存储和记忆信息功能。

② 时序电路的基本单元是触发器，其特点是电路在任何时刻的输出信号不仅与即时的输入信号有关，还与电路原有的状态有关，即具有存储和记忆信息功能。

7.1.2　数字逻辑基础

（1）数制与 BCD 码

1）常用数制　数制是指数的表示方法。常用的数制有二进制和十进制两种。在日常生活中计数时，使用的是十进制。这是因为在很久以前，人们的计数是用扳手指头计数，而人的手指一共是十个，因此在生活中形成了十进制计数。数字电路只处理 1 和 0 两种状态，所以在数字电路中广泛采用二进制。

① 二进制 二进制包括数和二进制数码。二进制数码不仅表示数量大小，还表示一定信息，称为代码。用数字 1 和 0 代表两个状态，与之对应的电路是晶体管的开或关，或者是电平的高或低。

二进制数是用 0 和 1 两个数码按照一定规律排列来表示数值大小的，基数是 2，计数规则是"逢二进一"，故称为二进制。如：

$$[1001]_2 = 1 \times 2^3 + 0 \times 2^2 + 0 \times 2^1 + 1 \times 2^0$$

任何一个二进制数都可以写为

$$D = \sum K_i 2^{i-1}$$

其中 K_i 是第 i 位的数码，2 是基数，2^{i+1} 为对应数位的权。

② 十进制数 人们日常生活中最常用的是十进制。十进制用 $0 \sim 9$ 共 10 个数字按照一定规律排列来表示数量的大小。比如 68，个位上的 8 表示 8 个 1，而十位上的 6 表示 6 个 10，即 60。计数规则是"逢十进一"，故称为十进制。如：

$$[1860]_{10} = 1 \times 10^3 + 8 \times 10^2 + 6 \times 10^1 + 0 \times 10^0$$

$$[555]_{10} = 5 \times 10^2 + 5 \times 10^1 + 5 \times 10^0$$

十进制数码在不同的数位上表示的数值不同，其中乘数 10^0、10^1、10^2、10^3 等是根据相应数字的位置得来的，称为该位的"权"。任何一个十进制正整数都可以写为

$$D = \sum K_i 10^{i-1}$$

其中 K_i 是第 i 位的数码，10 是基数，10^{i-1} 为对应数位的权。

【例 7-1】 将 $[1001]_2$ 转换为十进制数。

解 $[1001]_2 = 1 \times 2^3 + 0 \times 2^2 + 0 \times 2^1 \times 1 \times 2^0$

$\qquad\qquad = 8 + 0 + 0 + 1$

$\qquad\qquad = [9]_{10}$

2）编码

① BCD 码 十进制数除了转换成二进制数以外，还有一种表示方法，就是十进制数的代码表示法。十进制数的代码也称为二-十进制码或 BCD 码。最常用的是 8421BCD 码。此外，还有 5421BCD 码、余 3 码、格雷码等。编码表见表 7-1。

② 文字符号码（字符代码） 二进制代码也可以用来表示字符。例如，计算机内常用的 ASCⅡ码，是美国标准信息交换码的缩写。该代码由 7 位二进制码组成，共有 $2^7 = 128$ 种状态，可以用来表示 128 个字符，这些字符包括 $0 \sim 9$ 这 10 个十进制数、26 个英文字符及其他一些符号和标记。ASCII 码常用在计算机的输入、输出设备上。

（2）逻辑函数及其简化

就其整体而言，数字电路输出量与输入量之间的关系是一种因果关系，它可以用逻辑表达式来描述，因而数字电路又称为逻辑电路。逻辑代数是数学家布尔提出的一种借助于数学来表达推理逻辑的逻辑符号，所以又称布尔代数。它是研究逻辑电路的数学工具，它为分析和设计逻辑电路提供了理论基础。

1）逻辑代数 逻辑代数用二值函数进行逻辑运算。利用逻辑代数可以将客观事物之间复杂的逻辑关系用简单的代数式描述出来，从而方便地研究各种复杂的逻辑问题。

逻辑代数与普通代数一样，也是用字母表示变量，但是变量的取值只有 0 和 1。这里的 0 和 1 并不表示数量的大小，而是两种对立的逻辑状态。例如，"是"与"不是"，"通"与"断"等。0 和 1 的含义要根据所研究的具体事件来确定。

表 7-1 编码表

十进制数 \ 编码 \ 权	二进制码				二-十进制码					四位格雷码	步进码
					8421 码	2421 码	5421 码	余 3 码	格雷码	无权	无权
	2^3	2^2	2^1	2^0	8421	2421	5421	无权	无权	无权	无权
0	0	0	0	0	0000	0000	0000	0011	0000	0000	00000
1	0	0	0	1	0001	0001	0001	0100	0001	0001	00001
2	0	0	1	0	0010	$\binom{0010}{1000}$	0010	0101	0011	0011	00011
3	0	0	1	1	0011	$\binom{0011}{1001}$	0011	0110	0010	0010	00111
4	0	1	0	0	0100	$\binom{0100}{1010}$	0100	0111	0110	0110	01111
5	0	1	0	1	0101	$\binom{1011}{0101}$	$\binom{0101}{1000}$	1000	0111	0111	11111
6	0	1	1	0	0110	$\binom{1100}{0110}$	$\binom{0110}{1001}$	1001	0101	0101	11110
7	0	1	1	1	0111	$\binom{1101}{0111}$	$\binom{0111}{1010}$	1010	0100	0100	11100
8	1	0	0	0	1000	1110	1011	1011	1100	1100	11000
9	1	0	0	1	1001	1111	1100	1100	1000	1101	10000
10	1	0	1	0	10000	10000	10000	10011		1111	
11	1	0	1	1	10001	10001	10001	10100		1110	
12	1	1	0	0	10010	10010	10010	10101		1010	
13	1	1	0	1	10011	10011	10011	10110		1011	
14	1	1	1	0	10100	10100	10100	10111		1001	
15	1	1	1	1	10101	11011	10101	11000		1000	

① 基本的逻辑运算　基本的逻辑关系有三种：逻辑"与"、逻辑"或"、逻辑"非"。与之相对应，逻辑代数也有三种基本的运算，即"与"运算、"或"运算和"非"运算。

逻辑"与"运算可表示为 $F=A \cdot B$（其中的"·"表示逻辑乘，一般可以省略不写）。

逻辑"或"运算可表示为 $F=A+B$。

逻辑"非"运算可表示为 $F=\overline{A}$。

基本逻辑运算的法则如表 7-2 所示。

表 7-2 基本逻辑运算的法则

逻辑"与"	逻辑"或"	逻辑"非"
$A \cdot 1=A$	$A+0=A$	
$A \cdot 0=0$	$A+1=1$	$\overline{A}=A$
$A \cdot \overline{A}=0$	$A+\overline{A}=1$	
$A \cdot A=A$	$A+A=A$	

② 逻辑代数的基本定律　根据逻辑代数的基本运算法则，可以推导出如下基本定律，如表 7-3 所示。

表 7-3 基本定律

公式或定律	或运算	与运算
交换律	$A+B=B+A$	$A \cdot B=B \cdot A$
结合律	$A+B+C=(A+B)+C=A+(B+C)$	$A \cdot B \cdot C=(A \cdot B) \cdot C=A \cdot (B \cdot C)$
分配律	$A+BC=(A+B)(A+C)$	$A \cdot (B+C)=A \cdot B+A \cdot C$
反演律(摩根定律)	$\overline{A+B}=\overline{A} \cdot \overline{B}$	$\overline{A \cdot B}=\overline{A}+\overline{B}$
吸收律	$A+A \cdot B=A$	
	$A+\overline{AB}=A+B$	
冗余律	$AB+\overline{AC}+BC=AB+\overline{AC}$	

2）逻辑函数及其表示方法

① 逻辑函数的概念 如果将逻辑变量作为输入，将运算结果作为输出，那么当输入变量的取值确定之后，输出的值便被唯一地确定下来。这种输出与输入之间的关系就称为逻辑函数关系，简称为逻辑函数。

用公式表示为：$Y=F(A, B, C, D \cdots)$。这里的 A、B、C、D 为逻辑变量，Y 为逻辑函数，F 为某种对应的逻辑关系。

任何一件具有因果关系的事情都可以用一个逻辑函数来表示。

② 逻辑函数的表示方法 任何一个逻辑函数都有真值表、逻辑函数式、逻辑图和卡诺图四种表示方法。对于同一个逻辑函数，它的几种表示方法是可以相互转换的。用逻辑表达式、逻辑图和真值表三种形式表示的逻辑函数，其对应关系如表 7-4 所示。

由表 7-4 可以看出，用真值表来表示逻辑函数时，变量的各种取值与函数值之间的关系一目了然。在研究某事件的逻辑关系时，一般不容易看出其逻辑关系的逻辑表达式，但容易列出其真值表。因此，在对一个逻辑问题建立逻辑函数时，常常是先写出函数的真值表，由真值表再转换成函数的逻辑表达式。

表 7-4 常用逻辑函数的几种表示方法

逻辑函数	逻辑表达式	逻辑图	逻辑真值表					特点
逻辑"与"	$F=AB$	A —&— F B	A	0	0	1	1	A、B 全为1时，F 为1
			B	0	1	0	1	
			F	0	0	0	1	
逻辑"或"	$F=A+B$	A —≥1— F B	A	0	0	1	1	A、B 全为0时，F 为0
			B	0	1	0	1	
			F	0	1	1	1	
逻辑"非"	$F=\overline{A}$	A —1— F	A	0		1		F 与 A 状态相反
			F	1		0		
逻辑"与非"	$F=\overline{AB}$	A —&— F B	A	0	0	1	1	A、B 全为1时，F 为0
			B	0	1	0	1	
			F	1	1	1	0	
逻辑"或非"	$F=\overline{A+B}$	A —≥1— F B	A	0	0	1	1	A、B 全为0时，F 为1
			B	0	1	0	1	
			F	1	0	0	0	
逻辑"异或"	$F=\overline{A}B+A\overline{B}$	A —=1— F B	A	0	0	1	1	A、B 不同时，F 为1
			B	0	1	0	1	
			F	0	1	1	0	
逻辑"同或"	$F=AB+\overline{A}\,\overline{B}$	A —=1— F B	A	0	0	1	1	A、B 相同时，F 为1
			B	0	1	0	1	
			F	1	0	0	1	

③ **逻辑函数的化简**　最简的逻辑电路的逻辑表达式可使与之对应的逻辑电路为最简单，从而实现完成同一逻辑功能下的逻辑电路所使用的元器件数量减少，降低成本，提高电路工作的可靠性和稳定性。

最简表达式的要求如下。

a. 乘积项的个数应最少，可使逻辑电路所用的门电路的个数最少。

b. 乘积项中的变量应最少，可使逻辑电路所用的门电路的输入端最少。

化简的方法主要有公式化简法和卡诺图化简法。这里仅介绍公式化简法。

公式化简法是以上述的基本运算法则和基本定律为基础，推出一些常用公式（如表 7-5 所示），去化简逻辑表达式。这些公式的使用频率非常高，直接运用这些常用公式，可以给逻辑函数化简带来很大方便。在化简逻辑函数时，要灵活应用上述方法，才能将逻辑函数化为最简。下面举几个例子。

表 7-5　逻辑代数的常用公式

表　达　式	含　　义	方法说明
$A+AB=A$	在一个与或表达式中，若其中一项包含了另一项，则该项是多余的	吸收法
$A+\overline{A}B=A+B$	两个乘积项相加时，若一项取反后是另一项的因子，则此因子是多余的	消因子法
$A\overline{B}+AB=A$	两个乘积项相加时，若两项中除去一个变量相反外，其余变量都相同，则可用相同的变量代替这两项	并项法
$AB+\overline{A}C+BC=AB+\overline{A}C$	若两个乘积项中分别包含了 A、$\overline{A}$ 两个因子，而这两项的其余因子组成第三个乘积项时，则第三个乘积项是多余的，可以去掉	消项法
$\overline{AB+\overline{A}C}=A\overline{B}+\overline{A}C$	在一个与或表达式中，如其中一项含有某变量的原变量，另一项含有此变量的反变量，那么将这两项其余部分各自求反，则可得到这两项的反函数	求反函数法

【例 7-2】　化简图 7-2（a）所示的门电路。

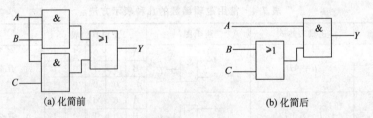

(a) 化简前　　　　　　　(b) 化简后

图 7-2　例 7-2 图

根据图 7-2（a）有

$$Y=AB+AC=A(B+C)$$

所以，经化简后得 $Y=A(B+C)$ 及逻辑门电路，如图 7-2(b) 所示。

【例 7-3】　化简图 7-3(a) 所示的门电路。

根据图 7-3(a) 有

$$
\begin{aligned}
Y &= AB+\overline{A}\overline{C}+B\overline{C} \\
&= AB+\overline{A}\overline{C}+(A+\overline{A})B\overline{C} \\
&= AB+\overline{A}\overline{C}+AB\overline{C}+\overline{A}B\overline{C} \\
&= AB+AB\overline{C}+\overline{A}\overline{C}+\overline{A}B\overline{C} \\
&= AB+\overline{A}\overline{C}
\end{aligned}
$$

所以，经化简后得 $Y=AB+\overline{A}\,\overline{C}$ 及逻辑门电路，如图7-3（b）所示。

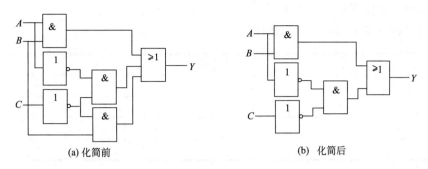

(a) 化简前   (b) 化简后

图7-3 例7-3图

思考题

1. 练习几种数制的转换

① 将下列十进制数转换成二进制数。

$$95，15$$

② 将下列二进制数转换成十进制数。

$$111001，1010111，11001101$$

2. 查找资料填写表7-6

表7-6 学习单：按输出信号的类型对数控机床上的传感器进行分类

序号	输出模拟信号的传感器	输出数字信号的传感器
1	电磁式传感器	光栅尺
2		
3		
4		
5		
6		

工作任务

认识模拟信号与数字信号的不同

1. 工作描述

设计以额定电压5V的灯泡为例的简单电路，来说明模拟信号与数字信号的不同。

2. 设计方案

① 5V灯泡采用模拟控制方式的电路，用可变电阻式开关旋转于低电压位置时，小电流流过灯泡，使得灯泡微亮。当开关逐步转至5V高压位置时，流经灯泡的电流增加，就会使灯泡亮度增加。这种电压变化信号称作模拟式电压信号。

② 5V灯泡采用数字控制方式的电路，将控制开关改成一个ON/OFF开关。当开关置于OFF位置时，灯泡中无电流流过，故灯不亮。当开关转换至ON位置时，5V电压信号被送入灯泡，灯泡流过最大电流，灯泡最亮。假如开关转换至OFF，则灯泡熄灭。这种开关只在0V/5V或高低两种状态转换的电压变化方式就是所谓的数字信号。如果控制开关快速地在ON-OFF间切换，则灯泡便接收到一方波数字电压信号。

3. 工作目标

① 分析两个电路的工作特点；

② 画出模拟式电压信号和数字式电压信号；

③ 按电路图连接电路，作出工作计划。

序　号	工作步骤	工具/材料
1		
2		
3		
4		

4. 工作评价

小组讨论，老师给出评价表

能　力	评　价	分　数
专业能力		
工作方法		
合作能力		
交流能力		

5. 学习体会

序　号	问　题	备　注
1	你对哪种电路最有兴趣？为什么？	
2	说出生活中常用的几种模拟和数字电路。	

7.2　基本门电路与组合逻辑电路

探索与发现

德摩根（Augeutus De Morgan，1806—1871 年），英国数学家、逻辑学家，剑桥大学毕业，长期任伦敦大学教授，英国皇家学会会员，伦敦数学会首任会长。在逻辑学方面，他发展了一套适合推理的符号，并首创关系逻辑的研究。他提出了"论域"概念，并以代数的方法研究逻辑的演算，建立了著名的摩根定律，这成为后来布尔代数的先声。他更对关系的种类及性质加以分析，对关系命题及关系推理有所研究，从而推出一些逻辑的规律及定理，突破古典的主谓词逻辑的局限，这些均影响到后来数理逻辑的发展。1874 年出版《形式逻辑》一书，用代数方法进行演算，并把关系区别为不同逻辑性质的演算，提出著名的摩根定律。

学习要点

1. 掌握基本门电路；

2. 了解组合逻辑电路的分析与设计方法；

3. 熟悉常用的组合逻辑电路。

（1）正逻辑

数字信号的特点是不随时间连续变化，即信号的变化只发生在一系列离散的瞬间，信号的数值是阶跃变化的。数字信号只有两种状态：高电平、低电平，或者有信号、无信号。在数字电路中，通常把这两种状态用两个符号来表示，即"1"和"0"，也即逻辑1和逻辑0。高电平或有信号用"1"表示，低电平或无信号用"0"表示，这称为正逻辑；相反，低电平或无信号用"1"表示，高电平或有信号用"0"表示，这称为负逻辑。在数字电路的逻辑设计中，有时用正逻辑，有时用负逻辑，一般无特殊声明时，一律采用正逻辑。

（2）门电路

数字电路的基本部分是各种开关电路。这些电路能按照给定的条件决定是否让信号通过，好像门一样按一定的条件"开"和"关"，所以又称为"门"电路。

（3）"逻辑"门电路

门电路一般有多个输入端，一个输出端。其输入的条件与输出的结果之间符合一定的规律性。事物的条件与结果之间的逻辑性称为逻辑。所以门电路又称为"逻辑"门电路。基本的逻辑关系有"与"逻辑、"或"逻辑、"非"逻辑，对应的门电路有"与"门电路、"或"门电路、"非"门电路，简称"与"门、"或"门、"非"门。

（4）组合逻辑电路

组合逻辑电路是由基本的逻辑门电路组合而成，其主要特点是：电路在任何时刻的输出状态只与该时刻的输入状态有关，而与先前的输入状态无关。

在数控机床设备中，信号分为模拟信号、数字信号，信号经处理输入控制及信息处理单元进行逻辑运算处理，将信号整形放大处理，才能成为驱动伺服系统的信号。信号在输入控制及信息处理单元中要进行组合逻辑和时序逻辑运算，这就需要两个电路来完成运算控制任务，这两个电路就是组合逻辑电路和时序逻辑电路。

7.2.1 基本门电路

基本逻辑门电路有"与"门、"或"门和"非"门。

（1）与门电路

① 与逻辑的定义　当决定某一事件的所有条件都具备时该事件才会发生，这种因果关系称为与逻辑关系。

如图 7-4 所示电路，用两个开关 S_1、S_2 串联控制照明灯的亮暗。只有当 S_1、S_2 都闭合时，照明灯才会亮，若有一个开关不闭合，灯都不会亮。这种因果关系即符合与逻辑关系。

② 与门电路和符号　图 7-5 为二极管组成的与门电路及逻辑符号。图中，A、B 表示输入逻辑变量，F 表示输出逻辑变量。分析时把二极管看成理想二极管，即正向导通时的管压降看成 0V。分析可知，只有当两个输入端都是高电位（也称为高电平）时，输出才是高电位，只要有一个输入端为低电位（也称为低电平）时，输出就是低电位。

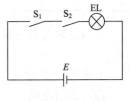

图 7-4　与逻辑举例

③ 与门真值表　若用 0 表示低电平，1 表示高电平，将门电路输入与输出之间的逻辑关系列成表格，称为真值表。与门真值表如表 7-7 所示。

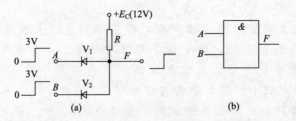

图7-5　与门电路和符号

表7-7　与门真值表

A	B	F	A	B	F
0	0	0	1	0	0
0	1	0	1	1	1

④ 与门逻辑表达式　与门逻辑关系可概括为"有0出0，全1出1"，其逻辑表达式为

$$F = AB$$

上式读作 F 等于 A 与 B。

（2）或门电路

图7-6为二极管组成的或门电路及逻辑符号。

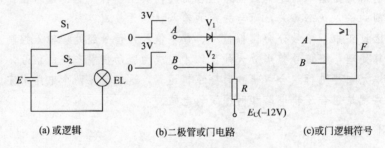

(a) 或逻辑　　　(b)二极管或门电路　　　(c)或门逻辑符号

图7-6　或门电路及符号

分析可知：只要有一个输入端为高电平时，输出就是高电平，只有当输入端全为低电平时，输出才是低电平。或门真值表如表7-8所示。

表7-8　或门真值表

A	B	F	A	B	F
0	0	0	1	0	1
0	1	1	1	1	1

或门逻辑关系可概括为"全0出0，有1出1"，其逻辑表达式为

$$F = A + B$$

上式读作 F 等于 A 或 B。

（3）非门电路

非门电路又称反相器。图7-7为三极管构成的非门电路及逻辑符号。

分析可知：输入端为低电平时，三极管截止，输出为高电平；输入端为高电平时，三极管饱和导通，输出为低电平。非门真值表如表7-9所示。

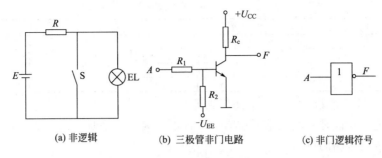

(a) 非逻辑　　　　　(b) 三极管非门电路　　　　(c) 非门逻辑符号

图 7-7 非门电路及符号

表 7-9 非门真值表

A	F	A	F
0	1	1	0

非门逻辑关系可概括为"入 0 出 1，入 1 出 0"，其逻辑表达式为

$$F = \overline{A}$$

上式读作 F 等于 A 非（或 A 反）。

7.2.2 组合逻辑电路的分析与设计

（1）组合逻辑电路的分析

组合逻辑电路的分析，就是对给定的组合逻辑电路进行逻辑描述，写出它的逻辑关系表达式以确定该电路的功能，或提出改进方案。

组合逻辑电路分析的一般步骤如下。

① 根据给定电路的逻辑结构，逐级写出每个门电路的输入、输出关系式，最后得到整个电路的输入、输出关系式。

② 用公式法或卡诺图法化简这个逻辑关系表达式。

③ 将各种可能的输入状态组合代入简化的表达式中进行逻辑计算，求出真值表。

④ 根据真值表，确定电路的逻辑功能或改进方案。有时逻辑功能难以用简练的语言描述，此时列出真值表即可。

下面举例说明。

【例 7-4】 试分析图 7-8 所示电路的逻辑功能。

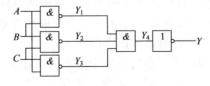

图 7-8 例 7-4 图

解 ① 根据数字逻辑电路写出输出表达式

$$Y_1 = \overline{AB}, Y_2 = \overline{BC}, Y_3 = \overline{AC}, Y_4 = Y_1 Y_2 Y_3$$

$$Y = \overline{Y_4} = \overline{Y_1 Y_2 Y_3} = \overline{\overline{AB} \cdot \overline{BC} \cdot \overline{AC}}$$

化简得 $Y = \overline{\overline{AB} \cdot \overline{BC} \cdot \overline{AC}} = \overline{\overline{AB}} + \overline{\overline{BC}} + \overline{\overline{AC}} = AB + BC + AC$

② 根据输出表达式列出真值表（见表 7-10）

表 7-10 真值表

A	B	C	Y	A	B	C	Y
0	0	0	0	1	0	0	0
0	0	1	0	1	0	1	1
0	1	0	0	1	1	0	1
0	1	1	1	1	1	1	1

③ 根据真值表可推断出该电路的逻辑功能。

该电路的逻辑功能是：输入信号中有两个或以上为高电平时，输出就为高电平。

（2）组合逻辑电路的设计

组合逻辑电路的设计与分析相反，它是由给定的逻辑功能或逻辑要求，求得实现这个功能或要求的逻辑电路。

组合逻辑电路设计的一般步骤如下。

① 分析设计要求，设定输入变量和输出变量，对它们进行状态赋值（即规定输入、输出变量的 0、1 两种逻辑状态的具体含义）。

② 根据逻辑功能列真值表。

③ 根据真值表写出输出函数的最小项表达式，用卡诺图法或公式法进行化简，并转换成命题所要求的逻辑函数表达式形式。

④ 画出与所得表达式相对应的逻辑电路图。

如图 7-9 所示。

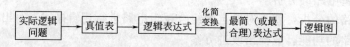

图 7-9 组合逻辑电路设计的一般步骤

需要指出的是，上述步骤并非是固定不变的，可以根据具体情况灵活采用上述几步。此外，还需注意以下几点。

① 状态赋值不同，输入、输出之间的逻辑关系也不同，得到的真值表也不同。

② 应从工程实际出发，尽量减少设计电路所需元件的数量和品种。

③ 提倡尽量采用集成门电路和现有各种通用集成电路进行逻辑设计，用通用集成门电路构成的逻辑电路无论是在可靠性方面，还是在性价比方面都有许多优势。

④ 由于逻辑函数的表达式不是唯一的，因此，实现同一逻辑功能的电路也是多样的。在成本相同的情况下，应尽量采用较少的芯片。

下面将通过组合逻辑电路设计的实例来说明上述步骤的具体实现过程。

【例 7-5】 设计一个 3 人表决电路，结果按"少数服从多数"的原则决定。

解 ① 根据设计要求建立该逻辑函数的真值表。

设 3 人的意见为变量 A、B、C，表决结果为函数 L。对变量及函数进行如下状态赋值：对于变量 A、B、C，设同意为逻辑"1"；不同意为逻辑"0"。对于函数 L，设事情通过为逻辑"1"；没通过为逻辑"0"。列出真值表如表 7-11 所示。

表 7-11 真值表

A	B	C	L	A	B	C	L
0	0	0	0	1	0	0	0
0	0	1	0	1	0	1	1
0	1	0	0	1	1	0	1
0	1	1	1	1	1	1	1

② 由真值表写出逻辑表达式 $L=\overline{A}BC+A\overline{B}C+AB\overline{C}+ABC$

③ 该逻辑式不是最简，化简后可得到最简结果 $L=AB+BC+AC$。

④ 画出逻辑图如图 7-10 所示。

如果要求用与非门实现该逻辑电路，就应将表达式转换成与非-与非表达式，即

$$L=AB+BC+AC=\overline{\overline{AB}\cdot\overline{BC}\cdot\overline{AC}}$$

画出逻辑图如图 7-11 所示。

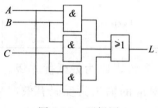

图 7-10　逻辑图

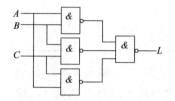

图 7-11　用与非门实现的逻辑图

7.2.3　常用的组合逻辑电路

（1）编码器

编码就是将特定含义的输入信号（文字、数字、符号）转换成二进制代码的过程。实现编码操作的数字电路称为编码器。汽车上，传感器采集的信号，首先要经过编码器转换成 ECU 能够识别的二进制代码，然后再送到 ECU 处理。

普通编码器在任意时刻仅允许一路输入有效，优先编码器允许同时在几个输入端有多个信号，编码器对所有的输入信号按优先顺序排队，只对同时输入的几个信号中优先权最高的一个进行编码。常用的 8 线-3 线优先编码器有 74LS148，10 线-4 线 8421 BCD 优先编码器有 74LS147，CC40147 等。

10 线-4 线集成优先编码器，常见型号为 74147、74LS147，8 线-3 线常见型号为 74148、74LS148。

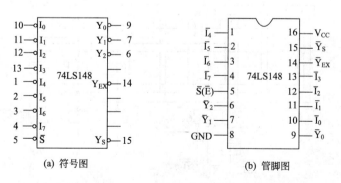

图 7-12　74LS148 优先编码器

74LS148 8 线-3 线优先编码器如图 7-12 所示。图中，$\overline{I}_0\sim\overline{I}_7$ 为输入信号端，$\overline{Y}_0\sim\overline{Y}_2$ 是三个输出端，$\overline{S}$ 是输入使能端，$\overline{Y}_S$ 和 $\overline{Y}_{EX}$ 是用于扩展功能的输出端。74LS148 的功能如表 7-12 所示。

表 7-12　优先编码器 74LS148 的功能表

输入使能端 $\overline{S}$	输　入								输　出			扩展输出	使能输出
1	×	×	×	×	×	×	×	×	1	1	1	1	1
0	1	1	1	1	1	1	1	1	1	1	1	1	0
0	0	×	×	×	×	×	×	×	0	0	0	0	1
0	1	0	×	×	×	×	×	×	0	0	1	0	1
0	1	1	0	×	×	×	×	×	0	1	0	0	1
0	1	1	1	0	×	×	×	×	0	1	1	0	1
0	1	1	1	1	0	×	×	×	1	0	0	0	1
0	1	1	1	1	1	0	×	×	1	0	1	0	1
0	1	1	1	1	1	1	0	×	1	1	0	0	1
0	1	1	1	1	1	1	1	0	1	1	1	0	1

在表 7-12 中，输入 $I_0 \sim I_7$ 低电平有效，I_7 为最高优先级，I_0 为最低优先级。即为 $\overline{I_7} = 0$，不管其他输入端是 0 还是 1，输出只对 I_7 编码，且对应的输出为反码有效，$\overline{Y_2}\,\overline{Y_1}\,\overline{Y_0} = 000$。$\overline{S}$ 为使能输入端，只有 $\overline{S} = 0$ 时编码器工作，$\overline{S} = 1$ 时编码器不工作。$\overline{Y_S}$ 为使能输出端。当 $\overline{S} = 0$ 允许工作时，如果 $\overline{I_0} \sim \overline{I_7}$ 端有信号输入，$\overline{Y_S} = 1$；若 $\overline{I_0} \sim \overline{I_7}$ 端无信号输入，$\overline{Y_S} = 0$。$\overline{Y_{EX}}$ 为扩展输出端，当 $\overline{S} = 0$ 时，只要有编码信号，$\overline{Y_{EX}}$ 就是低电平。

（2）译码器

译码器是编码器的逆过程，它将每一个代码的信息"翻译"出来，即将每一个代码翻译成的一个特定的输出信号，以表示其原意。能完成这种功能的逻辑电路称为译码器。汽车电子防盗系统中，遥控器将按键信息编码后发射出去，接收器接收到信号后，要经过译码器，将信号"翻译"成 ECU 能够识别的信号，经 ECU 处理后，发出相应的执行指令。

译码器种类很多，可分为二进制译码器、二-十进制译码器和显示译码器。

1）3 线-8 线译码器　3 线-8 线译码器属中规模集成通用译码器。其逻辑图如图 7-13，真值表如表 7-13 所示。它除了有 3 个二进制代码 $A_0 \sim A_2$ 输入端外，还用 3 个控制输入端 ST_A、$\overline{ST_B}$、$\overline{ST_C}$、作为扩展功能或级联时使用，称片选端。

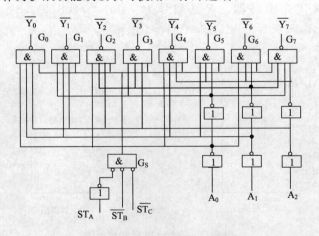

图 7-13　CT74LS138 译码器的逻辑图

由表 7-13 可见，片选控制端 $ST_A = 0$ 时，译码器停止译码，输出端全部为高电平（该译码器有效输出电平为低电平）。$ST_A = 1$，$\overline{ST_B} = \overline{ST_C} = 1$ 时译码器也不工作，输出端仍为高电平。$ST_A = 1$，$\overline{ST_B} = \overline{ST_C} = 0$ 时，译码器才开始译码。

表 7-13　CT74LS138 的真值表

输　　入						输　　出							
ST_A	$\overline{ST_B}$	$\overline{ST_C}$	A_2	A_1	A_0	$\overline{Y_0}$	$\overline{Y_1}$	$\overline{Y_2}$	$\overline{Y_3}$	$\overline{Y_4}$	$\overline{Y_5}$	$\overline{Y_6}$	$\overline{Y_7}$
0	×	×	×	×	×	1	1	1	1	1	1	1	1
×	1	1	×	×	×	1	1	1	1	1	1	1	1
1	0	0	0	0	0	0	1	1	1	1	1	1	1
1	0	0	0	0	1	1	0	1	1	1	1	1	1
1	0	0	0	1	0	1	1	0	1	1	1	1	1
1	0	0	0	1	1	1	1	1	0	1	1	1	1
1	0	0	1	0	0	1	1	1	1	0	1	1	1
1	0	0	1	0	1	1	1	1	1	1	0	1	1
1	0	0	1	1	0	1	1	1	1	1	1	0	1
1	0	0	1	1	1	1	1	1	1	1	1	1	0

2）显示译码器　数字显示电路是数字系统的重要组成部分。显示译码器主要由译码器和驱动器组成，常见的七段数字显示器有半导体数码显示器（1ED）和液晶显示器（LCD）等。这种显示器由七段可发光的字段组合而成。

① 七段半导体数码显示器。半导体数码显示器（或称 LED 数码管）的基本单元是 PN 结，目前较多采用磷砷化镓做成的 PN 结，当外加正向电压时，就能发出清晰的光线。单个 PN 结可以封装成发光二极管，多个 PN 结可以按分段式封装成半导体数码管。

半导体数码管将十进制数码分成七个字段，每段为一发光二极管，其字形结构如图 7-14（b）所示。选择不同字段发光，可显示出不同的字形。例如，当 a、b、c、d、e、f、g 七个字段全亮时，显示出 8，b、c 段亮时，显示出 1。

半导体数码管中七个发光二极管有共阴极和共阳极两种接法，如图 7-15 所示。前者某一字段接高电平时发光；后者接低电平时发光。使用时每个管要串联限流电阻。

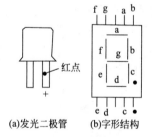

(a)发光二极管　(b)字形结构

图 7-14　七段半导体
数码显示器

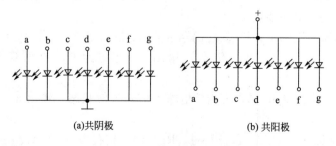

(a)共阴极　　　　　　(b) 共阳极

图 7-15　半导体数码管两种接法

半导体数码显示器的优点是工作电压低、体积小、寿命长、工作可靠性高、响应速度快、亮度高。它的缺点是工作电流大，每个字段的工作电流约为 10mA 左右。

② 液晶显示器。液晶是液态晶体的简称。它是既具有液体的流动性，又具有某些光学特性的有机化合物，其透明度和颜色受外加电场的控制，利用这一特点，可做成电场控制的七段液晶数码显示器，如将液晶的七个电极做成 8 字形，则只要将七个电极上按七段字形的不同组合加上电压，便可显示出相应的数字。

液晶显示器的优点是功耗极小，工作电压低。缺点是显示不够清晰，响应速度慢。

③ 七段显示译码器。七段显示译码器的功能是把"8421"二-十进制代码译成对应于数码管的七个字段信号，驱动数码管，显示出相应的十进制数码。如果采用共阳极数码管，则七段显示译码器的功能表如表 7-14 所示；如采用共阴极数码管，则输出状态应和表 7-14 所示的相反，即 1 和 0 对换。

表 7-14　74LS247 型七段显示译码器的功能表

功能和十进制数	输　入							输　出							显示
	$\overline{LT}$	$\overline{RBI}$	$\overline{BI}$	A_3	A_2	A_1	A_0	$\overline{a}$	$\overline{b}$	$\overline{c}$	$\overline{d}$	$\overline{e}$	$\overline{f}$	$\overline{g}$	
试灯	0	×	1	×	×	×	×	0	0	0	0	0	0	0	8
灭灯	×	×	0	×	×	×	×	1	1	1	1	1	1	1	全灭
灭0	1	0	1	0	0	0	0	1	1	1	1	1	1	1	灭0
0	1	1	1	0	0	0	0	0	0	0	0	0	0	1	0
1	1	×	1	0	0	0	1	1	0	0	1	1	1	1	1
2	1	×	1	0	0	1	0	0	0	1	0	0	1	0	2
3	1	×	1	0	0	1	1	0	0	0	0	1	1	0	3
4	1	×	1	0	1	0	0	1	0	0	1	1	0	0	4
5	1	×	1	0	1	0	1	0	1	0	0	1	0	0	5
6	1	×	1	0	1	1	0	1	1	0	0	0	0	0	6
7	1	×	1	0	1	1	1	0	0	0	1	1	1	1	7
8	1	×	1	1	0	0	0	0	0	0	0	0	0	0	8
9	1	×	1	1	0	0	1	0	0	0	1	1	0	0	9

表 7-14 所列举的是 741S247 型译码器的功能表，图 7-16 是它的外引线排列图。它有四个输入端 A_0、A_1、A_2、A_3 和七个输出端 $\overline{a}\sim\overline{g}$（低电平有效），后者接七段数码管。此外，还有三个输入控制端，其功能如下。

a. 试灯输入端 $\overline{LT}$。用来检验数码管的七段是否正常工作。当 $\overline{BL}=1$，$\overline{LT}=0$ 时，无论 A_0、A_1、A_2、A_3 为何状态，输出 $\overline{a}\sim\overline{g}$ 均为 0，数码管七段全亮，显示"8"字。

b. 灭灯输入端 $\overline{BI}$。当 $\overline{BI}=0$，无论其他输入信号为何状态，输出 $\overline{a}\sim\overline{g}$ 均为 1，七段全灭，无显示。

c. 灭0输入端 $\overline{RBI}$。当 $\overline{LT}=1$，$\overline{BI}=1$，$\overline{RBI}=0$，只有当 $A_3A_2A_1A_0=0000$，输出 $\overline{a}\sim\overline{g}$ 均为 1，不显示"0"字；这时，如果 $\overline{RBI}=1$，则译码器正常输出，显示"0"。当 $A_3A_2A_1A_0$ 为其他组合时，不论 $\overline{RBI}$ 为 0 或 1，译码器均可正常输出。此输入控制信号常用来消除无效 0。例如，可消除 000.001 前两个 0，则显示出 0.001。

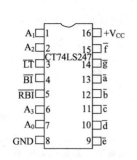

图 7-16　74LS247 型译码器的外引线排列图

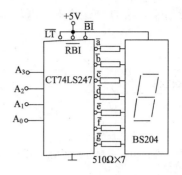

图 7-17　七段译码器和数码管的连接图

三个输入控制端均为低电平有效，在正常工作时均接高电平。图 7-17 是 CT74LS247 型译码器和共阳极 BS204 型半导体数码管的连接图。

（3）数据选择器和数据分配器

① 数据选择器　数据选择器又称多路选择器、多路开关。数据选择器按要求从多路输入选择一路输出，根据输入端的个数分为四选一、八选一等，功能如图 7-18 所示的单刀多位开关。

74LS151 是一种典型的集成电路数据选择器。如图 7-19 所示是 74LS151 的管脚排列图。它有三个地址输入端 A_2、A_1、A_0。可选择 $D_0 \sim D_7$ 八个数据，具有两个互补输出端 W 和 $\overline{W}$。其功能如表 7-15 所示。

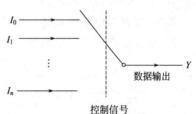

图 7-18　数据选择器示意图

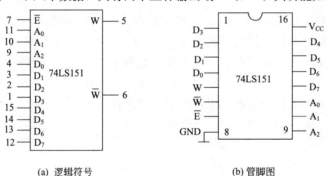

(a) 逻辑符号　　　　　　(b) 管脚图

图 7-19　74LS151　数据选择器

表 7-15　74LS151 的功能表

$\overline{E}$	A_2	A_1	A_0	W	$\overline{W}$	$\overline{E}$	A_2	A_1	A_0	W	$\overline{W}$
1	×	×	×	0	1	0	1	0	0	D_4	$\overline{D_4}$
0	0	0	0	D_0	$\overline{D_0}$	0	1	0	1	D_5	$\overline{D_5}$
0	0	0	1	D_1	$\overline{D_1}$	0	1	1	0	D_6	$\overline{D_6}$
0	0	1	0	D_2	$\overline{D_2}$	0	1	1	1	D_7	$\overline{D_7}$
0	0	1	1	D_3	$\overline{D_3}$						

② 数据分配器　数据分配是数据选择的逆过程，功能如图 7-20 所示的单刀多位开关。将译码器的使能端作为数据输入端，二进制代码输入端作为地址信号输入端使用时，则译码器便成为一个数据分配器。

图 7-21 所示为 3 线-8 线译码器 CT74LS138 构成的 8 路数据分配器。图中，$A_2 \sim A_0$ 为地址信号时，$\overline{Y_0} \sim \overline{Y_7}$ 为数据输出端，可从使能端 ST_A、$\overline{ST_B}$、$\overline{ST_C}$ 中选一个作为数据输入端 D。如 $\overline{ST_B}$ 或 $\overline{ST_C}$ 作为数据输入端 D 时，输出原码，接法如图 7-21（a）所示，如 ST_A

作为数据输入端 D 时，输出反码，接法如图 7-21（b）所示。

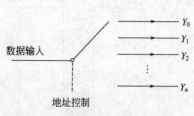

图 7-20　数据分配器的示意图

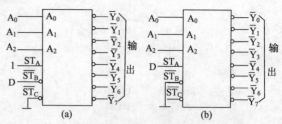

图 7-21　3 线-8 线译码器 CT74LS138
构成的 8 路数据分配器

练习题

1. 什么叫组合逻辑电路的分析？
2. 组合逻辑电路的设计一般分几步完成？是哪几步？
3. 写出基本逻辑门电路的表达式（表 7-16）

表 7-16　学习单：逻辑门电路表达式及逻辑符号

门电路	表达式	逻辑符号
与门		
或门		
非门		

工作任务

电工小李所在的工厂有车（简称 C）、铣（简称 X）、磨（简称 M）三个加工车间，为了生产需要工厂配有自备电站，站内两台发电机 A 和 B，A 的容量是 B 的两倍。现 A 电机正好满足作为车削加工车间的备用电源，B 电机正好满足作为铣、磨削加工车间的备用电源。工厂为了节省空间，将 A、B 两电机安放到了一起，厂长要求电工小李对 A、B 电机联网控制，并绘制对三个工厂的两个发电机工作控制的逻辑状态表。

请帮助电工小李完成厂长交办的工作任务。

	导　向	1.	提取发电机铭牌信息并作记录。				
		2.	提取车、铣、磨床铭牌及台数信息并作记录。				
	信　息	3.	根据车、铣、磨床铭牌及台数信息，计算三个车间的功率需求。				
		4.	根据发电机铭牌信息提供功率，计算验证是否符合 A 电机正好满足作为车削加工车间的备用电源，B 电机正好满足作为铣、磨削加工车间的备用电源。				
	计　划	5.	三个工厂的两台发电机工作控制的逻辑状态表计划。				
			C	X	M	A	B
		6.	由逻辑状态表写出逻辑式并化简，由逻辑式画出逻辑图。				
		7.	设计控制电路图。				
	实　施	8.	根据设计的控制电路图连接部件。				
			序号	工作步骤	工具和辅助设备		
			……				
	检　查	9.	操纵相应开关，对你设计并安装的联网控制系统进行可靠性检查。				

7.3　触发器与时序逻辑电路

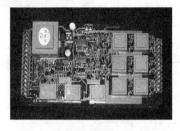

三相晶闸管触发器

在上节的学习中，组合逻辑电路的输出变量状态完全由当时的输入变量的组合状态决定，与电路的原来状态无关，也就是组合逻辑电路不具备记忆功能，而在数字系统中，经常要用到能存储数字信息的电路，而触发器就具有这种记忆功能。

触发器有两个基本特性：① 它有两个稳定状态，可分别用来表示二进制数码 0 和 1；② 在输入信号的作用下，触发器的两个稳定状态可互相转换，输入信号消失后，已转换的稳定状态可长期保持下来，这就使得触发器能够记忆二进制信息，常用作二进制存储信息。因此，它是一个具有记忆功能的基本逻辑电路，应用很广泛。

触发器由门电路组成，它有一个或多个输入端，有两个互补输出端，分别用 Q 和 $\overline{Q}$ 表示。通常用 Q 端的输出状态来表示触发器的状态。当 $Q=1$、$\overline{Q}=0$ 时，称为触发器的 1 状态，记为 $Q=1$；当 $Q=0$、$\overline{Q}=1$ 时，称为触发器的 0 状态，记为 $Q=0$。

触发器按照电路结构形式不同，可分为基本 RS 触发器、同步触发器、主从触发器等；按照在时钟脉冲操作下逻辑功能的差异，可分为 RS 触发器、D 触发器、JK 触发器、T 触发器和 T′ 触发器五种类型。

学习要点

1. 掌握触发器的组成、工作原理及逻辑功能；

2. 掌握常用的时序逻辑电路。

7.3.1　触发器

（1）基本 RS 触发器

① 基本 RS 触发器的电路组成　由两个与非门输入与输出交叉反馈耦合组成的基本 RS 触发器电路，其逻辑图如图 7-22（a）所示，图（b）为其逻辑符号。$\overline{R}_D$ 和 $\overline{S}_D$ 为信号输入端，它们上面的非号表示低电平有效，在逻辑符号中用小圆圈表示。由于正常情况下与非门 G_1 和与非门 G_2 的输出总是相反的，故一端用 Q 表示，另一端用 $\overline{Q}$ 表示。

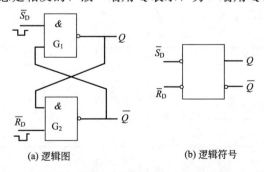

(a) 逻辑图　　　　　　　　　(b) 逻辑符号

图 7-22　基本 RS 触发器

② 基本 RS 触发器的逻辑功能　所谓逻辑功能指触发器输出状态依赖其输入状态的逻辑

关系。

由于有两个信号输入端，因此输入信号有四种不同的组合：$\overline{R}_D=0$，$\overline{S}_D=1$；$\overline{R}_D=1$，$\overline{S}_D=0$；$\overline{R}_D=\overline{S}_D=1$；$\overline{R}_D=\overline{S}_D=0$。上述四种情况，可列出如表 7-17 所示的真值表。

表 7-17 基本 RS 触发器真值表

$\overline{R}_D$	$\overline{S}_D$	Q	$\overline{Q}$	功 能 说 明
0	1	0	0	直接置0(复位)
1	0	1	0	直接置1(置位)
1	1	原态	原态	保持原状态
0	0	1	1	触发负脉冲同时撤除后,状态不稳定

（2）同步 RS 触发器

基本 RS 触发器的输出状态直接受 $\overline{R}_D$、$\overline{S}_D$ 信号控制，只要触发信号一到，Q（$\overline{Q}$）端的状态立即改变。在实际应用中，为了扩大其逻辑功能，还要求按一定时间节拍把输入触发信号反映到输出端，需再增加一个时钟脉冲（CP）输入端，其电路及逻辑符号如图 7-23 所示。

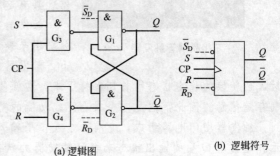

(a) 逻辑图　　(b) 逻辑符号

图 7-23　同步 RS 触发器

1）电路的特点

① 当时钟脉冲 CP＝0 时，不管 R、S 端信号如何，其输出状态都不会改变。因为 CP＝0，将门 G_3 和门 G_4 封锁了，门 G_3 和门 G_4 输出总为 1，即相当于由门 G_1 和门 G_2 组成的基本 RS 触发器的 $\overline{R}_D$、$\overline{S}_D$ 信号都为 1，由基本 RS 触发器的功能可知，输出状态不变。

② 当 CP＝1 时，R、S 信号才能通过门 G_3 和门 G_4 起触发作用。因此，同步 RS 触发器具有在 CP 从 0 变为 1（即 CP 的上升沿）时才能翻转的特点。

③ CP 只控制触发器翻转的时间，至于 CP 的上升沿到来以后触发器翻转成什么状态，则是由 R、S 信号决定的。由于基本 RS 触发器是 0 电平起作用，故作用于门 G_3 和门 G_4 的触发信号，经过一级与非门的反相，同步 RS 触发器是 1 电平起触发作用。

2）逻辑功能

① $R＝0$，$S＝1$：当 CP 从 0 变为 1 时，不管 Q 的原态如何，都有 $Q＝1$，$\overline{Q}＝0$。

② $R＝1$，$S＝0$：当 CP 上升沿到来后，输出为 $Q＝0$，$\overline{Q}＝1$。

③ $R＝S＝0$：无论 CP 上升沿到来与否，触发器状态不变。

④ $R＝S＝1$：输出状态不定。

归纳以上分析，可得同步 RS 触发器真值表（表 7-18）。

表 7-18　同步 RS 触发器真值表

R	S	Q^n	Q^n+1	功能说明
0	1	0	1	次态从 S
		1	1	同步置1
1	0	0	0	次态从 S
		1	0	同步置0
0	0	0	0	保持原态
		1	1	
1	1	0	×	不定
		1	×	

3）特征方程　特性方程是触发器次态输出与原态及输入间关系的逻辑表达式。同步 RS 触发器的特性方程为

$$Q^{n+1}=S+\overline{R}Q^n$$
$$RS=0$$

（3）同步 D 触发器

① 电路的结构特点　RS 逻辑功能存在着 $R=S=1$ 时次态不定的不完善性，D 触发器是针对这个问题的一种改进电路，可在 R 和 S 之间接入非门 G_5，如图 7-24（a）所示，这种单输入的触发器称为 D 触发器。同步 D 触发器是由 RS 触发器演变成的，是 $R=\overline{S}$ 条件下的特例。图 7-24（b）所示为其逻辑符号。

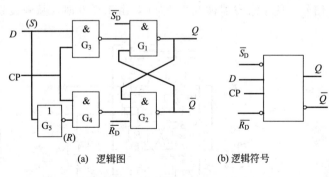

(a)　逻辑图　　　　　(b) 逻辑符号

图 7-24　同步 D 触发器

② 逻辑功能　在 CP＝0 时，G_3 和 G_4 被封锁都输出 1，触发器保持原状态不变，不受 D 端输入信号的控制。

在 CP＝1 时，G_3 和 G_4 解除封锁，可接收 D 端输入的信号。如 $D=1$ 时，$\overline{D}=0$，触发器翻转到 1 状态，即 $Q^{n+1}=1$；如 $D=0$ 时，$\overline{D}=1$，触发器翻转到 0 状态，即 $Q^{n+1}=0$。由此可列出表 7-19D 触发器的真值表。

表 7-19　同步 D 触发器真值表

D	Q^n	Q^{n+1}	功能说明
0	×	0	次态从 D
1	×	1	次态从 D

③ 特性方程　D 触发器次态 Q^{n+1} 仅取决于控制输入端 D，而与原态无关，其特性方程为
$$Q^{n+1}=D$$

（4）主从 JK 触发器

为了进一步提高触发器的抗干扰能力，提高工作的可靠性，希望触发器的次态仅取决于 CP 的上升沿或下降沿到来时刻输入信号的变化，而在此之前或之后输入状态的任何变化，对触发器的次态都没有影响，多采用主从结构的触发器。

1）电路组成和逻辑符号　主从 JK 触发器是在同步 RS 触发器的基础上稍加改动而产生的，主从 JK 触发器的逻辑图如图 7-25（a）所示，图（b）为逻辑符号。由逻辑图可看出它是由两个同步 RS 触发器串联而成的，其中由与非门 $G_1\sim G_4$ 组成的同步 RS 触发器是从触发器，由与非门 $G_5\sim G_8$ 组成主触发器，并将 $\overline{Q}$ 和 Q 经反馈线分别与 G_7 和 G_8 与非门相连，然后再从 G_7 和 G_8 与非门各引出一个输入端 J 和 K，便构成了主从 JK 触发器。

2）逻辑功能

① 置 1 功能　当 $J=1$，$K=0$ 时，在 CP＝1 期间，主触发器置 1；当 CP 由 1 变 0 时，从触发器也随之被置 1，完成了触发器的置 1 功能。即 $Q^{n+1}=1$。

② 置 0 功能　当 $J=0$，$K=1$ 时，在 CP＝1 期间，主触发器置 0；当 CP 由 1 变 0 时，从触发器也随之被置 0，完成了触发器的置 0 功能。即 $Q^{n+1}=0$。

③ 保持功能　当 $J=K=0$ 时，由于主触发器的输入控制门 G_7 和 G_8 均被封锁，触发器保持原状态不变，即 $Q^{n+1}=Q^n$。

④ 翻转功能　当 $J=K=1$ 时，分两种情况来讨论。第一种情况：设触发器的现态 $Q^n=$

0，则 G_8 门被封锁，当 CP＝1 时，仅 G_7 门被打开，输出低电平信号，使主触发器被置1，此时从触发器不工作；当 CP 由1变0时，从触发器工作，则 $Q^{n+1}=1$。第二种情况：设触发器的现态 $Q^n=1$，则门 G_7 被 $\overline{Q}$ 的低电平封锁，CP＝1期间，仅门 G_8 被打开，输出低电平信号，使主触发器被置0；当 CP 由1变0时，从触发器工作被置成0，即 $Q^{n+1}=0$。

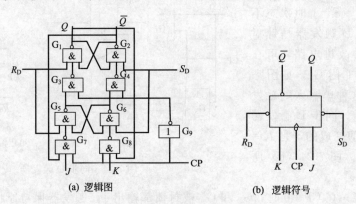

图 7-25　主从 JK 触发器

JK 触发器的逻辑功能可用表 7-20 所示的真值表来描述。

表 7-20　主从 JK 触发器的真值表

CP	J	K	Q^n	Q^{n+1}	功能说明
	0	0	0	0	$Q^{n+1}=Q^n$
	0	0	1	1	保持
	0	1	0	0	$Q^{n+1}=0$
	0	1	1	0	置0
	1	0	0	1	$Q^{n+1}=1$
	1	0	1	1	置1
	1	1	0	1	$Q^{n+1}=\overline{Q^n}$
	1	1	1	0	翻转

JK 触发器的特性方程为

$$Q^{n+1}=J\overline{Q}^n+\overline{K}Q^n$$

（5）T 和 T′ 触发器

① T 触发器　如果把 JK 触发器的两个输入端 J 和 K 连在一起，并把这个连在一起的输入端用 T 表示，构成了 T 触发器，T 触发器具有保持和计数的特点。

T 触发器的特性方程为

$$Q^{n+1}=T\overline{Q}^n+\overline{T}Q^n$$

② T′ 触发器　如果 T 触发器的输入端 $T=1$，则称为 T′ 触发器，T′ 触发器也称移位计数器，在计数器中应用广泛。

T′ 触发器的特性方程为

$$Q^{n+1}=\overline{Q}^n$$

7.3.2　时序逻辑电路

时序逻辑电路简称时序电路，是由逻辑门电路和触发器组成。常见的时序逻辑电路有计数器、寄存器和序列信号发生器等。和组合逻辑电路不同，时序逻辑电路在任何一个时刻的输出状态不仅与电路该时刻的输入状态有关，而且还取决于电路原来的状态。时序逻辑电路结构框图如图 7-26 所示。

　　按触发脉冲输入方式的不同，时序逻辑电路分为同步时序逻辑电路和异步时序逻辑电路两大类。在同步时序逻辑电路中，所有触发器的时钟脉冲输入端在同一个时钟脉冲源作用下，触发器状态变化都与该时钟脉冲同步。在异步时序逻辑电路中，有些触发器的时钟脉冲输入端与时钟脉冲源相连，触发器的状态变化与时钟脉冲同步，而其他触发器的状态变化则滞后于这些触发器。因此，同步时序逻辑电路与异步时序逻辑电路相比，前者速度高于后者，但其结构一般比后者复杂。

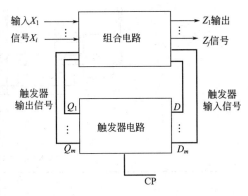

图 7-26　时序逻辑电路结构框图

（1）寄存器

　　寄存器是用来存放参与运算的数码、运算结果和指令的电路。在一个触发器只能寄存一位二进制数，n 个触发器能寄存 n 位二进制数，要存多位数时，就得用多个触发器。因此，触发器是寄存器和移位寄存器的重要组成部分。常用的有 4 位、8 位、16 位等寄存器。

　　寄存器存放数码的方式有并行和串行两种。并行方式就是数码各位从各对应位输入端同时输入到寄存器中；串行方式就是数码从一个输入端逐位输入到寄存器中。

　　从寄存器取出数码的方式有并行和串行两种。在并行方式中，被取出的数码各位在对应于各位的输出端上同时出现；而在串行方式中，被取出的数码在一个输出端逐位出现。

　　寄存器常分为数码寄存器和移位寄存器两种，其区别在于有无移位的功能。

　　1）数码寄存器　这种寄存器只有寄存数码和清除原有数码的功能。图 7-27 是由 D 触发器（上升沿触发）组成的四位数码寄存器。

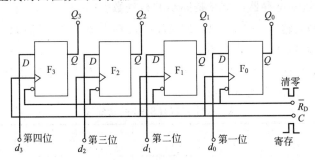

图 7-27　由 D 触发器组成的四位数码寄存器

　　2）移位寄存器　移位寄存器不仅有存放数码的功能，而且有移位的功能。移位寄存器又可分为单向移位寄存器和双向移位寄存器。在计算机中应用广泛。

　　① 单向移位寄存器　图 7-28 是由 JK 触发器组成的四位移位寄存器。表 7-21 是移位寄存器的状态表。

　　② 双向移位寄存器　由前面讨论的单向移位寄存器工作原理可知，右移移位寄存器和左移移位寄存器的电路结构是基本相同的，如适当加一些控制电路和控制信号，就可将右移移位寄存器和左移移位寄存器结合在一起，构成双向移位寄存器。

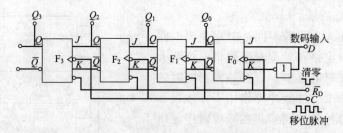

图 7-28　由 JK 触发器组成的四位移位寄存器

表 7-21　移位寄存器的状态表

移位脉冲数	寄存器中的数码				移位过程
	Q_3	Q_2	Q_1	Q_0	
0	0	0	0	0	清　零
1	0	0	0	1	左移一位
2	0	0	1	0	左移二位
3	0	1	0	1	左移三位
4	1	0	1	1	左移四位

图 7-29 所示为 4 位双向移位寄存器 CT74LS194 的逻辑功能示意图。图中，$\overline{CR}$ 为置零端，$D_0 \sim D_3$ 为并行数码输入端，D_{SR} 为右移串行数码输入端，D_{SL} 为左移串行数码输入端，M_0 和 M_1 为工作方式控制端，$Q_0 \sim Q_3$ 为并行数码输出端，CP 为移位脉冲输入端。CT74LS194 的功能如表 7-22 所示，由该表可知它有如下主要功能。

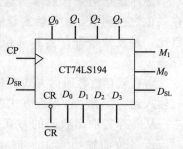

图 7-29　CT74LS194 的逻辑功能示意图

a. 置 0 功能。当 $\overline{CR}=0$ 时，双向移位寄存器置 0，$Q_0 \sim Q_3$ 都为 0 状态。

b. 保持功能。当 $\overline{CR}=1$，CP＝0，或 $\overline{CR}=1$，$M_1 M_0 =00$ 时，双向移位寄存器保持原状态不变。

c. 并行送数功能。当 $\overline{CR}=1$，$M_1 M_0 =11$ 时，在 CP 上升沿作用下，使 $D_0 \sim D_3$ 端输入的数码 $d_0 \sim d_3$ 并行送入寄存器，显然是同步并行送数。

d. 右移串行送数功能。当 $\overline{CR}=1$，$M_1 M_0 =01$ 时，在 CP 上升沿作用下，执行右移功能，D_{SR} 端输入的数码依次送入寄存器。

e. 左移串行送数功能。当 $\overline{CR}=1$，$M_1 M_0 =10$ 时，在 CP 上升沿作用下，执行左移功能，D_{SL} 端输入的数码依次送入寄存器。

表 7-22　CT74LS194 的功能表

输　入										输　出				说　明
$\overline{CR}$	M_1	M_2	CP	D_{SL}	D_{SR}	D_0	D_1	D_2	D_3	Q_0	Q_1	Q_2	Q_3	
0	×	×	×	×	×	×	×	×	×	0	0	0	0	置零
1	×	×	0	×	×	×	×	×	×	保持				
1	1	1	↑	×	×	d_0	d_1	d_2	d_3	d_0	d_1	d_2	d_3	并行送数
1	0	1	↑	×	1	×	×	×	×	1	Q_0	Q_1	Q_2	右移输入 1
1	0	1	↑	×	0	×	×	×	×	0	Q_0	Q_1	Q_2	右移输入 0
1	1	0	↑	1	×	×	×	×	×	Q_1	Q_2	Q_3	1	左移输入 1
1	1	0	↑	0	×	×	×	×	×	Q_1	Q_2	Q_3	0	左移输入 0
1	0	0	×	×	×	×	×	×	×	保持				

（2）计数器

所谓"计数"，就是统计脉冲的个数。计数器就是指能实现"计数"操作的时序逻辑电路，计数器是数字系统中应用场合最多的时序逻辑电路，它主要由触发器组成。它不仅用来计数，还可以用于定时、分频及进行数字运算等。

按计数进制分类：二进制计数器和非二进制计数器两大类；按计数增减趋势分类：加计数器、减计数器、可逆计数器。按计数脉冲引入方式分类：异步计数器、同步计数器。

1）异步二进制计数器

① 异步二进制加计数器　图 7-30（a）示出了由 3 个下降沿触发的 T' 触发器构成的 3 位二进制（即八进制）异步加计数器。如果设初态为 000，则每当输入一个计数脉冲（下降沿起作用），计数器的状态就按二进制递增（加 1），直至输入第 8 个计数脉冲后，又回到 000。因此它是八进制加计数器，顺便指出，人们往往把加计数器简称为计数器。

② 异步二进制减计数器　图 7-31 所示为 3 位二进制（即八进制）减计数器的逻辑图、波形图和状态图。

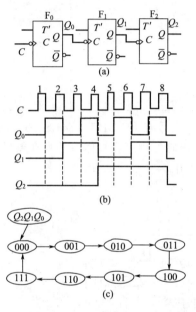

图 7-30　3 位二进制（八进制）异步加计数器

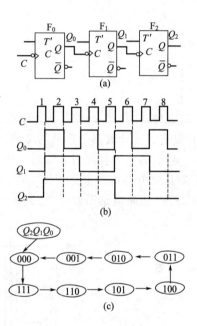

图 7-31　3 位二进制（八进制）异步减计数器

设初态为 000，在一个输入计数脉冲（下降沿）作用下，$Q_2Q_1Q_0$ 由 000 变成了 111，实现了"减 1"。在下一个计数脉冲作用下，111 变成 110，…，001 的次态则为 000。这个计数器的模 M 还是 8，但计数顺序却是递减的，因此是异步八进制减计数器。

异步二进制计数器工作时，后面一位计数器的翻转依赖于前一位计数器的翻转。由于每一位都有延迟，而且各触发器不是同时翻转，所以称为异步计数器。总延迟时间等于每位延迟时间之和，故异步计数器延迟时间较长，影响工作速度。这是异步计数器的缺点。

2）同步二进制计数器　同步计数器是在计数脉冲到来后，使应该翻转的触发器同时翻转。这就克服了异步计数延迟时间较长、工作速度低的缺点。

3）十进制计数器　图 7-32 是一个同步十进制加计数器的逻辑图。

假设计数器的初始状态为 $Q_3Q_2Q_1Q_0=0000$，电路的状态转换表如表 7-23 所示，可见这是一个 8421 码十进制加法计数器。当第 10 个计数脉冲作用后，产生进位信号，其逻辑表达式为 $CO=Q_0Q_3$。

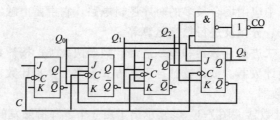

图 7-32　同步十进制加计数器逻辑图

表 7-23　同步十进制加法计数器状态转换表

状态顺序 S	原态 Q_n				次态 Q_{n+1}				输出状态 CO
	Q_3	Q_2	Q_1	Q_0	Q_3	Q_2	Q_1	Q_0	
0	0	0	0	0	0	0	0	1	0
1	0	0	0	1	0	0	1	0	0
2	0	0	1	0	0	0	1	1	0
3	0	0	1	1	0	1	0	0	0
4	0	1	0	0	0	1	0	1	0
5	0	1	0	1	0	1	1	0	0
6	0	1	1	0	0	1	1	1	0
7	0	1	1	1	1	0	0	0	0
8	1	0	0	0	1	0	0	1	0
9	1	0	0	1	0	0	0	0	1

4）集成异步计数器　常见的集成异步计数器芯片型号有 74LS191、74LS196、74LS290 等几种，它们的功能和应用方法基本相同，区别是其管脚的顺序和具体参数存在差异。本节以芯片 74LS290 为例，来介绍其电路、功能和具体应用。

74LS290 逻辑电路图如图 7-33 所示。

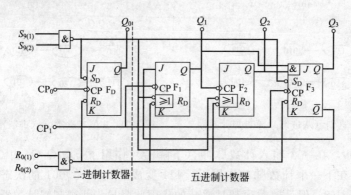

图 7-33　集成计数器 74LS290 逻辑电路图

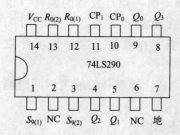

图 7-34　74LS290 芯片的管脚图

本电路从结构上分为二进制计数器和五进制计数器两部分。二进制计数器由触发器 F_0 组成，CP_0 为二进制计数器脉冲输入端，由 Q_0 端输出。五进制计数器由触发器 F_1、F_2、F_3 组成，CP_1 为五进制计数器计数脉冲输入端，由 Q_3、Q_2、Q_1 端输出。若将 Q_0 和 CP_1 相连，以 CP_0 为计数脉冲输入端，则可以构成 8421 BCD 码十进制计数器。74LS290 芯片的管脚排列如图 7-34 所示。其中 $S_{9(1)}$ 和 $S_{9(2)}$ 称为置"9"端，$R_{0(1)}$ 和 $R_{0(2)}$ 称为置"0"端；CP_0 和 CP_1 端为计数器时钟输入端，Q_3、Q_2、Q_1、Q_0 为输出端，NC 表示空脚。其逻辑功能如表 7-24 所示。

表 7-24　74LS290 芯片的逻辑功能表

$S_{9(1)}$	$S_{9(2)}$	$R_{9(1)}$	$R_{9(2)}$	CP_0	CP_1	Q_3	Q_2	Q_1	Q_0
1	1	×	×	×	×	1	0	0	1
0	×	1	1	×	×	0	0	0	0
×	0	1	1	×	×	0	0	0	0
$S_{9(1)} \cdot S_{9(2)} = 0$ $R_{0(1)} \cdot R_{0(2)} = 0$				CP	0	二进制			
				0	CP	五进制			
				CP	Q_0	8421 十进制			
				Q_3	CP_0	5421 十进制			

置 "9" 功能：当 $S_{9(1)} = S_{9(2)} = 1$ 时，无论其他输入端状态如何，计数器输出 $Q_3 Q_2 Q_1 Q_0 = 1001$，而 $(1001)_2 = (9)_{10}$，故又称异步置数功能。

置 "0" 功能：当 $S_{9(1)}$ 和 $S_{9(2)}$ 不全为 1，且 $R_{0(1)} = R_{0(2)} = 1$ 时，无论其他输入端状态如何，计数器输出 $Q_3 Q_2 Q_1 Q_0 = 0000$，故又称异步清零功能或复位功能。

计数功能：当 $S_{9(1)}$ 和 $S_{9(2)}$ 不全为 1，并且 $R_{0(1)}$ 和 $R_{0(2)}$ 不全为 1，输入计数脉冲 CP 时，计数器开始计数。

思考题

1. 简述基本 RS 触发器与同步 RS 触发器的主要区别。
2. 通过比较 D 触发器与主从 JK 触发器，简述 D 触发器的优点。

工作任务

分析 D 触发器的逻辑功能。

1. 工作描述

某车载音响的 D 类功放中，使用一个 D 触发器对信号进行整形，并将信号分成两个极性相反的信号，若输入信号如图 7-35 所示，那么，输出信号会是什么样？

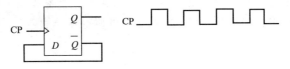

图 7-35　输入信号

2. 工作目标

学习触发器的逻辑功能。

3. 电路工作分析

图中，D 触发器的输入 D 与 $\overline{Q}$ 相连接，使得 D 与 Q 极性相反，按照 D 触发器的逻辑功能，在每一个输入脉冲的上升沿，触发器都将翻转，据此可以画出其输出 Q 和 $\overline{Q}$ 的波形图（图 7-36）。

CP

Q

$\overline{Q}$

图 7-36　画出 Q 和 $\overline{Q}$ 波形图

4. 工作评价

小组讨论，老师给出评价表。

能　力	评　价	分　数
专业能力		
工作方法		
合作能力		
交流能力		

5. 学习体会

序　号	问　题	备　注
1	要熟练掌握各种触发器的动作特点,这样才能正确使用它	
2	若将 D 端与 Q 端连在一起,波形会变成什么样?	
3	通过实际操作验证一下各种触发器的逻辑功能。	
4	你还有哪些要求与设想?	

7.4　数字电路的应用

探索与发现

工程师汉斯（Hans R. Camenzind，1934 年—现在）发明了著名的集成电路 555 定时器。1970 年夏季在加利福尼亚州的桑尼维尔的市区，当时 Camenzind 是当地的一家半导体公司——西格尼蒂克公司的顾问。Camenzind 回忆称："当时这个微芯片差一点就没有成功"。Camenzind 花了近一年的时间测试电路试验板原型，并在纸上反复画电路，裁剪 Rubylith 遮蔽膜。"当时全是手工制作的，没有电脑"。他最后的设计拥有 23 个晶体管、16 个电阻器和 2 个二极管。555 定时器销售量达到了数十亿部。目前工程师仍然在使用 555 定时器设计一些有用的模块。555 定时器的电阻分压器由 3 个 $5\text{k}\Omega$ 的电阻串联组成，因此而得名。

西格尼蒂克 N555 定时器

学习要点

1. 掌握 555 定时器电路及功能；
2. 掌握数/模转换器（D/A）的组成、原理和应用；
3. 掌握模/数转换器（A/D）的组成、原理和应用。

在数字技术的各种应用中，经常要用到矩形波、方波、尖顶波和锯齿波等脉冲波形。其中矩形波和方波是较重要的信号波形，它们经常用来作为电路的开关信号和控制信号。许多其他形状的脉冲波形也可以由它们变换而得到。其中，多谐振荡器能直接产生脉冲信号，施密特触发器能对已有信号进行变换、整形，单稳态触发器可用于脉冲信号的定时、延迟等。

7.4.1　555 定时器

555 定时器是一种中规模集成电路，只要在外部配上几个适当的阻容元件，就可以方便地构成单稳态触发器、施密特触发器以及多谐振荡器等脉冲产生与变换电路。它具有功能强、使用灵活、应用范围广等优点，在汽车的各种电子设备中，有广泛的应用。

（1）电路组成

图 7-37 为 555 集成电路内部结构图，它有两个比较器 C_1 和 C_2，比较器的一个输入端接到 3 个电阻 R 组成的分压器上，输出接 RS 触发器输入，输出级为推拉式结构的倒相放大器，放电晶体管 V 为集电极开路。集成电路 8 个引脚的名称和作用均标在框图外边。

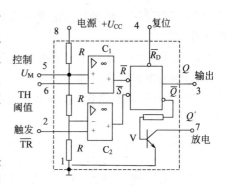

图 7-37　555 定时器结构图

（2）555 定时器的逻辑功能

555 集成电路的功能主要由两个比较器 C_1、C_2 决定。比较器的参考电压由分压器提供，在电源和地间加上 U_{CC} 电压，并让控制电压 U_M 悬空时，上比较器 C_1 的参考电压为 $2/3U_{CC}$，下比较器 C_2 参考电压为 $1/3U_{CC}$。若触发端 $\overline{TR}$ 输入电压 $u_2 < 1/3U_{CC}$，下比较器 C_2 输出为 0，可使 RS 触发器置 1，使输出端 Q 为 1。阈值端 TH 输入电压 $u_6 > 2/3U_{CC}$ 时，上比较器输出为 0，可使 RS 触发器置 0，使输出端 Q 为 0。若复位端 $\overline{R_D}$ 加低电平或接地，则可将 RS 触发器强制复位。控制电压端 U_M 外加电压可改变两比较器的参考电压，若不用它时，可通过电容（$0.01\mu F$ 左右）接地；放电管 V 的输出端 Q' 为集电极开路输出，V 的吸电流能力为 50mA。555 定时器的功能可由表 7-25 说明。

表 7-25　555 定时器功能表

复位 $\overline{R_D}$	输入		输出	
	阈值输入 u_6(TH)	触发输入 u_2($\overline{TR}$)	输出(Q)	放电管 V 状态
0	×	×	0	导通
1	$<2/3U_{CC}$	$<1/3U_{CC}$	1	截止
1	$>2/3U_{CC}$	$>1/3U_{CC}$	0	导通
1	$<2/3U_{CC}$	$>1/3U_{CC}$	不变	不变

（3）555 定时器的应用

1）用 555 定时器构成单稳态触发器　单稳态触发器与双稳态触发器不同之处在于：它只有一个稳态，另有一个暂稳态。

暂稳态就是一个不能长久保持的状态。在暂稳态时间，某些电压和电流会发生变化。

在外加触发信号的作用下，单稳态触发器能够从稳态翻转到暂稳态，经过一段时间又能自动返回，电路处于暂稳态的时间等于单稳态触发器输出脉冲的宽度 t_w。

① 电路结构　电路如图 7-38 所示，R、C 为单稳态触发器的定时元件。

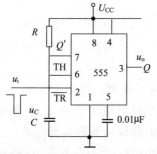

图 7-38　由 555 定时器构成的单稳态触发器

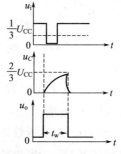

图 7-39　工作波形

② 工作原理　各种形式的单稳态触发器的工作过程可大致分成 5 个阶段。图 7-38 电路的工作过程如下。

a. 稳态。触发器处于 0 状态，定时电容已放电完毕，u_C、u_o 均为低电平。

b. 触发翻转。在 u_i 负脉冲作用下，2 端得到低于 $1/3U_{CC}$ 的触发电平，下比较器 C_2 输出由 1 变 0，使触发器置 1，输出 u_o 为高电平；同时，放电管 V 截止，电路进入暂稳态，定时开始。

c. 暂稳态阶段。定时电容 C 充电，充电回路为 $U_{CC} \to R \to C \to$ 地，充电时间常数 $\tau_1 = RC$，u_C 按指数规律上升，趋向 U_{CC} 值。

d. 自动返回。当电容电压 U_C 到稍大于 $2/3U_{CC}$ 时，上比较器 C_1 输出 0，触发器置 0，输出 u_o 由高电平变低电平，放电管 V 由截止变为饱和，定时结束，暂稳态结束。

e. 恢复阶段。定时电容 C 经放电管 V 放电，经 $(4 \sim 5)\tau_2$（$\tau_2 = R_{CES}C$）时间后（R_{CES} 为 V 的集射饱和电阻），放电至 0V，在这阶段 $Q = 0$，输出 u_o 维持在低电平。

恢复阶段结束，电路返回稳态，当下一个触发信号到来时，又重复上述过程。工作波形如图 7-39 所示。

2）用 555 定时器组成多谐振荡器　多谐振荡器是能产生矩形脉冲的自激振荡器，由于矩形波中除基波外，还包括许多高次谐波，因此这类振荡器被称为多谐振荡器。

多谐振荡器一旦振荡起来后，电路没有稳态，只有两个暂稳态，它们交替变化，输出连续的矩形波脉冲信号，因此它又被称作无稳态电路。它常用来作为脉冲信号源。

① 电路形式　如图 7-40（a）所示，定时元件除电容 C 外，有两个电阻 R_A 和 R_B，它们串接在一起，u_C 同时加到 TH 端（6 端）和 $\overline{TR}$ 端（2 端），R_A 和 R_B 的连接点接到放电管 V 的输出端 Q'（7 脚）。

② 工作原理　如图 7-40（b）所示，接通电源瞬间，电容 C 来不及充电，u_C 为低电平，此时，$\overline{R} = 1$，$\overline{S} = 0$，触发器置 1，$Q = 1$，输出高电平。同时，由于 $\overline{Q} = 0$，放电管截止，电容 C 开始充电，电路进入暂稳态（Ⅰ）。

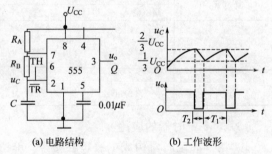

(a) 电路结构　　(b) 工作波形

图 7-40　由 555 定时器构成的多谐振荡器

一般多谐振荡器的工作过程均为 4 个阶段，现以 555 构成的振荡器来说明。

a. 暂稳态（Ⅰ）。　电容 C 充电，充电回路为 $U_{CC} \to R_A$、$R_B \to C \to$ 地，充电时间常数 $\tau_1 = (R_A + R_B)C$，电容 C 上电压 u_C 随时间 t 按指数规律上升，趋向 U_{CC} 值，在此阶段内输出电压 u_o 暂稳在高电平。

b. 自动翻转（Ⅰ）。当电容 C 上电压 u_C 上升到稍大于 $2/3U_{CC}$ 时，由于 $\overline{S} = 1$，$\overline{R} = 0$，使触发器状态由 1 变 0，Q 由 1 变 0，$\overline{Q}$ 由 0 变 1，输出电压 u_o 由高电平跳变到低电平，电容器 C 中止充电。

c. 稳态（Ⅱ）。　由于此时 $\overline{Q} = 1$，因此放电管 V 导通且饱和，电容 C 放电，放电回路为 $C \to R_B \to$ 放电管 V $\to$ 地，放电时间常数 $\tau_2 = R_BC$（此时忽略了放电管 V 的饱和电阻 R_{CES}），电容 C 上电压 u_C 按指数规律下降，趋向 0V，同时使输出暂稳在低电平。

d. 自动翻转（Ⅱ）。　当电容电压 u_C 下降到略小于 $1/3U_{CC}$ 时，$\overline{R} = 1$，$\overline{S} = 0$，使触发器状态由 0 变 1，Q 由 0 变 1，$\overline{Q}$ 由 1 变 0，输出电压由低电平跳变到高电平，电容中

止放电。

由于 $\overline{Q}=0$，放电管 V 截止，电容 C 又开始充电，进入暂稳态（Ⅰ）。

以后电路重复上述过程，产生振荡，其工作波形如图 7-40（b）所示。

3）用 555 定时器组成施密特触发器　施密特触发器是脉冲波形变换中经常使用的一种电路，它在性能上有两个重要特点。

第一，两个稳定的状态的维持与相互转换均与输入电压的大小有关，且输出由高电平转换成低电平以及由低电平转换成高电平所需的输入触发电平是不相同的，其差值称为回差电压。

第二，由于具有回差电压，故其抗干扰能力较强，应用施密特触发器能将变化缓慢的波形整形为边沿陡峭的矩形脉冲。

① 电路形式　用 555 定时器构成的施密特触发器，如图 7-41 所示。将 555 定时器的 u_{i1} 和 u_{i2} 两个输入端连在一起作为信号输入端，清零端接高电平，为提高比较器参考电压的稳定性，通常在 u_{CO} 端接有 $0.01\mu\mathrm{F}$ 左右的滤波电容。

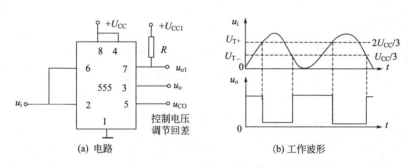

图 7-41　由 555 定时器构成的施密特触发器

② 工作原理

a. $u_i=0$ 时，$u_{o1}=u_o=1$。u_i 升高时，在未到达 $2U_{CC}/3$ 以前，$u_{o1}=u_o=1$ 的状态不会改变。

b. u_i 升高到 $2U_{CC}/3$ 时，$u_{o1}=u_o=0$。此后，u_i 上升到 U_{CC}，然后再降低，但在未到达 $U_{CC}/3$ 以前，$u_{o1}=u_o=0$ 的状态不会改变。

c. u_i 下降到 $U_{CC}/3$ 时，$u_{o1}=u_o=1$。此后，u_i 继续下降到 0，但 $u_{o1}=u_o=1$ 的状态不会改变。

7.4.2　数/模与模/数转换器

在现代控制、通信和检测技术领域中，广泛采用计算机对信号进行运算、处理。实际的控制对象大多数是模拟信号，如利用各种传感器将压力、温度、湿度、速度、流量等非电量信号转换而来的电信号都属于模拟信号。由于计算机只能识别和处理数字信号，因此这些模拟信号必须转换成数字信号才能传送给计算机，同样，经过处理的数字信号还要转换为模拟信号才能实现对执行机构的控制。能够把模拟信号转换成数字信号的器件称为模/数转换器（简称 A/D 转换器或 ADC）。能够把数字信号转换为模拟信号的器件称为数/模转换器（简称 D/A 转换器或 DAC）。上述过程可用图 7-42 表示。

从图 7-42 可以看出，D/A 转换器和 A/D 转换器是联系模拟系统和数字系统的重要桥梁，也可称为两者之间的接口。

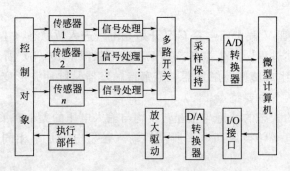

图7-42 实际控制系统信号的转换过程

图 7-43 所示为转换器外形图。

（1）数/模转换器

1）输入、输出关系框图和转换思路

① 输入、输出关系框图 D/A 转换器的输入、输出框图如图 7-44 所示。

② 转换思路

图7-43 数字转换器

如二进制数字信号 1101，可以根据二-十进制关系转换为

$$(1101)_2 = 1 \times 2^3 + 1 \times 2^2 + 0 \times 2^1 + 1 \times 2^0 = 8 + 4 + 0 + 1 = 13$$

即
$$(N)_{10} = \sum_{i-1}^{n=1} D_i \times 2^i$$

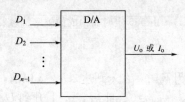

图7-44 D/A 转换器的输入、输出框图

一个输入为 3 位二进制时的 D/A 转换器特性如图 7-45 所示，它具体而形象地反映了 D/A 转换器的基本功能。

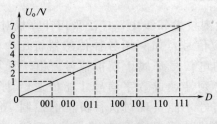

图7-45 D/A 转换器特性图

2）D/A 转换电路图 如图 7-46 所示为 T 形电子网络，它是 D/A 转换的一个典型电路。

T 形电子网络开路的输出电压 U_A 就是反相比例运算电路的输入电压，可运用戴维南定理和叠加定理来计算 T 形电子网络开路的输出电压 U_A。

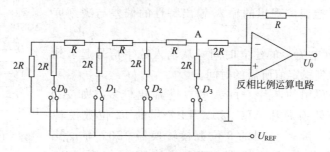

图 7-46　T 形网络 D/A 转换器电路图

3）D/A 转换的工作原理　下面通过举例来说明 D/A 转换的工作原理。

① 取 $D_3D_2D_1D_0 = 0001$，即开关 D_0 与 U_{REF} 接通，此时的等效电路如图 7-47 所示。

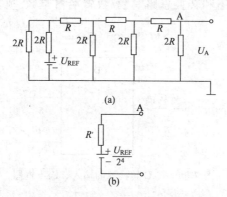

图 7-47　$D_3D_2D_1D_0 = 0001$ 等效电路

图 7-47 中，T 形电子网络开路的输出电压 U_A 的大小为

$$U_A = \frac{U_{REF}}{2^4}$$

② 同理，$D_3D_2D_1D_0 = 0010$ 时的等效电路如图 7-48 所示。其输出电压 U_A 的大小为

$$U_A = \frac{U_{REF}}{2^3}$$

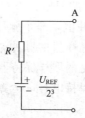

图 7-48　$D_3D_2D_1D_0 = 0010$ 的等效电路

③ $D_3D_2D_1D_0 = 0011$ 时，因为 $0011 = 0010 + 0001$，所以其输出电压 U_A 的大小为

$$U_A = \frac{U_{REF}}{2^3} + \frac{U_{REF}}{2^4}$$

4）D/A 转换的主要技术指标

① 分辨率　分辨率指的是最大输出电压与最小输出电压之比，有时也用输入数字量的有效位数来表示分辨率。

② 线性度　通常用非线性误差的大小表示 D/A 转换器的线性度，非线性误差指偏离理想的输入-输出特性的偏差与满刻度输出之比的百分数。

③ 输出电压（电流）的建立时间　从输入数字信号起，到输出电压或电流达到稳定值所需的时间。

5）D/A 转换常用的芯片　D/A 转换芯片比较多，如 AD 公司的 12 位数模转换芯片 AD5320，TI 公司的 12 位数模转换芯片 TLV5616，NSC 公司的 8 位数模转换器 0832 等，其中 NSC 公司的 8 位数模转换器 0832 的管脚图如图 7-49 所示。

图 7-49　0832 的管脚图

（2）模/数转换器

1）输入、输出关系框图和转换思路　模/数转换器是数/模转换器的反变换，其输入、输出框图如图 7-50 所示。

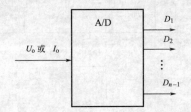

图 7-50　A/D 转换器的输入、输出框图

2）A/D 转换的四个步骤　由于模拟信号在时间和幅度上是连续的，而数字信号在时间和幅度上是离散的，模/数转换时要经过取样、保持、量化和编码四个步骤。

① 取样　取样，也称采样，是将时间上连续变化的信号转换为时间上离散的脉冲信号。脉冲的幅度取决于输入模拟量的幅值，其过程如图 7-51 所示。

图 7-51 中，$U_i(t)$ 为要采样的模拟信号，$S(t)$ 为采样脉冲，$U_o(t)$ 为采样后的结果，根据香农定理，采样脉冲 $S(t)$ 的频率至少是模拟信号 $U_i(t)$ 频率的两倍。

② 保持　采样后，得到一系列脉冲值，一个脉冲值在下一个脉冲值到来之前，应暂时保持所得样值的脉冲幅度，以便进行转换，如图 7-52 所示是一种常见的取样保持器。

场效应管 V 为采样门，电容 C 为保持电容，运算器 A 为跟随器，起缓冲隔离作用。

③ 量化　对取样模拟量进行量化时，首先需要取一个最小数量单位作为量化单位，用 △ 表示。然后用取样的模拟量与量化单位进行比较，取比较后的整数倍值作为量化结果，这个过程就是量化。量化过程中，取样的模拟量不一定能被 △ 整除，所以量化后会产生误差，这个误差称为量化误差。

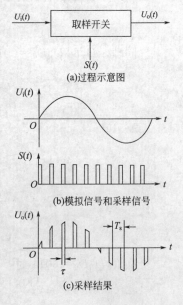

图 7-51　模拟信号采样

根据量化误差的取舍方法不同，量化方法有两种，即只舍不入量化方法和四舍五入量化

方法。以 3 位 A/D 转换器为例，假设输入信号 U_i 的变化范围为 $0 \sim 8V$，量化单位为 $1V$，若某个输入量值为 $2.6V$，若用只舍不入量化方法，$2.6/1=2$，余数为 0.6，把余数 0.6 舍去，量化值为 2；若用四舍五入量化方法，因为 $0.6 > 0.5$，四舍五入进 1，量化值为 3。采用只舍不入量化方法的误差为 $|\varepsilon_{max}|=1$，采用四舍五入量化方法误差为 $|\varepsilon_{max}|=0.5$，所以一般大多数 A/D 转换采用四舍五入量化方法。

④ 编码 在后期处理和控制过程中，需要把量化值转化成具有某种意义的代码，这个过程称为编码，用 3 位二进制编码为 010，用四舍五入量化方法得到的量化值 3，用 3 位二进制编码为 011。

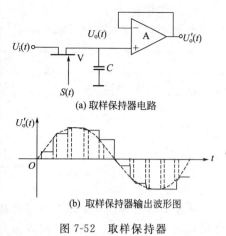

(a) 取样保持器电路

(b) 取样保持器输出波形图

图 7-52 取样保持器

3）A/D 转换的主要技术指标

① 分辨率 分辨率是指 A/D 转换器输出数字量的最低位变化一个数码时，对应输入模拟量的变化量。

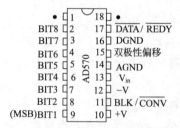

图 7-53 AD570 的管脚分配图

② 相对精度 相对精度是指 A/D 转换器实际输出数字量与理论输出数字量之间的最大差值。通常用最低有效位（一般用 LSB 表示）的倍数来表示。如相对精度不大于 $1/2$LSB，就说明实际输出数字量与理论输出数字量的最大误差不超过 $1/2$LSB。

③ 转换速度 转换速度是指 A/D 转换器完成一次转换所需要的时间，即从转换开始到输出端出现稳定的数字信号所需要的时间。

4）A/D 转换常用的芯片 A/D 转换的芯片也比较多，8 位 A/D 转换芯片如 AD570、AD670、AD673、AD7574 等。如图 7-53 所示为 AD570 的管脚分配图。

思考题

1. 什么是 A/D 转换？它包括哪些过程？
2. D/A 转换和 A/D 转换的功能是什么？

工作任务

计算机输出控制电机电路设计

1. 工作描述

在一个计算机控制系统中，计算机需要根据采集到的数据启动电机去控制其他设备。这时就需要利用数模转换装置实现将计算机的数字控制信息转换成电机能够识别的模拟量。

2. 设计目的

通过本节的学习，重点掌握数/模转换器的工作原理和实用电路。

3. 设计内容

选择合适的数/模转换器，设计一个电路，使单片机传送出来的数据转换成模拟量，实现对电机的控制。

4. 工作评价

小组讨论，老师和同学给出评价。

能力	评价	分数
专业能力		
工作方法		
合作能力		
交流能力		

本章小结

　　数字电路分为组合电路和时序电路两大类，本章首先介绍了门电路和由它们组成的组合电路的相关知识，包括逻辑代数及应用、基本门电路、组合逻辑电路的分析和设计以及常用的组合逻辑器件，然后介绍了时序逻辑电路（简称时序电路），它由逻辑门电路和触发器组成，是一种输出状态不仅与当前输入状态有关，还与原来状态有关的具有记忆功能的电路。触发器是组成时序电路的基本逻辑单元。主要内容如下。

　　① 数字电路的基本工作信号是两个基本的数字信号，用"0"和"1"表示。

　　② 逻辑运算是数字电路设计和分析的基础，逻辑运算有与、或和非三种基本运算，在电路实现中分别对应"与门"、"或门"和"非门"三种基本门电路。

　　③ 复合门电路是由基本门电路相互结合构成的电路，常用的有与非门电路、或非门电路和与或非门电路。

　　④ 组合电路是多个门电路放在一起完成一定功能而形成的电路。组合逻辑电路分析的主要目的是为了确定已知组合逻辑电路的功能，一般有四个步骤。组合逻辑设计与组合逻辑电路分析步骤相反。

　　⑤ 介绍了数据选择器、编码器、译码器和数码显示器、加法器等几种常用的组合逻辑器件。

　　⑥ 经常用的触发器有 RS 触发器、JK 触发器、D 触发器等，其中 D 触发器只对边缘跳跃的信号起作用，在本章中提到了状态方程、状态表、状态图等方法，它们是描述时序电路功能的基本方法，各有所长，且可相互转换。

　　⑦ 寄存器、计数器、数/模（模/数）转换器、存储器是触发器构成的常用电子器件。

　　⑧ 555 定时器是一种功能强大且非常实用的模拟数字混合集成电路，它是数字电路中非常实用且有效的电路器件，可以非常容易地组成各种单稳振荡器、多谐振荡器和施密特触发器等。

练习题

1. 用代数法将下列逻辑函数进行化简

(1) $F = A\overline{B}C + \overline{A}BC + ABC + \overline{A}\,\overline{B}C$

(2) $F = AB + \overline{A}\,\overline{B} + \overline{A}BC + ABC$

(3) $F = ABC + ABD + \overline{A}B\,\overline{C} + CD + B\overline{D}$

(4) $F = AB + \overline{B}C + B\overline{C} + \overline{A}B$

(5) $F = A + \overline{B} + \overline{C}(A + \overline{B} + C)(A + B + C)$

(6) $F = (\overline{A} + B)(\overline{A}CD + \overline{AD} + \overline{B\,\overline{C}})A\overline{B}$

2. 已知逻辑电路及其输入波形如图 7-54 所示，试分别画出各自的输出波形。

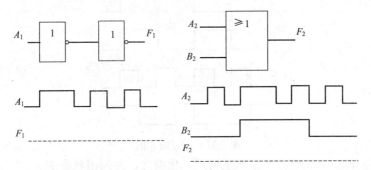

图 7-54 练习题 2 图

3. 逻辑电路如图 7-55 所示，写出逻辑式，并用"与"门及"或"门实现，写出其逻辑式，画出逻辑图。

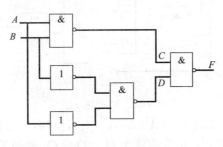

图 7-55 练习题 3 图

4. 逻辑状态表如表 7-26 所示，其输入变量为 A、B、C、输出为 S，试写出 S 的逻辑式。

表 7-26 逻辑状态表

A	B	C	S	A	B	C	S
0	0	0	0	1	0	0	1
0	0	1	1	1	0	1	0
0	1	0	1	1	1	0	0
0	1	1	0	1	1	1	1

5. 逻辑电路如图 7-56 所示，写出逻辑式并化简之。

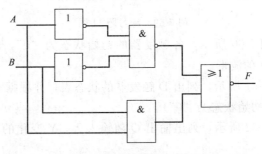

图 7-56 练习题 7 图

6. 组合逻辑电路的输入 A、B、C 及输出 F 的波形如图 7-57 所示，试列出状态表，写出逻辑式，并画出逻辑图。

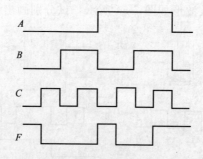

图 7-57　练习题 8 图

7. 逻辑电路如图 7-58 所示，写出逻辑式，化简之，并列出状态表。

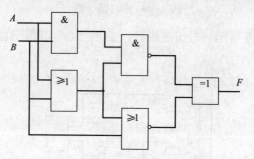

图 7-58　练习题 9 图

8. 用"与非"门实现逻辑式 $F = \overline{(A+B)(C+D)}$，写出"与非"逻辑式，画出逻辑图。

9. 逻辑电路如图 7-59 所示，触发器输出 Q_0、Q_1、Q_2 的初始状态为零，Q_3 则为 1，已知 C 脉冲波形，试画 Q_0、Q_1、Q_2、Q_3 的波形。

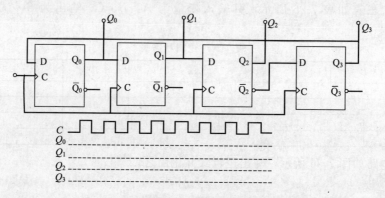

图 7-59　练习题 11 图

10. 逻辑电路图如图 7-60 所示，各触发器的初始状态为"0"，已知 R_D、S_D 和 C 的波形，试画出 Q_0、Q_1 和 F 的波形。

11. 逻辑电路如图 7-61 所示，列出 D 触发器的状态表，并根据 C 脉冲及 D 的波形画出输出 Q 的波形（设 Q 的初始状态为"0"）。

12. 逻辑电路如图 7-62 所示，列出输出 Q 随输入 X、Y 变化的状态表，指明该图相当于何种触发器。

13. 分析图 7-63 所示，多处（或多地）控制照明灯的开关电路的工作原理。该电路采用集成电路 CC4027 为主元件构成。CC4027 是一块由两个 JK 触发器组成的集成电路——上升沿触发；V_1、V_2 三极管组成 NPN 复合放大管；KM 为继电器，其触点控制灯 HL 的亮

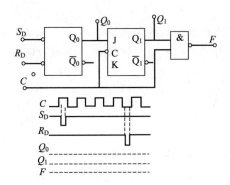

图 7-60　练习题 12 图

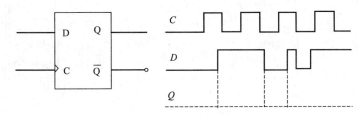

图 7-61　练习题 13 图

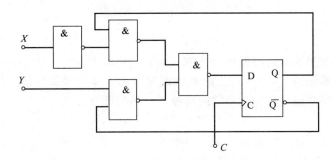

图 7-62　练习题 14 图

或灭；S_1、S_2、$\cdots$、S_n 为各处的控制开关。

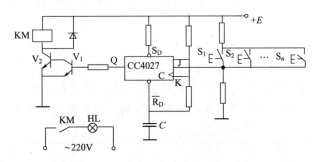

图 7-63　多处控制照明灯的开关电路

14. 一个 8 位 T 形电阻网络数/模转换器，当输入二进制数字量为 00000001 时，输出电压为 $-0.04V$，若输入二进制数为 01010101 时，输出电压为多少？

　综合实训

制作 2　电子晨鸣鸟的制作

1. 工作描述

利用集成电路 555 定时器和其他附件制作一个电子晨鸣鸟，每当天亮时，晨鸣电子鸟就像一只真正的小鸟一样，发出"叽叽喳喳"报晓声，既能及时唤醒你起床，又给你的居室平添了一份田园情趣。

2. 工作原理分析（见图 7-64）

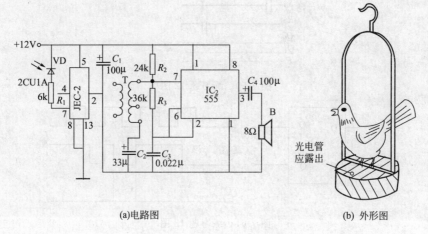

(a)电路图　　　　　　　　　　　(b) 外形图

图 7-64　晨鸣电子鸟电路图

（1）光控部分

由 JEC-2 多功能集成电路触发器与光敏二极管 VD 及 R_1、C_1 等组成。这种集成电路的灵敏度很高，在自然光照下，VD 产生的光电流大于 JEC-2 的触发电流，JEC-2 触发后，它的 2 脚立即由高电位变成低电位，将它的负载——鸟鸣部分接通。

（2）鸟鸣部分

由 555 时基集成电路、变压器 T 的一个绕组、扬声器等组成。555 时基集成电路与 R_2、R_3、C_3 等构成一个自激多谐振荡器，频率在 1000Hz 左右。输出端 3 脚的输出通过 C_4 耦合，使扬声器发出音频声响来。然而，本电路之所以能模拟鸟叫，奥妙也就是因为有变压器 T 和 C_2 在此组成间歇振荡器。当电源接通后，+12V 经 R_2、T 向 C_2 充电，此时 555 的放电端 7 脚与输入端 2 脚为低电平，破坏了自激多谐振荡器的振荡状态，使扬声器 B 无声；当 C_2 被充足电后，立即通过 T 的绕组、R_2、C_2 和 555 内部的放电管进行放电，这期间 555 产生振荡，使 B 发出音频声响。又因为 C_2 电容量有限，U_{C2} 电压很快就降到 $U_{CC}/3$（即 $12 \times 1/3 = 4V$）以下，迫使 555 电路停止工作，于是 B 又沉寂下来，电源又经 R_3、T 向 C_2 充电。如此反复充电、放电，使扬声器发出酷似鸟鸣的"叽叽喳喳"声来。

3. 元器件选择

序号	符号	名称	型号和规格	件数
1	IC$_1$	多功能集成电路	JEC-2	1
2	IC$_2$	时基集成电路	NE555 或 LM555	1
3	VD	硅光敏二极管	2CU1A	1
4	$R_1 \sim R_3$	碳膜电阻器	RTX-1/8W 型	3
5	C_1、C_2	电解电容器	CD11-16V	2
6	C_3	瓷介电容器	CT1 型	1
7	T	推挽输出变压器	小型晶体管收音机用	1
8	B	超薄微型动圈式扬声器	$\phi27mm \times 9mm$、8Ω、0.25W	1

4．制作与调试

全部电路装入一个体积合适的扁圆形塑料盒内，盒面板事先为光敏二极管 VD 开一小孔、为扬声器 B 开出释音孔。电路盒上面还要固定一只小鸟造型的工艺品或儿童塑料玩具，为了方便悬挂，还要用粗铁丝等材料加工、装配上挂钩。制成的仿真电子"鸟"外形如图 7-64（b）所示。

该电子"鸟"电路一般不用任何调试，便可投入使用。万一发生接通电源后"鸟"鸣不止的现象，可通过适当加大 R_1 阻值来加以排除；反之，如果嫌声控触发灵敏度不够，可通过适当减小 R_1 阻值来加以提高。

5．制作评价

小组讨论，老师给出评价。

能　　力	评　　价	分　　数
专业能力		
工作方法		
合作能力		
交流能力		

6．学习体会

序　号	问　　题	备　　注
1	你在制作过程中遇到的困难是什么？	
2	怎样改进这个制作？	

参 考 文 献

[1] 韩广兴. 企业电工技能. 北京：电子工业出版社，2009.

[2] 寇戈，蒋立平. 模拟电路与数字电路. 北京：电子工业出版社，2008.

[3] 新电气编辑部 [日]. 电工电子技术基础. 北京：科学出版社，2004.

[4] 韩学政. 电工电子技术基础. 北京：清华大学出版社，2009.

[5] 刘秀文. 实用电子电路设计制作. 北京：中国电力出版社，2004.

[6] 田 玉. 电工电子技术. 北京：电子工业出版社，2009.

[7] 李乃夫，梁志彪. 电工电子技术. 北京：电子工业出版社，2009.

[8] 童诗白，华成英. 模拟电子技术基础. 第3版. 北京：高等教育出版社，2001.

[9] 赵立燕. 电工电子技术基础. 北京：清华大学出版社，2009.

[10] 秦曾煌. 电工学.（上、下册）第7版. 北京：高等教育出版社，2009.